LEON MILLET

MEMBRE CORRESPONDANT DE LA DÉPUTATION ROYALE DE TURIN, ETC.

RELATIONS

DE LA

COUR DE SARDAIGNE

ET DE LA

RÉPUBLIQUE DE GENÈVE

DEPUIS LE TRAITÉ DE TURIN

JUSQU'A LA FIN DE L'ANCIEN RÉGIME

1754—1792

GENÈVE ET BALE

H. GEORG, LIBRAIRE-ÉDITEUR

1891

DU BOIS-MELLY

MEMBRE CORRESPONDANT DE LA DÉPUTATION ROYALE DE TURIN, ETC.

RELATIONS

DE LA

COUR DE SARDAIGNE

ET DE LA

RÉPUBLIQUE DE GENÈVE

DEPUIS LE TRAITÉ DE TURIN

JUSQU'A LA FIN DE L'ANCIEN RÉGIME

1754—1792

GENÈVE ET BALE

H. GEORG, LIBRAIRE-ÉDITEUR

1891

CHAPITRE PREMIER [1]

Une épître familière du sieur de Voltaire. — L'affaire des biens de l'ancien Dénombrement. — Le brigandage et la contrebande. — Vol au préjudice du sieur Chenaud. — Les fêtes chômées en Savoie. — L'enfant Decerve, prosélyte introuvable. — Le bac de Peney et la souveraineté du cours du Rhône. — Plaintes réciproques au sujet de l'insécurité des campagnes. — Le régiment de Kalbermatten sur la frontière. — L'affaire de la sentinelle. — Manifeste du Sénat de Savoie, mesures restrictives des mutations foncières et défense du séjour des religionnaires, 1754-1764.

On croit assez généralement aujourd'hui que, lorsqu'un traité public a été signé par les représentants des puissances contractantes, toutes les contestations sont définitivement réglées entre celles-ci, toutes les difficultés sont aplanies, et qu'il ne reste plus — pour consacrer l'œuvre

[1] Les trois premiers chapitres de cette étude historique ont été publiés dans les *Miscellanea di Storia Italiana*, tome XXVIII, s. II.

de la diplomatie et rendre les peuples tout à fait heureux
— qu'à échanger quelques décorations d'ordres équestres
— l'usage des boîtes à tabac, même enrichies de diamants,
étant depuis longtemps abandonné. Malheureusement
cette croyance du vulgaire est erronée, et sans parler des
questions litigieuses tenant à la nature même de la convention, à ses stipulations et à ses réserves, il est certain que
la mise en pratique d'un traité politique — fût-il même de
très minime importance — a toujours exigé, par voie de
conférences ou par décision ministérielle, la réglementa-
tion transitoire destinée à résoudre équitablement les nombreux conflits soulevés à l'occasion de l'exécution de ce
traité. Telles furent les conséquences de celui de Turin,
conclu en 1754 entre la Cour de Sardaigne et la république
de Genève, traité dont nous avons exposé précédemment
les péripéties [1]. La question dite « des terres de Saint-
Victor et chapitre » était réglée d'un commun accord;
mais sur le territoire concédé par rachat ou par voie
d'échange on allait avoir, désormais, à contenir les prétentions du clergé de Savoie, à préciser quelle serait la
situation des protestants sur les nouveaux domaines du
Roi; il faudrait limiter les fiefs nobles, exonérés des impôts

---

[1] *Histoire anecdotique et diplomatique du traité de Turin...*
etc. Vol. in-12. Genève et Bâle, H. Georg, libraire-éditeur, 1880.

fonciers ; on aurait encore à s'entendre sur l'usage du sel
consommé « obligatoirement » par les habitants des campagnes; enfin les privilèges séculaires des citoyens genevois
propriétaires des biens, devenus savoyards, dits « de l'ancien Dénombrement, » ne pouvaient manquer d'être l'occasion de revendications collectives ou particulières.

Si l'on ajoute à cette énumération, déjà bien longue, les
incidents qui se produisent sur toutes les frontières : les
faits de contrebande, les attentats de juridiction, les
recours en aide de justice, les enrôlements illicites, les cas
de désertion, d'enlèvement, de séquestration, et tous les
délits au nom desquels le droit d'asile était revendiqué, on
aura quelque idée sommaire des difficultés auxquelles les
ministres de Sa Majesté Sarde et les magistrats de Genève
eurent à pourvoir, longtemps après la signature du traité
de Turin et par le fait même du nouveau régime que cette
convention venait d'inaugurer.

Mais, on le sait, la disposition des parties contractantes
à exécuter loyalement les engagements qu'elles ont pris et
les charges qu'elles ont assumées est la seule garantie
sérieuse de l'exécution de leurs promesses — et cela aussi
bien dans les conventions publiques que dans le règlement
des affaires particulières. Or le gouvernement sarde,
comme celui de la République, était animé de ces sentiments honorables qui paraissent avoir inspiré, pendant

plus de trente années, toute leur politique. Ce fait est
bien rare dans les annales de la diplomatie du XVIIIme
siècle, époque où les plus fameuses conventions semblent
n'être qu'un expédient passager destiné à dissimuler
d'autres visées que le temps fera connaître. Mais, par cela
même qu'une telle loyauté se rencontre exceptionnelle-
ment, nous n'en sommes que plus disposés peut-être à
nous intéresser aux affaires publiques touchant les deux
États contractants de 1754. L'un est un royaume à peine
encore de second ordre, l'autre est une minuscule république souveraine, d'une population d'environ trente mille
ressortissants, et le territoire qui sert ici de théâtre aux
divers incidents de la politique est si petit que c'est à
peine s'il est tracé, tant bien que mal, sur les vieilles cartes !

Il n'importe, et nous voulons entreprendre l'étude historique de ces relations internationales entre les États
Sardes et Genève, qui, si nous ne nous trompons, n'ont
jamais été le sujet d'aucune investigation sérieuse. Il est
des gens, et en grand nombre, suivant de préférence les
chemins littéraires très fréquentés, il en est d'autres qui
ne craignent pas de s'engager dans les sentiers ignorés, au
risque d'y cheminer avec quelque peine ; qu'il nous soit
permis de nous hasarder dans la voie qui nous tente ;
peut-être ceux qui veulent bien suivre nos pas n'auront-ils
pas trop à regretter cette modeste excursion dans les
champs de notre histoire internationale.

Une des premières réclamations qui se produisirent après la signature du traité de Turin fut motivée par l'inconvenant langage d'un illustre écrivain étranger, qui ne donna jamais que des désagréments aux magistrats de la république dont il était l'hôte. Encore cette plainte très légitime fut-elle présentée sous la forme d'une communication privée, et par l'un des fonctionnaires du gouvernement sarde qu'on savait entretenir des relations personnelles très cordiales avec Messieurs de Genève. — « Il paraît dans cette ville [1] — écrivait le baron Foncet à Noble Du Pan, conseiller d'État, le 14 juillet 1755, — quelques exemplaires d'une épître de M. de Voltaire sur son arrivée aux environs de Genève. L'on y a vu avec surprise, et même avec indignation, que par une digression recherchée et étrangère au sujet, il a affecté de jeter sur la mémoire d'Amédée VIII, duc de Savoie, les traits les plus indécents et les plus calomnieux. En laissant sur le compte de l'auteur tout le blâme que mérite une telle production, je me suis borné à soutenir que j'étais trop convaincu des sentiments de votre digne Magistrat envers la Maison Royale de Savoie pour douter un seul instant... etc. » — Sur quoi le Petit-Conseil se hâtait de faire répondre « qu'il avait vu avec un extrême déplaisir la liberté qu'avait prise un imprimeur de cette ville [2], d'imprimer et publier une pièce

[1] Turin.
[2] Genève.

de vers du sieur de Voltaire, dans laquelle il y avait un paragraphe qui avait déplu et blessé la Cour de Turin; qu'en conséquence on avait donné ordre de saisir sur-le-champ tous les exemplaires... avec défense d'en débiter, sous peine de griève punition, et qu'en même temps on avait pris toutes les mesures qui peuvent dépendre du Conseil pour empêcher que pareille chose n'arrivât plus à l'avenir. » Le 15 août, le baron Foncet adressait au nom du ministre, S. E. le chevalier Ossorio les remerciements d'usage en cas semblable, et ajoutait « que le Roi s'était montré très satisfait de la procédure du Conseil [1]. »

L'affaire dite « des biens de l'ancien Dénombrement » était beaucoup plus difficile à conclure — au moins selon

---

[1] Voici le passage incriminé :

« O maison d'Aristipe! ô jardin d'Épicure !
Ripaille, je te vois. O bizarre Amédée,
Est-il vrai que dans ces beaux lieux
Des soins et des grandeurs écartant toute idée
Tu vécus en vrai sage, en vrai voluptueux,
Et que, lassé bientôt de ton doux hermitage,
Tu voulus être Pape et cessas d'être sage?
Etc.

                    Épître. Œuvres de Voltaire. Vol. XII.

Les dénégations ne coûtaient rien à Voltaire, dont l'impudence à nier les écarts de sa plume dépasse tous les mérites littéraires. Quelques semaines après la saisie de l'Épître précitée, le Conseil, sur la plainte du Vénble Consistoire, faisait brûler par la main du bourreau devant l'hôtel de ville « le poème infâme intitulé *La Pucelle d'Orléans*, écrit que le sieur de Voltaire désavoue. »

l'apparence — car ces propriétés foncières possédées de
tout temps par des citoyens genevois, dans les environs de
leur ville, sur le territoire attribué au Roi de Sardaigne,
avaient été exonérées de la taille, du logement des gens de
guerre, des corvées royales et provinciales, des gabelles
et des droits de douane, ainsi que cela était déjà stipulé
par le traité de Saint-Julien de l'an 1605. La Cour de
Turin reconnaissait sans hésitation le bien-fondé de ces
divers privilèges, mais elle demandait que les intéressés
(ils étaient au nombre de 169) en fissent la preuve très
rigoureuse. Il fallait démontrer au ministre Ossorio, dans
chaque cas particulier, que depuis un siècle et demi ces
biens, non seulement n'étaient jamais sortis des mains
genevoises, mais encore que les détenteurs — par transactions ou par voie d'héritage — avaient tous été des *citoyens*
et non de simples *natifs*, soit fils ou petits-fils d'étrangers
reçus à l'habitation de Genève. Peut-être l'administration
du fisc en Savoie avait-elle été consultée et ces exigences
ministérielles avaient-elles pour but d'engager les Genevois « de l'ancien Dénombrement » à faire un sacrifice
pécuniaire collectif qui pût être considéré par le ministre
comme une sorte d'indemnité pour le désistement de ses
prétentions. Une telle offre fut faite à Turin, grâce à l'entremise d'un simple négociant genevois établi dans cette
capitale et qui avait l'honneur d'être connu du Roi. Ce
projet ayant été approuvé, le Conseil de Genève — bien

qu'il fût demeuré à l'écart de la négociation, pour ne pas engager le public dans une affaire privée, — s'empressa d'adresser une lettre de remerciements à Sa Majesté [1]. Il reçut, très peu de temps après cet envoi, la réponse royale suivante :

« Très chers et bons amis — Nous avons vu les sentiments que vous nous avez témoignés par votre lettre du 8 de ce mois, à l'occasion des Lettres patentes que nous vous avons fait remettre pour l'exécution de l'arrangement concernant la vérification des biens de l'ancien et du nouveau Dénombrement. Ils répondent si parfaitement aux preuves que nous vous avons données de nos dispositions favorables, tant sur ce sujet que sur les autres objets relatifs à l'exécution du Traité, qu'ils n'ont pu que nous être très agréables. Nous reconnaissons aussi avec beaucoup de plaisir dans vos expressions l'empressement dont vous êtes animés pour ce qui nous regarde. Vous ne devez pas douter que nous en soyons de plus en plus conviés à contribuer en toutes occasions aux avantages et à la prospérité de votre République et à vous donner des marques de notre bienveillance et de notre affection. Sur ce, nous prions Dieu qu'il vous ait, Très chers et bons amis, en sa sainte Garde.

« Écrit à Turin, le 15 juillet 1757.

« C. Emmanuel. »

[1] « M. le Premier a dit que le sieur Bouet lui avait rapporté que

Dans la même année, les méfaits des contrebandiers et les progrès alarmants de leurs déprédations à main armée ayant déterminé le gouvernement sarde à prendre des mesures énergiques pour arrêter ce brigandage, le gouverneur du duché de Savoie eut ordre de requérir le concours de la République de Genève, dont ces bandes de malfaiteurs traversaient de nuit et même de jour l'étroit territoire en escortant — le mousqueton sur l'épaule — leurs grands convois de chevaux de bagage.

Un détachement de troupes royales vint prendre ses quartiers au village savoyard de Carouge, soit en quelque sorte aux portes de Genève, puis un manifeste du Sénat de Savoie fut publié et affiché dans toute la province. On y donnait les noms de vingt-cinq brigands fameux [1] dont

lorsqu'il était allé prendre congé du Roi, Sa Majesté lui avait exprimé d'une manière très obligeante ses favorables dispositions pour la République... — Dont opiné : Arrêté qu'il y a lieu d'écrire au Roi pour le remercier et lui demander la continuation de ses favorables dispositions... etc. » — Reg. des Conseils, 1er juillet 1757.

[1] *Noms des malfaiteurs signalés :* Claude Mandrin, Louis et Jacques Camus, le nommé Borderaz dit *Bordeau,* Jacques Paschal, René Guilloud, les deux *Canoniers,* le nommé Barge, le nommé *Cavalier,* le nommé *Prêt-à-boire,* Pierre Bimbarade, Jean Rostan dit *Lucifer,* Jean-Baptiste Sibaud dit *le Clerc,* Claude Mollier, de St-Pierre de Genebroz, Antoine Sorbet, de la paroisse des Échelles (à la part de Savoie), Victor Coquet dit *le Grenadier,* Pierre Bernex, dit *l'Ambassadeur,* François et Pierre Paccard, de la paroisse de Domessin. — Le 22 avril 1758, M. de Sinsan envoyait encore les noms et le signalement de cinq malfaiteurs.

les crimes innombrables terrorisaient les populations frontières du Dauphiné, du Lyonnais, de la Franche-Comté et
de la Savoie. On promettait cent écus d'or pour la capture
de chacun de ces scélérats, derniers survivants de la bande
de Louis Mandrin, ce héros légendaire contre lequel il avait
fallu, en France, faire marcher un régiment de troupes
royales et qui avait été roué vif, il y avait déjà trois ans, sur
la place de Valence.

Les autorités genevoises répondirent au gouverneur de
Savoie, ainsi qu'on le faisait en pareil cas au résident de
France : « qu'on s'efforcerait à Genève de concourir à toutes
les mesures prises en vue de la répression de la contrebande — en d'autres termes : qu'on chercherait à s'emparer de ces dangereux bandits — et que, aussitôt qu'ils seront
arrêtés, il lui en sera donné avis, puis que, sur la demande
(d'extradition) qui en sera faite de la part du Roi et sur
les preuves de leurs crimes... ils pourront être remis, dans
la persuasion où nous sommes — disait le Conseil — qu'en
pareil cas, on en userait de la même manière à l'égard de
la République. »

Mais c'était là promettre plus qu'on ne pouvait tenir,
et l'offre gracieuse de la Seigneurie rappelle involontairement la fable de l'*ours et des deux chasseurs*. En effet, les
contrebandiers — cette engeance que la maréchaussée de
France et les archers de Savoie ne parvenaient presque
jamais à surprendre — étaient d'une capture à peu près

impossible dans le territoire de la souveraineté genevoise, qu'il était facile de traverser en moins de deux heures. On parvint cependant à arrêter, en septembre 1758, deux brigands signalés par la Justice de Savoie, et sur la réquisition du gouverneur du duché, ces détenus furent consignés à Carouge aux autorités sardes. Cependant l'un d'eux n'ayant pu être condamné à mort, faute de preuves (car on ne trouvait jamais en Savoie un témoin assez hardi pour déposer contre les « camelotiers » [1]), l'ambassadeur de France à Turin demanda la remise de ce malfaiteur, « qui avait à répondre d'autres crimes atroces, commis sur les terres de Sa Majesté Très Chrétienne. » Toutefois la Cour de Turin estima que le criminel lui ayant été remis par Messieurs de Genève, c'était à eux qu'il devait être préalablement « rendu » et à eux seuls de statuer au sujet de la réquisition de l'ambassadeur. En conséquence, le misérable, qu'attendait infailliblement la potence ou la roue, fut ramené sous bonne escorte de Chambéry à Genève, restitué aux autorités genevoises sur le pont d'Arve, remis aux fers à « l'Évêché, » puis, à la suite de l'instance diplomatique faite à la Seigneurie par le résident de France, l'homme fut enfin livré aux officiers du bailliage de Gex, sur la frontière de France [2].

---

[1] Contrebandiers, anc. glossaire genevois.

[2] « M. le Premier a fait lire une lettre de M. de Sinsan, gouver-

La répression de la contrebande — cette plaie du XVIIIme siècle — a donné lieu à de si nombreuses négociations entre la France, la Savoie et Genève, et nous aurons si fréquemment à en parler encore, qu'il peut être bon de recueillir certains détails de nature à faire connaître sa vitalité ou, comme on dit en philosophie « sa raison d'être. »

En France, le sel de Provence, « sale, dégoûtant, mélangé d'une terre rouge nuisible aux hommes, aux bestiaux et à la fabrication du fromage, » était vendu 39 livres 8 sols 6 deniers le minot [de 52 litres][1] ; à Genève, en Suisse et en Valais, le sel de Peccais, délivré annuellement par les Fermes de France, et celui de Berne — l'un et l'autre très supérieurs au précédent — se vendaient 6 livres 7 sols

neur de Savoie, datée de Chambéry, le 23 du présent mois [octobre 1758], adressée à Messieurs les Syndics et Conseils de Genève, dans laquelle il marque : Que sur le compte qu'il a rendu au Roy son maître de la manière dont le Conseil s'est porté à remettre les deux brigands détenus dans nos prisons, le Roy lui a ordonné de témoigner au Conseil le gré qu'il lui en sait et de l'assurer en même temps que, dans les occasions où la République se trouverait infestée de pareils sujets, il contribuerait avec empressement à assurer la tranquillité de son territoire. — Dont opiné, l'avis a été d'écrire à M. de Sinsan pour le remercier de ses bons offices et lui exprimer la respectueuse reconnaissance avec laquelle le Conseil a reçu les témoignages de bienveillance que le Roy a bien voulu donner à la République. » — Reg. des Conseils.

[1] Brossard, *Hist. du pays de Gex.*

10 deniers le minot. La proportion d'évaluation de la marchandise privilégiée à celle qui était sévèrement prohibée étant comme 6 est à 1.

Quant au tabac de la régie française, il se vendait alors 3 livres 2 sols la livre, poids de marc, dans les entrepôts de la Ferme, et ne coûtait qu'environ 18 sols la livre, poids de 18 onces, à Genève et en Suisse [1], la proportion d'évaluation étant ici comme 5 est à 1.

Dans les États Sardes, au sujet desquels nous n'avons pas des données aussi précises, il est très vraisemblable que le prix du sel et celui du tabac étaient à peu près aussi élevés qu'en France.

Ces chiffres suffisent pour expliquer l'attrait irrésistible qu'exerçait la contrebande sur tous les aventuriers assez déterminés pour braver la pénalité des galères en vue de s'assurer un gain très considérable. Ces gens, organisés par bandes où l'on comptait jusqu'à quarante ou cinquante hommes armés, escortant une vingtaine de chevaux de bât, sortaient furtivement des gorges du Jura, allaient s'approvisionner en Suisse, c'est-à-dire dans les petites villes du pays de Vaud appartenant à Messieurs de Berne, puis leurs convois nocturnes suivaient vers le midi les rives du lac de Genève et le cours du Rhône, fleuve qu'ils traversaient soit près de Genève, à Aire-la-Ville, soit en

---

[1] Brossard, *Hist. du pays de Gex.*

s'emparant du bac de Chancy. Parvenus au delà du mont de Sion, ils cherchaient à repasser sur la rive droite du Rhône, entre Seyssel et le Pont-de-Beauvoisin. S'ils parvenaient à atteindre leur but, la réussite de l'expédition était assurée : toute la population de la frontière dauphinoise et du Lyonnais étant de connivence avec les « camelotiers, » il suffisait à ceux-ci de quelques heures pour écouler leurs marchandises prohibées, dont les dépositaires secrets, les intermédiaires et les colporteurs se comptaient entre eux par centaines. Si la « camelotte » devait être introduite en Savoie, les contrebandiers traversaient le lac de Genève à Coppet (territoire de Berne), soit à Genthod (enclave genevoise sur le bailliage de Gex) ils atteignaient « la Belotte, » méchant cabaret solitaire, où il était toujours imprudent de se gîter la nuit, situé à l'extrême confin des terres de la République. De là, se dirigeant au sud-est et traversant l'Arve à Pont-Notre-Dame ou à Étrembières, les gens de la contrebande, se suivant silencieusement à la file, remontaient « le pays des Bornes, » sur le revers oriental du mont Salève, passaient les gorges des Usses, vers « la Caille, » et de là se dispersaient de divers côtés, trouvant partout des chalands, des complices et des repaires impénétrables. Tels furent, pendant toute la durée de l'époque qui nous occupe, les deux itinéraires suivis le plus ordinairement par les gens de la contrebande exerçant leur triste métier aux environs de Genève. Ces bandits fameux, qui terrorisaient les habitants des campagnes, se cachaient à peine, traversaient en plein jour les villages et les bourgs, et cependant les autorités sardes, comme celles de France, n'en étaient pas moins impuissantes à réprimer leurs méfaits. Nous verrons plus d'une fois ces autorités provinciales, au cours de cette histoire, s'en prendre injustement au Magistrat de Genève de leur déconvenue; mais à Turin on jugeait de la situation de la République avec plus d'équité, et, presque toujours, les ministres de cette Cour — bien différents en cela de ceux de Versailles — se bornèrent à demander la participation active des Genevois à la répression de la contrebande « dans la mesure de ce qui était possible. »

Pendant l'automne de 1758, on eut l'occasion de constater à Genève les dispositions favorables de la Cour de Turin quant aux mesures à prendre en aide de justice dans les affaires criminelles. Nous faisons ici allusion au vol commis au préjudice du sieur Chenaud, négociant gene- vois, dont la caisse fut forcée de nuit et auquel on déroba 84,000 livres argent courant. Ce vol audacieux excita une telle rumeur publique — soit pour son importance, soit par le mystère impénétrable dont il fut enveloppé pendant plu- sieurs semaines — qu'il était encore légendaire à Genève il y a une cinquantaine d'années. Malgré l'honorabilité du

malheureux Chenaud, contraint par l'événement de se
déclarer en faillite, la malveillance commençait à faire
sourdement son œuvre, et déjà l'opinion se répandait
« qu'il s'était volé lui-même, » quand on reçut du Magistrat de Turin la nouvelle qu'un des voleurs venait d'être
arrêté dans cette ville. Peu après, un autre voleur fut saisi
à Milan, un troisième à Lyon, un quatrième à Montluel, et
le serrurier complice de ces malfaiteurs fut appréhendé à
Carouge. Cependant un incident curieux vint, au début,
entraver la procédure internationale. L'un des malfaiteurs
— le nommé Pignatelli — à peine extradé et livré à Genève,
y avait avoué son crime, ajoutant « qu'il avait caché une
portion de l'or dérobé à Confignon [en Savoie], sous un
monceau de pierres, dans le pourtour des masures du
château. » On n'avait pas trouvé cet or dans une première
recherche, faite officieusement par les gens de Justice. Le
prisonnier offrait, il est vrai, de conduire lui-même les
magistrats sur le lieu du dépôt; mais le commandant de la
garnison de Carouge n'osait prendre sur lui d'autoriser une
telle procédure de Messieurs de Genève sur les terres de Sa
Majesté et demandait qu'on en référât au commandant de
Savoie... qui prendrait les ordres du ministre! — Vainement
on lui objectait « qu'il y avait urgence, » car déjà la population du village de Confignon et des alentours était vivement
surexcitée par ces vagues rumeurs d'un trésor caché, et

l'on était obligé de faire bivouaquer les soldats du Royal-Piémont sur la place du prétendu dépôt. M. de Belmont, leur commandant, n'en persistait pas moins dans sa négative et s'offrait encore à faire partir une estafette pour Chambéry. Heureusement pour tous les intéressés, une seconde perquisition « officieuse » des magistrats genevois, visitant les ruines comme de simples promeneurs, eut un plus heureux succès. — « Noble Tronchin — lit-on à ce sujet dans le Registre des protocoles de la Seigneurie — a informé le Conseil que, s'étant de nouveau transporté hier à Confignon, avec le sieur auditeur Rigot, après quelques recherches, ils trouvèrent l'or que les frères Pignatelli y avaient caché, l'indication qu'ils en avaient donnée s'étant trouvée juste ; lesquelles espèces d'or ils ont apportées ici, et ils en ont fait reconnaissance au juge du lieu. » — D'autre part, Noble Trembley rapportait au Conseil, dans la même séance, « qu'on a trouvé à Michelotti, arrêté à Turin, quarante-deux mille livres.... du vol fait au sieur Chenaud..... et qu'on a des espérances bien fondées que toute cette portion du vol sera rendue au dit sieur Chenaud. » En effet, ces espérances furent réalisées, et le 19 février suivant (1759) on apprenait au Conseil « qu'on avait obtenu main-levée de toute la portion du vol qui s'était trouvée entre les mains de Michelotti — et comme la Cour de Turin a apporté dans cette affaire les dispositions les plus favorables, soit pour la République, soit pour le sieur Chenaud en particulier, il a été interjeté dans le tribunal [1] que ce Magnifique Conseil pourrait trouver convenable d'en écrire au Roi de Sardaigne pour le remercier. Sur laquelle proposition étant délibéré, l'avis a été qu'il y a lieu d'adresser à S. M. Sarde une lettre de remerciements. »

A la suite de cette démarche de courtoisie, le Conseil de Genève recevait la réponse suivante :

« Très chers et bons amis — Nous sommes fort sensible à tout ce que vous nous exprimez par votre lettre du 23 février sur le succès de nos soins pour parvenir à l'éclaircissement du complot formé entre les auteurs du vol fait à un de vos concitoyens. Nous avons vu avec plaisir les témoignages de votre satisfaction à ce sujet, dans lesquels il est aisé de reconnaître le juste zèle qui vous a animés pour l'extirpation de cette dangereuse société. Nous sommes charmé d'y avoir contribué et de voir combien vous êtes touchés de la part qu'a eue à notre détermination le désir de vous donner une marque de notre

---

[1] Le Petit-Conseil, statuant dans une affaire particulière, soit au civil, soit au criminel, siégeait alors comme tribunal. Certains jours de la semaine étaient spécialement destinés à ces séances, très laborieuses, mais dont les protocoles n'ont gardé que le sommaire.

bienveillance. Vous pouvez compter sur les mêmes dispositions de vous en faire ressentir les effets en toutes occasions ; et sur ce, Nous prions Dieu... etc. — Turin, 3 mars 1759. »

Signé C. EMMANUEL.

L'année suivante (1760) la Seigneurie de Genève eut à diriger la conduite, devenue parfois très délicate, des « ministres des champs » exerçant encore leur office dans des paroisses dont une partie avait été échangée et où le protestantisme n'était plus toléré, au terme du traité de Turin, que pour une vingtaine d'années. D'autre part, l'autorité genevoise dut contenir ses ressortissants, propriétaires sur le nouveau territoire de Savoie, dans le respect du mode de vivre inauguré, quant aux fêtes chômées, par le nouveau régime. Un pasteur — celui de la paroisse de Cartigny — demandait « s'il était encore autorisé à recevoir les testaments de ceux de ses paroissiens devenus sujets de Sa Majesté Sarde. Pouvait-il encore leur donner des conseils, relativement aux testaments qu'ils ont fait homologuer avant le traité ? Enfin, que devait-il faire au sujet des catholiques romains, dont il y avait maintenant une assez grande quantité dans sa paroisse ? » — Le Conseil fit répondre au requérant : « Que ceux qui demeuraient sur les terres cédées étant assujettis aux lois de Savoie, il ferait bien de ne recevoir désormais aucun testament, et qu'il devrait avertir ceux qui sont dans le cas d'en avoir fait et de les avoir fait homologuer avant le dit traité, qu'ils devraient, pour en assurer la validité, les faire recevoir par le notaire [royal] du lieu qu'ils habitent. » Relativement au séjour des catholiques romains dans ces paroisses frontières, dont une partie ressortissait déjà, quant au civil, du gouvernement du Roi, on ajouta « qu'il fallait user d'une grande circonspection et qu'en particulier, on ne pouvait s'empêcher d'y tolérer [le séjour] des domestiques qui étaient de cette religion. »

Assurément, rien de plus naturel qu'une telle interprétation du droit international; selon nos idées modernes, elle mérite à peine un éloge, mais on était alors en 1760, et nous ne saurions sans injustice ne pas tenir compte au Petit-Conseil de l'esprit vraiment éclairé dictant une mesure de tolérance aussi rare en ce temps-là dans les États catholiques que dans tous les pays réformés.

Quant aux difficultés soulevées par la question des fêtes religieuses chômées en Savoie, l'incident suivant y avait donné lieu : Le lundi 7 avril 1760, des soldats du détachement en garnison à Carouge étaient venus enlever des ouvriers qui travaillaient dans les vignes appartenant à des citoyens genevois, propriétaires dans la paroisse d'Onex

(Savoie). Cette exécution militaire avait été faite sous prétexte que les « manots » arrêtés travaillaient un jour de fête.

Dès le lendemain, et sur la plainte des citoyens genevois intéressés, le commandant piémontais s'était empressé de faire relâcher les délinquants, mais les ressortissants de Genève n'en avaient pas moins présenté un mémoire à la Seigneurie, concluant à ce que le Conseil agît par voie diplomatique, afin que pareille chose ne pût plus se renouveler. — « Dont opiné (en Conseil), rapport a été fait que M. le baron Foncet a dit plus d'une fois : que les curés avaient des ordres au moyen desquels ils devaient accorder, dans les terres cédées, la permission de travailler les jours de fête autres que les grandes[1], *en la leur demandant* et en s'abstenant, par ceux des nôtres qui y demeurent, de faire battre à la grange et relier les tonneaux, à cause du bruit que de pareils travaux occasionnent.— Lecture faite du registre de septembre 1755, par lequel il paraît... que ceux qui sont dans ce cas en ont été avertis : l'avis a été que Monsieur le Syndic de la Garde envoie un des sieurs aide-majors à M. de Vauglan pour le remercier d'avoir fait libérer sur-le-champ les ouvriers en question et pour le prier de faire observer par les curés la

[1] Le Vendredi saint, Pâques, la Fête-Dieu, l'Assomption, la Toussaint et Noël.

parole donnée à cet égard par M. le baron Foncet, et qu'on fasse connaître à ceux qui ont donné le mémoire la manière selon laquelle ils en doivent user avec les curés ci-dessus spécifiés; ce qui leur procurera le principal objet qu'ils demandent. »

Quelques autres incidents d'importance diverse se produisirent encore cette même année : Citons l'attentat d'une bande de contrebandiers forçant le passage du Rhône sur territoire de Genève et pénétrant à main armée en Savoie ; — l'arrestation faite à Carouge, en aide de justice, de trois Piémontaises nanties de marchandises qu'elles avaient volées à Genève; Monsieur le commandant de Carouge « ayant eu l'honnêteté... de faire donner prévôtalement la bastonnade à ces aventurières avant de les faire reconduire hors des États de Sa Majesté. » — Rappelons aussi une rixe sur l'extrême frontière entre péagers des gabelles et paysans sujets de la Seigneurie; cette batterie, commencée au village de Chêne-sur-Savoie et terminée sur Genève par l'arrestation des coupables (faite indûment par les employés sardes, dont l'un avait été blessé), constituait un attentat de souveraineté assez grave pour que des excuses officielles fussent offertes, « en des termes dont on avait tout lieu d'être satisfait. »

Enfin, une réclamation fut adressée au ministre Ossorio, sur la plainte d'un citoyen genevois, tuteur dont le pupille, âgé de douze ans, s'était enfui et avait été recueilli à « la maison des Arts de Thonon. » L'office ministériel en réponse à la lettre du Petit-Conseil de Genève nous paraît digne d'être cité, car l'expédient proposé par le chevalier Ossorio témoigne de la droiture qu'apportait le gouvernement du Roi dans le règlement de ces questions de prosélytisme, toujours si délicates, et dans lesquelles se trouvaient engagés les droits de la conscience du « révolté » et ceux de l'autorité tutélaire.

Turin, 20 septembre 1760.

« Messieurs — Connaissant comme je fais les senti-
« ments favorables de Sa Majesté à votre égard, j'aurais
« employé avec empressement mes offices pour vous en
« procurer une preuve, dans le cas du jeune garçon dont
« vous me parlez dans la lettre que vous m'avez fait l'hon-
« neur de m'écrire le 26 du passé. Mais l'affaire ne se
« trouve point de celles où Sa Majesté soit dans le cas de
« pouvoir donner les ordres que vous souhaitez. Ce jeune
« garçon est parvenu à un âge, où l'on est censé avoir
« tout l'usage de raison nécessaire pour déterminer en
« matière de religion son propre choix. Aussi s'est-il retiré
« dans la maison des Arts de Thonon de son propre mou-
« vement et sans y avoir été poussé en aucune façon. Il
« n'y est point retenu par force et c'est de son plein gré

« qu'il y demeure. L'on ne saurait par conséquent,
« employer l'autorité pour le renvoyer. Cependant, Mes-
« sieurs, afin qu'on ne puisse point s'imaginer qu'on ne
« lui laisse pas en plein toute la liberté, Sa Majesté est
« disposée d'ordonner au juge-mage de faire examiner en
« sa présence le jeune garçon, et cela par des personnes
« qu'on ne puisse pas soupçonner avoir d'autre but que
« celui de s'assurer des vrais sentiments où il est. Sa
« Majesté permettra même, pour une plus grande satis-
« faction des parents, que le tuteur se trouve à cet examen,
« s'il le désire.

« Je m'assure, Messieurs, que vous ne laisserez pas de
« reconnaître par là le désir de Sa Majesté de vous
« donner aux occasions toutes les marques possibles de
« ses favorables dispositions. Je vous prie d'être bien
« persuadés que je me ferai toujours un agréable devoir
« de les cultiver... etc.

                                    « Signé Ossorio. »

Malheureusement, l'autorité royale rencontrait alors
dans les affaires de prosélytisme — et cela bien plus souvent qu'on ne le pense — certaines résistances cachées
dont la force déjouait tous les calculs de la politique.
Quand on voulut procéder à l'enquête annoncée, il se
trouva que l'enfant prosélyte avait furtivement quitté Tho-

non. On parvint à savoir qu'il était caché à Grenoble
(vraisemblablement dans quelque maison religieuse), mais
les ordres du cabinet de Versailles, obtenus par l'intervention du résident de France à Genève, n'eurent pas un plus
heureux succès que les démarches des autorités sardes :
le jeune De Cerve était introuvable et — répondait-on aux
chercheurs — « il courait le monde. » Pourtant le tuteur
parvint, lui seul, à rejoindre le fugitif... dans la maison de
Thonon, où l'enfant était revenu. L'enquête de l'autorité
civile n'eut pas lieu, le Genevois, à la suite de cette dernière entrevue, n'ayant plus conservé aucune espérance
de changer les sentiments de son pupille, s'était désisté
lui-même de toutes ses prétentions.

Les deux années suivantes (1761-1762) furent signalées
par des affaires d'intérêt public d'une plus sérieuse
importance. L'une concernait la reconnaissance du droit
de souveraineté sur le cours du Rhône, l'autre était relative aux désordres dont la contrebande et le brigandage
étaient la cause, plus que jamais.

Quant à la première de ces contestations, elle résultait
du fait qu'un traité de rectification de frontière conclu
entre la France et les États Sardes ayant mis nouvellement
le Roi de Sardaigne en possession d'une parcelle de territoire sur la rive gauche du Rhône, cette possession don-

nait droit, selon les légistes de Savoie, à la souveraineté exclusive du cours du fleuve, en face du village d'Aire-la-Ville. En conséquence, le capitaine des archers des gabelles, alors en station à Bellerive, vint certain jour signifier à voix forte au batelier du bac de Peney, demeurant sur la rive genevoise, « qu'il lui ferait tirer dessus s'il s'avisait de traverser encore le fleuve, » ajoutant avec courtoisie que lui, capitaine Gastaldi, serait personnellement fâché « qu'il se fît de mauvaises affaires. »

Bien que ce litige se présentât sous une forme très irrégulière, la modération du Conseil de Genève ne se démentit pas dans cette circonstance. On ouvrit des conférences officieuses à Cornières sur Savoie avec le baron Foncet, animé, lui aussi, des dispositions les plus conciliantes, mais soutenant avec fermeté, néanmoins, les droits revendiqués par son gouvernement. Selon lui, « il convenait de régler cette affaire et d'éviter toutes les occasions de mésintelligence. Le roi y était intéressé à deux égards : l'un, en ce qu'il ne devait pas y avoir là (c'est-à-dire entre Peney et Aire-la-Ville), un port sans sa permission, et l'autre, à cause du préjudice que ses finances recevaient par la contrebande que ce bateau favorisait. » — On expliqua au baron, agent du ministre, les précautions que la Seigneurie de Genève avait prises à cet égard « et qu'on adopterait volontiers toutes celles qui seraient jugées convenables pour empêcher que le batelier ne pût aider ni favoriser la contrebande. » — « Au surplus (ajoutaient les délégués du Conseil) la République était dans une possession immémoriale d'avoir un bateau dans ce lieu, possession qui n'avait été ni inquiétée ni interrompue *et qui subsistait déjà du temps des Évêques.* » M. Foncet répondait « que la France ayant en tout cela peu d'intérêt (quant à la contrebande sur la rive gauche du fleuve, dont le territoire ne lui appartenait pas) elle pouvait n'y avoir pas fait beaucoup d'attention; » puis il citait le traité de Lyon[1] « qui donne au Roi de France le cours du Rhône *dès la sortie de Genève,* et disait que par le dernier traité *tous les droits annexes au territoire d'Aire-la-Ville* avaient été cédés à Sa Majesté Sarde. A cela les Genevois répliquaient, non sans apparence de raison, que le traité de Lyon (ce traité où ils avaient été si parfaitement joués par « le Béarnais » quant à la possession finale du pays de Gex) était *res inter alios* et qu'ils n'y étaient point intervenus, partant : qu'ils n'en étaient pas moins demeurés en possession du droit qui compète incontestablement à tous les souverains sur la

---

[1] Traité conclu à Lyon le 17 janvier 1601 par l'intermédiaire du cardinal-légat Aldobrandini. On sait que par ce traité entre la Savoie et la France, les prétentions de celle-ci sur le marquisat de Saluces étaient abandonnées, moyennant la cession de la Bresse, du Val-Romey et du pays de Gex.

moitié du fleuve limitrophe qui touche leurs États [1]. On se quitta sans parvenir à s'entendre, toute communication d'une rive à l'autre, entre Peney et Aire-la-Ville, restant prohibée, et déjà les riverains se montraient animés de dispositions si hostiles que, sous prétexte d'endiguer les eaux du fleuve, ils poussaient sans nul ménagement des « tournes [2] » à travers le Rhône, dont ils se renvoyaient ainsi les eaux rapides, au grand dommage des uns et des autres.

Cependant le baron Foncet, de retour à Turin, avait pris les ordres du ministre, qui se montrait fort désireux d'en finir, et d'autre part la Seigneurie de Genève eut assez de sagesse pour entrer dans les vues de la Cour. Celle-ci tenait aux formes seulement et n'insistait pas pour la suppression du bac. « Le roi est disposé — écrivait le 8 mars 1762, M. Foncet à l'un des secrétaires du Conseil — à donner son agrément à la continuation du port à rames de Peney à Aire-la-Ville, *sur la demande que le Conseil se propose de lui en faire*, étant persuadé qu'on prendra de votre part les mesures les plus efficaces pour prévenir les abus, et notamment la contrebande qui pourrait en résulter... »

---

[1] Rapport des nobles Trembley et Sartoris. Reg. des Conseils, 19 août 1761.

[2] Éperons saillants en gros cailloux.

Cette insinuation officieuse ne demeura pas sans effet, car le Conseil se hâta de faire écrire au Roi la lettre suivante :

« Sire — l'heureuse expérience que nous faisons des « effets précieux de votre bienveillance royale nous fait « espérer que Votre Majesté agréera la demande que nous « avons l'honneur de lui faire au sujet de la communi- « cation de Peney à Aire-la-Ville, séparés par le Rhône.

« Nous avons eu, Sire, dans tous les temps, un bateau « établi à Peney pour cette communication si commode « au public, et comme elle ne peut être continuée sans « l'agrément de Votre Majesté, nous avons l'honneur de « lui écrire pour la prier de vouloir bien permettre la « continuation de cette communication... etc. » — Le Roi répondit : « ... Il nous suffit de savoir que cette commu- « nication vous intéresse et qu'elle soit en même temps « d'une commodité publique pour que, sans autre exa- « men, nous nous portions à accorder l'agrément que « vous souhaitez..., persuadé que vous donnerez vos atten- « tions, comme vous nous en assurez, pour prévenir les « abus qui pourraient en résulter, notamment par rapport « à la contrebande, etc. »

Cette lettre bienveillante du roi Charles-Emmanuel III mettait fin à l'affaire dite « du bateau de Peney, » sans toutefois que la question de la souveraineté du cours du Rhône eût été nettement résolue ; mais l'art de temporiser et d'ajourner indéfiniment la solution des questions difficiles — cet art si cultivé par la diplomatie moderne ! — n'était pas inconnu des hommes d'État du siècle passé, et l'histoire internationale que nous étudions ici nous fournira par la suite des preuves nombreuses à l'appui de cette assertion.

La seconde affaire mentionnée ci-dessus, nous voulons dire les réclamations relatives à l'insécurité du parcours dans les environs de Genève, ne pouvait pas davantage être résolue absolument, et d'ailleurs elle se compliquait encore par le fait que les plaintes étaient réciproques.

Le 1ᵉʳ décembre 1761, le Conseil de Genève avait fait écrire au comte de Menthon des Ollières, qui commandait alors dans le duché de Savoie, pour informer ce fonctionnaire des vols fréquents et des assassinats qui se commettaient en Savoie, dans les environs de la ville. Deux jeunes hommes, apprentis pharmaciens, étant allés ensemble dans la montagne de Salève pour y chercher des herbes médicinales, y avaient été assassinés et volés un jour de l'été précédent, et leurs cadavres venaient d'être retrouvés au pied de la montagne. Un citoyen genevois, propriétaire en Savoie, se rendant le 8 novembre dernier à Loysin et passant dans un bois, avait été attaqué par deux brigands, il s'était défendu et avait eu le bonheur de leur échapper, mais les coups de sifflet qu'il avait entendus dans les taillis le persuadaient qu'il était tombé dans une embuscade et que les malfaiteurs qui venaient de l'assaillir avaient des compagnons. Dans la nuit du 27 au 28 novembre, une maison du village d'Onex appartenant à un autre Genevois avait été forcée et dévalisée, et deux maisons de campagne, situées plus près de la ville, venaient d'être pillées de même. Le Magistrat de Genève allait redoubler de vigilance pour écarter tous les gens sans aveu rôdant sur les terres de la République, mais son action serait vaine « si ces voleurs pouvaient trouver leur sûreté en se retirant dans les bois voisins de la frontière genevoise. » On espérait que M. le commandant de Savoie voudrait bien donner des ordres pour purger aussi la province voisine de cette engeance... etc.

Le comte des Ollières ne tarda pas à répondre : « Il avait renouvelé les ordres, dans tous les endroits dépendant de son commandement, pour en faire expulser les vagabonds et gens sans aveu, mais il lui était revenu que bien des brigandages commis dans les environs de Genève étaient occasionnés par les contrebandiers armés qui s'assemblent à la Belotte, sur territoire genevois, y font débarquer les marchandises prohibées qu'ils ont achetées en Suisse et qu'ils font ensuite passer en Savoie, *où ils ne trouvent pas un accès aussi facile.* » — On répondit en citant les procédures récentes suivies à Genève soit contre le cabaretier de la Belotte, soit contre certaine femme convaincue d'être de connivence avec les « camelotiers » pour le transit de leur tabac à travers la ville; mais les violences n'en continuaient pas moins dans le Genevois, le Bas-Faucigny et le Chablais. — Le 8 avril 1762, en plein jour, huit contrebandiers armés arrêtaient le receveur royal au village du Vuache et le forçaient — le pistolet sur la gorge — de leur livrer l'argent de sa recette et celui de sa poche. Le curé de la localité n'était pas plus ménagé, les malfaiteurs lui extorquaient 24 louis, cette somme ayant été complétée par une cotisation des paroissiens du Vuache, invités à y participer de suite par ces étranges collecteurs. A la nouvelle de ces violences, le Magistrat de Genève décidait spontanément de faire arrêter, le cas échéant, le nommé Dupin dit *le grand Prussien,* dont on avait le signalement, et d'ordonner aussi au châtelain du mandement de Peney la saisie des marchandises récemment déposées en gages sur territoire genevois par les malfaiteurs signalés.

Cependant on se préoccupait sérieusement à Turin de mettre un terme à un état de choses qui allait en empirant chaque jour. Le 23 avril, le commandant de Savoie faisait savoir au Conseil de Genève qu'il avait déféré les faits de brigandage au ministre..... « Sa Majesté a eu la bonté d'ordonner qu'on envoie de la troupe, qui arrivera très prochainement ; il y aura des détachements à Carouge et à Chêne; » et à ce sujet le comte des Ollières « craignant qu'il n'y ait beaucoup de désertions et désireux d'éviter une partie de la perte qu'elles occasionnent, » prie que les soldats qui se présenteront aux « consignes » de la ville de Genève sans être munis d'une permission de leurs officiers soient arrêtés comme déserteurs [1] et qu'en ce cas on rende aux autorités sardes l'habillement et l'armement de ces fugitifs. — « Dont opiné en Conseil : l'avis a été d'autoriser le Seig.ʳ syndic de la Garde à promettre à Mʳ le commandant de Savoie la remise en cas de désertion [des objets d'armement et d'équipement qu'il demande]. »

Le régiment de troupes royales annoncé était celui de Kalbermatten, l'un de ceux des Suisses capitulés au service de Sa Majesté Sarde, et bien que ce fut un corps d'élite, comme il devait contenir beaucoup de Valaisans,

---

[1] Il s'entend que cette arrestation était momentanée et n'avait d'autre but que de procéder à la saisie des objets d'équipement et des armes des fugitifs ; mais ceux-ci parvenaient presque toujours à s'en défaire à vil prix avant d'entrer dans la ville, qu'ils traversaient en gens de village et vêtus « comme les moulins à vent, » c'est-à-dire d'étoffes de toile.

la tentation serait forte pour ceux-ci de regagner furtivement leur canton et les appréhensions du commandant
étaient justifiées. Cette troupe nombreuse, cantonnée sur
la frontière même de la République et qui y séjourna plus
de vingt mois [1], ne fut cependant l'occasion d'aucun
désordre dans Genève, grâce à la discipline qui lui était
imposée. Les officiers du régiment étaient fréquemment
dans la ville, où leur conduite fut toujours irrépréhensible,
et la population, comme les autorités, leur faisait un bon
accueil. Quant aux soldats et aux sous-officiers, la conduite de ces visiteurs, venus de Chêne, de Carouge,
d'Annemasse ou de Saint-Julien « pour voir Genève, » ne
donna lieu à aucune plainte sérieuse. Ce fut au contraire
la licence de quelques mauvais sujets genevois qui fit
naître le seul incident assez grave pour motiver une
action diplomatique, une enquête de la justice et même
un jugement criminel :

Le 16 mai 1763 le Conseil prenait communication de la
lettre suivante, écrite par le comte des Ollières :
« Messieurs, vous aurez déjà appris par le commandant
« du détachement que nous avons à Chêne, qu'un ven-
« dredi 29 du mois dernier, six hommes s'avancèrent dès

[1] Du 19 juillet 1762 au 30 mars 1764.

« le territoire de votre République, près de la sentinelle
« qui est au delà du pont et tirèrent sur elle un coup de
« pistolet, et qu'environ deux heures après il vint un
« autre [homme] à cheval qui menaça encore la dite
« sentinelle le pistolet à la main. Et comme jusqu'à
« présent le dit commandant me marque n'avoir pu
« découvrir aucun des coupables de cet attentat, je viens
« vous rappeler, Messieurs, la promesse que vous lui avez
« faite de faire arrêter et punir les délinquants, si tant
« est qu'ils puissent être connus, comme il est à présumer
« [qu'ils le sont], cette insulte méritant un exemple.
« Agréez en même temps que je profite de cette occasion
« pour avoir l'honneur de vous prier de renouveler les
« ordres que vous m'avez marqué avoir donnés pour
« empêcher l'assemblée des contrebandiers sur votre
« territoire, que j'ai appris s'y être faite encore nouvelle-
« ment. »

On répondit au commandant de Savoie : qu'on suivait
de jour à jour la procédure au sujet de l'attentat qu'il
signalait, et en l'instruisant de ce qui résultait de l'enquête ; quant aux contrebandiers, « arrêté de lui dire :
qu'il ne nous est pas revenu qu'ils se soient assemblés sur
notre territoire, mais qu'ils le traversent de nuit en
troupes, ce qui serait bien difficile d'empêcher vu le peu
d'étendue de notre souveraineté ; que nous tenons la main

pour empêcher les sujets de la République de leur donner retraite, et que s'il nous revenait que quelqu'un les eût favorisés nous le punirions sévèrement. »

Nous laisserons à l'écart cette dernière contestation beaucoup moins sérieuse (malgré son importance pour le fisc royal) que « l'affaire de la sentinelle, » un tel incident pouvant alors, comme aujourd'hui, soulever les suscepti-bilités les plus légitimes et porter un gouvernement à rompre toute relation avec l'État voisin donnant lieu à la plainte. Voici le précis de cet épisode, tel qu'il ressort de la procédure criminelle dont le dossier existe encore dans les archives genevoises.

Le 13 mai 1763 la population du village de Chêne-sur-Savoie s'était mise spontanément en fête à l'occasion du prochain « départ » du détachement qui y tenait garnison depuis plusieurs mois, et qui permutait, disait-on, avec un autre venant de la Bonneville. Ces sortes de manifesta-tions villageoises qui nous étonnent étaient fréquentes alors, bien qu'elles n'eussent rien, assurément, de très flatteur pour les soldats qui décampaient. Quoi qu'il en soit, tous les cabarets étaient très fréquentés et dans la soirée bon nombre de buveurs, parmi lesquels plusieurs venus de Genève, s'y donnaient carrière et célébraient à leur façon cet heureux jour. Vers huit heures du soir, la garde avait voulu faire évacuer ces guinguettes où le désordre devenait général ; mais il y avait eu résistance et batterie puis arrestation des plus mutins et finalement détention au poste de plusieurs quidams, dont trois de Genève. Une tentative avait alors été faite par d'autres Genevois repassant le pont sur la Seine pour dégager leurs camarades, et cette attaque imprudente ayant été repoussée par la garde, c'est à distance, à grand renfort d'invectives et à coups de pierre contre la sentinelle, que cette manifestation ridicule avait continué. Tel était l'historique de ce peu héroïque engagement, à la suite duquel les nommés Ballet, blanchisseur, Michel Cray, dit « Blondin, » et Daniel Mottu, tous trois fugitifs, furent « proclamés » par la Justice de Genève dès le lendemain. Deux de ces étourdis revinrent, d'eux-mêmes, se constituer prisonniers, quelques jours après l'aventure, et comme l'enquête démontra qu'ils étaient les moins coupables, ils se tirèrent de ce mauvais pas, moyennant plusieurs semaines de prison ; puis sur l'ordre du Conseil ils durent se rendre à Chêne pour présenter leurs excuses au commandant de la localité. Quant au troisième prévenu — le nommé Michel Cray, demeuré contumace — *il fut condamné à mort* et exécuté en effigie le 4 juin suivant sur la place de Plainpalais. Circonstance curieuse à signaler : ce prétendu Genevois était né à Chambéry, ainsi que cela fut démontré par les enquêtes.

Ainsi finit « l'affaire de la sentinelle de Chêne, » et cette nuée qui se dressait à l'horizon et semblait menacer la petite République de quelque orage se dissipa peu à peu dans l'atmosphère rassérénée. Mais le ciel est bien rarement sans nuage dans le monde politique ! et la bonne entente était à peine rétablie entre les autorités sardes et Genève qu'on vit surgir une difficulté nouvelle.

Le 23 mars 1764 le Sénat de Savoie faisait placarder dans tous les villages des ci-devant « terres de Saint-Victor et Chapitre » un manifeste portant défense aux étrangers d'acquérir aucune propriété foncière en Savoie, située à moins de deux milles de la frontière. Cette interdiction inattendue était faite « sous peine de confiscation » en extension du § 5, Titre XII, Livre 6 des Constitutions royales. Défense était faite aussi aux sujets de Sa Majesté de donner leurs biens en hypothèque, de les remettre à ferme ou à culture aux dits étrangers, sous peine de 25 écus d'or. Le Conseil de Genève délibérant au sujet de cette législation nouvelle, le 11 mai suivant, on fit remarquer que si une telle mesure devait être étendue aux possessions genevoises sur terre de Savoie dites « de l'ancien Dénombrement, » les possesseurs de ces biens allaient être privés de la faculté qu'ils avaient toujours eue de vendre et hypothéquer leurs fonds à d'autres citoyens ou bourgeois de Genève; et comme, par le fait du remplacement du ministre Ossorio, on avait à adresser une lettre de félicitation au nouveau ministre des affaires étrangères, le comte de Viry, il fut décidé par la Seigneurie qu'on mettrait à profit cette circonstance pour exposer l'état de la question à Son Excellence et lui demander de faire connaître quelles étaient ses vues particulières. On assembla même, au sujet de ce projet de lettre, le Conseil des Soixante, sorte de chambre consultative pour les affaires diplomatiques, où siégeaient les jurisconsultes et les hommes d'État les plus distingués de la République, et dont la réunion était devenue peu fréquente. Dans l'office adressé au ministre, on rappelait les dispositifs du traité de Turin donnant aux Genevois, propriétaires en Savoie, les assurances précises « qu'ils posséderaient leurs fonds après ce traité avec la même liberté de les vendre indistinctement à leurs compatriotes dont les Genevois ont joui dans tous les temps, dans les plus anciens, dans toutes les circonstances et sans aucune interruption. » Puis le Conseil ajoutait : « La haute idée que nous avons, Monsieur, de la justice et de l'équité du Roi nous persuade que l'intention de S. M. ne saurait être de changer leur sort, de dégrader leurs biens, en les privant de cette liberté qui est une conséquence si naturelle du droit de propriété, et qu'Elle ne permettra pas qu'après un traité qui nous est si précieux, leur condition soit détériorée..... C'est dans ces sentiments que nous prions instamment V. E. de les recommander à la justice et à l'équité du Roi, pour qu'ils soient maintenus dans la liberté de vendre leurs biens à leurs compatriotes, etc. » Enfin un mémoire en droit, volumineux et d'une argumentation serrée, accompagnait la lettre au nouveau ministre, qui répondit assez tardivement et en usant d'assertions tranchantes et absolues auxquelles le langage toujours très courtois du chevalier Ossorio n'avait pas accoutumé la Seigneurie de Genève : — « Le manifeste du Sénat de Savoie faisant le sujet des représentations des Genevois ne contenait en réalité aucune disposition nouvelle. Il rappelle les prescriptions d'une loi ancienne insérée dans les Royales constitutions. Cette loi vise indistinctement toutes les nations voisines. On ne voit rien dans le traité que le Roi a conclu avec votre République qui puisse être contraire à cette loi. Ce traité, par l'article 17, anéantit tous les autres privilèges que ceux dont S. M., par un effet de sa bienveillance, a accordé la continuation..... Le Roi est assurément dans les dispositions les plus favorables envers votre État et il se fera toujours un plaisir d'en donner de nouvelles preuves, mais vous jugez bien, Messieurs, que S. M. ne saurait mettre des exceptions à une loi de bon gouvernement qui est générale pour toutes ses frontières et pour tous les États voisins..... etc. »

Vainement on tenta de nouvelles instances, le temps ne paraissait amener aucun changement dans les dispositions de la Cour de Turin, ou plus exactement dans celles du comte de Viry, qui écrivait encore le 17 décembre 1764 :

« Messieurs, j'ai reçu la lettre que vous m'avez fait
« l'honneur de m'écrire le 21 septembre dernier, avec la
« plus vive sensibilité... Je ne pouvais mieux y répondre
« qu'en mettant sous les yeux du Roi, selon votre désir,
« les nouvelles représentations que vous m'avez adres-
« sées..... Sa Majesté, quoique convaincue de la solidité
« des réflexions que je vous avais déjà mises en considé-
« ration dans ma précédente lettre, a bien voulu néan-
« moins — s'agissant d'une affaire où vous croyez la
« justice intéressée — faire examiner avec toute l'attention
« possible le mémoire que vous m'avez envoyé et faire
« dresser celui d'observations [1] que j'ai l'honneur de vous
« remettre ci-joint..... J'ai lieu de croire qu'elles serviront
« à vous convaincre que les ordres contre lesquels vous
« réclamez n'ont rien de contraire au traité de 1754,
« comme le traité non plus n'a rien de contraire à la loi
« dont il s'agit..... etc. »

Au cours de ces négociations, qui s'annonçaient comme

---

[1] Soit « contre-mémoire. »

devant être si difficultueuses, une autre mesure gouvernementale — très sévère et impolitique — venait de porter
le trouble sur la frontière de Savoie. L'ordre avait été
donné à tous les « religionnaires » qui n'avaient pas, en
qualité de sujets prêté serment de fidélité au Roi, d'avoir
à bref délai à se retirer hors de ses terres ; en d'autres
termes, tous les protestants de nationalité étrangère et
jouissant en Savoie d'une simple tolérance de séjour
étaient brusquement chassés du duché, au grand préjudice
de l'agriculture et notamment de la culture de la vigne,
qui à cette époque était encore peu familière aux paysans
de la Savoie.

Les confidences de quelques fonctionnaires provinciaux,
transmises au Conseil par les intéressés, sont assurément
curieuses, et celles du juge-mage de Saint-Julien méritent
en particulier d'être citées —... « Il m'avoua — lisons-nous
dans le rapport du sieur Danse, Hospitalier et conséquemment directeur du vignoble et du domaine de Crevin
en Savoie — que ce qui avait occasionné cet ordre ç'avaient
été les plaintes de divers curés, qui s'étaient plaints de la
quantité de religionnaires qui s'établissaient sur les sus-
dites terres et même sur les autres fiefs, sans permission.
Qu'en conséquence, par ordre du Roi, il avait fait un
dénombrement de tous ceux qui étaient dans le cas ci-
dessus, avec des informations de vie et de mœurs sur

chacùn d'eux, que le tout avait été envoyé au Sénat et, qu'ensuite il avait eu l'ordre qu'il avait fait intimer. » — Le rapporteur ajoute : « Que M. le juge-mage lui parla du manifeste du Sénat de Savoie et lui dit : que le Roi avait été informé que divers citoyens et bourgeois de Genève ne se contentaient pas d'acheter des domaines de leurs concitoyens (propriétaires des biens de l'ancien Dénombrement) mais qu'ils achetaient aussi des paysans les fonds qui étaient à leur bienséance, ce qui ôtait des sujets [taillables] au Roi. Qu'en outre, les finances royales avaient beaucoup diminué depuis le traité (de Turin) par la facilité qu'on avait de faire la contrebande ; que la seule recette du tabac avait diminué de 90,000 livres de Piémont en 1763 et que celle des sels et de la douane avaient souffert à proportion. Que les Genevois faisaient un trop long séjour dans leurs campagnes (!). Que lui, juge-mage, attendait des ordres sur cet article, de même que sur celui des domestiques protestants... Du reste, il avait eu l'occasion de constater pendant qu'il était à Chambéry que *l'intention de la Cour était de vivre en bonne intelligence avec la République.* On avait besoin les uns des autres, et par rapport au manifeste, il était persuadé qu'on permettrait aux citoyens de vendre leurs domaines entre eux, mais qu'il serait défendu d'acheter directement des sujets du Roi... etc. »

Telles étaient très probablement, en effet, les intentions du gouvernement sarde et le juge-mage de Saint-Julien doit nous paraître bien renseigné. Mais les formes peu courtoises et la raideur du comte de Viry, pour n'être qu'apparentes, n'en devaient pas moins rendre très difficiles les négociations engagées. La question demeurait ouverte, comme on dit aujourd'hui, et les magistrats genevois entrant en office le premier dimanche de l'année nouvelle (1765) devaient avoir la tâche laborieuse de chercher encore la solution de ces difficultés.

CHAPITRE II

Le *Dictionnaire des Négatifs*. — Le sieur de Copponex et ses premiers exploits. — La disette et ses conséquences internationales
(1765-1770).

De grandes dissensions affligeaient alors la République
de Genève, dont « l'Illustre Médiation » d'alliés étrangers [1] avait prétendu, en 1738, fixer à jamais la constitution. Maintenant, à propos des querelles des *Négatifs* et
des *Représentants*, les représentations légales des partis
politiques se renouvelaient sans cesse, et comme la
Seigneurie était tenue de les discuter et d'y répondre,
il résultait de ces incidents multiples et trop souvent
futiles, une obstruction générale et, pis encore, la discorde
entre les citoyens cantonnés dans leurs divers cercles

---

[1] La Cour de France, les cantons de Berne et de Zurich.

politiques comme dans autant de forteresses ennemies.
L'avenir apparaissait sous les plus sombres couleurs quant
au gouvernement intérieur de la République, et d'autre
part, les relations entretenues avec tous les États voisins
devenaient plus difficiles ; en particulier — disaient les
pessimistes — la Cour de Sardaigne, le ministre de Viry,
et le Sénat de Savoie se montraient disposés à user d'une
politique moins conciliante.

On ne reprit la délibération sur les affaires de Savoie
qu'en juin 1765, dans le Conseil des Soixante, et le comte
de Viry, ne répondit que le 16 novembre à la recharge
respectueuse que lui adressait la Seigneurie. Encore cette
réponse n'était-elle en réalité que la confirmation des
décisions prises par le ministre. Enfin l'agitation civile à
Genève pendant les derniers mois de l'année détourna
entièrement le Conseil de la suite de ses instances.
L'anarchie semblait être imminente ; onze Conseils
généraux de la Bourgeoisie s'étaient succédé sans pouvoir
aboutir à la nomination d'aucun magistrat. L'opposition
témoignait ainsi son mécontentement, en refusant systématiquement tous les candidats éligibles présentés par les
Conseils. L'appel à la garantie du règlement de la
Médiation dut être adressé aux puissances contractantes
de 1738, et cette intervention toujours néfaste de l'étranger dans les affaires genevoises allait peser de nouveau
sur la destinée de la petite et trop turbulente république.

Dans ces circonstances, dont la gravité préoccupait exclusivement la Seigneurie, on laissa prudemment « s'évaporer » les plaintes particulières qui furent portées au Conseil des Deux-cents, en mars et en mai (1765), au sujet de la taille imposée sur les citoyens et bourgeois propriétaires en Savoie, taille qui — disait-on — était de 8 sols par livre plus forte que celle qu'on exigeait des Savoyards. De même on ferma les yeux sur un fait de tolérance étrange qui s'était passé à Carouge, les autorités militaires locales y ayant souffert le rassemblement (un certain jour d'avril) de plus de neuf cents Natifs[1] venus de Genève pour s'y organiser à leur aise sur un territoire étranger et pour dresser — eux aussi — la rédaction de leurs revendications politiques.

Mais à l'occasion d'un pamphlet satirique, qu'on découvrit avoir été imprimé en Savoie, le Conseil se vit contraint de sortir de la politique d'abstention qu'il s'était imposée.

Le *Dictionnaire des Négatifs* — une des curiosités de la bibliographie genevoise — était un opuscule qui eut pen-

---

[1] On appelait ainsi les fils, petits-fils, ou arrière-petits-fils des étrangers admis à l'habitation. Ils jouissaient comme leurs ancêtres de certains privilèges, mais *bien que nés à Genève*, ils n'y exerçaient aucun droit politique.

dant plusieurs années une notabilité scandaleuse. L'auteur anonyme y faisait le portrait littéraire (sous une forme toujours malveillante et injurieuse) non seulement de tous les principaux partisans du gouvernement de Genève, mais il poussait la licence jusqu'à insulter l'envoyé de France — le chevalier de Beauteville — venu à Genève, ainsi que les seigneurs commissaires de Zurich et de Berne pour y ramener la paix et la concorde... si c'était possible.

Le *Dictionnaire* se vendait furtivement à Carouge par l'entremise d'un sieur Chaumont, hôte du logis de « la ville de Genève; » il avait été imprimé à Annecy par le nommé Burdet, imprimeur-libraire ; un négociant genevois, le sieur Bérard, avait été l'agent de cette publication clandestine.

Aussitôt que ce pamphlet « détestable » fut signalé par le Conseil aux autorités sardes, on ouvrit une enquête en Savoie, Monsieur l'intendant d'Annecy témoignant tout l'empressement désirable pour servir le Conseil dans cette occasion et le commandant de Savoie se montrant aussi très disposé à concourir à la punition des coupables. Mais une improcédure de la Seigneurie, trop impatiente, vint tout compromettre. Chaumont pressentant son arrestation en Savoie et ne se souciant pas de « tremper dans les prisons d'Annecy ou de Chambéry, » vint un jour, très ostensiblement, à Genève, dans l'intention de s'y faire prendre (il l'avoua peu après) et le Magistrat de la ville ne sut pas résister à la tentation de le faire arrêter.

A la nouvelle de cet emprisonnement arbitraire, qu'on envoya notifier au commandant de Carouge, celui-ci parut trouver « qu'il y avait de l'excès » dans la procédure suivie par Messieurs de Genève, et qu'à l'occasion d'un prétendu délit commis sur les terres de Sa Majesté, l'arrestation préventive d'un ressortissant de Savoie (fût-ce même, comme dans le cas actuel, un étranger en permis d'établissement) ne pouvait être faite ainsi *proprio motu* par le Magistrat de la République, le désir de complaire à S. E. l'ambassadeur de S. M. très Chrétienne ne suffisant pas pour excuser de tels procédés. Le Conseil n'en maintint pas moins la détention du cabaretier Chaumont, une commission extraordinaire fut nommée pour suivre aux enquêtes et l'accusé ne tarda pas à faire l'aveu du délit qui lui était reproché, et nomma ses complices.

Cependant la surprise mécontente que les autorités du duché avaient manifestée au premier moment fut assez passagère, et le 25 juillet le conseiller Micheli, en mission à Chambéry pour suivre à la procédure contre les imprimeurs d'Annecy, écrivait à ses supérieurs :

4

« ..... J'ai obtenu, tant de M^r le commandant (de
« Savoie) que de M^r le Premier président (du Sénat) et
« de M^r l'Avocat général, un ordre pour faire arrêter
« Burdet père et fils, Durand et Chaumont, qui seront
« conduits aux prisons d'Annecy ; il y a ordre partout de
« prêter main forte, et la chose sera exécutée sans perte
« de temps, d'ici à demain... Je vois chez ces messieurs,
« après quelques nuages, de très bonnes dispositions et
« l'affaire dans le meilleur train... etc. »

Peut-être y avait-il dans cette dernière assertion un
peu trop d'optimisme, car le Conseil, qui désirait maintenant être débarrassé de son prisonnier, n'en devait pas
moins rencontrer par la suite des témoignages non équi-
voques du peu d'empressement qu'apportait le Sénat à
tirer la Seigneurie du mauvais pas dans lequel elle s'était
engagée. Le premier président, M^r le comte Salteur,
écrivait le 8 août :

« J'ai l'honneur, Messieurs, de vous dire que sur votre
« première lettre du 22 juillet, qui me fut remise par
« M^r le conseiller Micheli votre député, ayant ordonné
« l'arrestation du dit Chaumont, et pour cet effet, mandé
« le lieutenant de Justice Pégret à Carouge, nous avons
« par là, Messieurs, ce semble, fait tout ce qui dépendait
« de nous pour marquer notre attention envers des voisins
« avec lesquels nous nous empresserons toujours de main-

« tenir une parfaite correspondance, et dans l'intervalle
« des dits ordres le dit Chaumont ayant été arrêté sur
« votre territoire et détenu, ainsi qu'il l'est, dans vos
« prisons, vous êtes, Messieurs, dans le cas d'avoir de lui
« les éclaircissements que vous en espérez (et que nous
« étions empressés de vous procurer) par le moyen de son
« arrêt, ce qui nous met hors du cas d'en accepter la
« rémission ; d'autant qu'il est question d'une personne
« étrangère dans Carouge et dont le domicile n'était,
« pour ainsi dire, que casuel et occasionné par une petite
« auberge qu'il y avait élevée. — J'ai l'honneur d'être,
« etc.

Signé Salteur. »

Il fallait donc poursuivre à Genève ce qu'on y avait si
mal commencé, et, d'autre part, l'opinion publique se
prononçant dans cette ville contre les rigueurs exercées
par la justice pour le simple délit de vente illicite d'un
pamphlet dont l'auteur courait les champs, l'embarras de
la Seigneurie se manifeste par les lenteurs de la procédure, car le détenu Chaumont ne fut jugé définitivement
que le 13 octobre. Voici le texte de la sentence dont le
peu de gravité, quant à la pénalité encourue, nous rappelle involontairement la locution qui inspira jadis
Shakespeare : « *beaucoup de bruit pour rien.* »

« Vu la procédure démenée contre Étienne Chaumont,

originaire de Lyon, aubergiste à Carouge, de laquelle
résulte que le dit Chaumont est convaincu d'avoir débité
à Carouge un libelle détestable intitulé *Dictionnaire des
Négatifs*, dans lequel les auteurs attaquent, par les traits
de la calomnie la plus noire, la réputation d'un nombre
considérable de citoyens et bourgeois, injurient et outra-
gent le Conseil et poussent l'insolence jusqu'au point de
s'exprimer avec une licence effrénée et de la manière la
plus insidieuse contre la haute Médiation, et particulièrement contre un Ministre aussi respectable par ses qualités
personnelles que par le caractère éminent dont il est
revêtu, le Conseil procédant à son jugement l'a condamné à être amené céans pour y être gravement censuré
de sa faute et en demander pardon à Dieu et à la
Seigneurie, aux prisons, qu'il a subies, et aux dépens. »

A quoi le condamné ayant satisfait, il fut selon l'usage
immédiatement libéré et mis hors du territoire de la
République.

Mais quel était l'auteur de ce fameux libelle, œuvre
évidente d'une plume genevoise ? Les soupçons s'étaient
portés d'emblée sur un sieur Lamande, du parti des
Représentants, qui au premier bruit de cet esclandre
s'était enfui à Nyon, « paraissant être — disaient les bateliers — dans une agitation extraordinaire. » Puis il s'était

fait débarquer sur la rive du Chablais, où il avait trouvé un abri momentané au village de Filly, chez le commandeur Mathieu ; là, deux hommes inconnus lui avaient amené un cheval et donné de l'argent ; dès lors on avait perdu ses traces.

Il n'en fut pas moins procédé par la Justice genevoise au jugement de ce contumace, qui fut cassé de sa bourgeoisie et condamné à faire amende honorable par toute la ville (en chemise blanche, tête et pieds nus, ayant au poing une torche ardente) et finalement banni de la ville et des terres à peine de la vie, « et le dit Joseph Lamande fils n'ayant pu être appréhendé, la dite sentence devra être exécutée en effigie. »

Mais « l'effigié » fut simplement s'établir, en sa qualité d'horloger, à Neuchâtel, d'où le premier janvier suivant il eut encore l'insolence d'écrire une lettre injurieuse aux seigneurs Syndics, en y joignant par dérision sa carte de visite !

Les deux années qui suivirent (1767 et 1768) furent signalées par la continuation des mêmes troubles politiques dans la vie intérieure genevoise, sujet d'étude qui n'est que trop fréquemment lié avec celui qui nous occupe ; mais nous l'écartons à l'occasion sans nul scrupule, car ces tristes dissensions intestines ont été décrites minutieusement par tous les historiens traitant de l'histoire de Genève au cours du dix-huitième siècle. Ces écrivains, plus ou moins entachés de partialité, et tous sans nul souci des affaires internationales, ont vu exclusivement cette histoire dans le tableau des luttes civiles de la République. Laissons-leur la tâche ingrate d'en reproduire la sombre peinture.

En janvier 1769 l'intendant d'Annecy s'adressait au Conseil de Genève pour solliciter sa générosité en faveur des imprimeurs du *Dictionnaire*. Ces deux inculpés — Burdet et Durand — avaient enduré une longue et rude détention préventive, leur industrie, disaient-ils, en avait considérablement souffert, puis ils avaient été jugés enfin par le Sénat de Savoie et condamnés à l'amende de cent écus d'or, à leurs dépens, et à tous les frais d'un coûteux procès. Le Conseil se rendit volontiers aux sollicitations qui lui étaient adressées officiellement « au nom de la charité, » et fit parvenir aux intéressés un subside assez considérable « pour les indemniser des frais qu'ils avaient supportés. » On croyait terminée cette affaire désagréable jusqu'à la fin, et cela avec d'autant plus de raison que l'accusé de réception de l'intendant était d'une extrême courtoisie [1] ; mais les imprimeurs du *Dictionnaire* ne

[1] Lettre à M. Fabry, d'Aire-la-Ville, à Genève : « Je n'ai point

tardèrent pas à se raviser et à réclamer avec insolence de nouvelles indemnités, déclarant qu'en cas de refus ils allaient s'adresser au Ministre ; puis ils changeaient encore de style et dans une troisième requête ils cherchaient de nouveau à apitoyer le Conseil. On parvint enfin à s'entendre avec ces quémandeurs indiscrets, et « bien que leur demande fût destituée de tout fondement, » le Syndic de la garde rapportait au Conseil le 29 décembre « qu'il était parvenu à accommoder définitivement le différend avec le sieur Durand imprimeur d'Annecy au moyen de vingt-cinq louis d'or dont le dit Durand a fait quittance en renonçant à toute demande et prétention ultérieure. »

Une affaire qui, pour nous, est d'un intérêt plus romanesque, attirait dans le même temps l'attention des autorités sardes et celle du gouvernement de Genève : nous

d'expressions assez énergiques pour vous témoigner, Monsieur, les sentiments dont j'ai été pénétré à la réception de la lettre que vous m'avez fait l'honneur de m'écrire le 21 de ce mois et du group de L. 1464, monnaie de Savoie, qui l'accompagnait. J'ai tout de suite fait appeler nos deux imprimeurs, Burdet et Durand, et après leur avoir fait sentir de nouveau leur faute, de même que l'indulgence, la charité et la générosité du Magnifique Conseil à leur égard, je leur ai délivré la somme ci-devant désignée. Je n'ai pas manqué en même temps de leur faire comprendre... etc. » — L'intendant termine cette épître, selon l'usage, « en souhaitant des occasions où il puisse donner des preuves de sa vive reconnaissance. »

voulons parler des violences du sieur de Copponex, un de
ces turbulents hobereaux de village comme il en existait
encore un peu partout il y a cent vingt ans, mais surtout
en pays frontière. Celui-ci, comme tous ses semblables,
était affilié avec les plus mauvais sujets de sa province,
dont il partageait les débauches et les aventures. Ne
reculant devant aucune violence, Copponex, toujours armé
ainsi que ses acolytes, était à plusieurs lieues à la ronde
de son village la terreur des paysans, qu'il bâtonnait,
rançonnait et dévalisait à l'occasion. On s'enfuyait à sa
rencontre, fût-il même seul sur le grand chemin. Ce fléau
des campagnes de Savoie l'était aussi des terres genevoises voisines, et notamment des paroisses de Chancy, Avully
et Cartigny, localités de la rive gauche du Rhône qui
ressortissaient du mandement de Peney situé sur l'autre
rive. Ces villages de « la Champagne » n'avaient pas
d'autre force armée pour assurer la police qu'une
certaine organisation de milice rurale, créée surtout en
vue du « tir à l'oiseau [1] » et qui devait être assurément
une troupe « d'élite, » car elle était vraisemblablement
composée du très petit nombre de pères de famille assez
prudents pour que la Seigneurie eût osé leur confier un
fusil.

[1] Divertissement des jours de fête.

Cependant Copponex s'était épris de la fille d'un aubergiste de Chancy, le nommé Rion, et la licence d'un tel
visiteur importun (qui était aussi un débiteur toujours
insolvable) détermina certain jour le cabaretier à lui
fermer sa porte et, plus encore, à se saisir de son cheval,
de ses pistolets et de certains effets déposés en mains
tierces et appartenant au gentilhomme.

Celui-ci, ne rêvant que vengeance, était revenu dès le
lendemain faire de nouvelles incartades sur le territoire
de la Seigneurie. Le châtelain de Peney le fit alors arrêter
et détenir provisoirement dans le village sous la garde de
douze fusiliers ruraux, composant la seule force armée
dont disposait le magistrat, qui se proposait d'envoyer,
dès le lendemain, son prisonnier dans les prisons de
Genève. Mais — lisons-nous dans son rapport au Conseil
— « il fut averti, sur les six heures du soir, que plusieurs Savoyards faisaient violence pour délivrer le dit
Copponex; il y courut et fit ce qu'il put pour les faire
écarter, mais pendant ce bagard (sic) le sieur de
Copponex trouva le moyen de s'évader; il y eut plusieurs coups donnés de part et d'autre; puis tout parut apaisé par l'évasion du prisonnier. Cependant sur
les dix heures du soir, les mêmes Savoyards armés
revinrent et menacèrent de mettre le feu à la maison si
on ne leur rendait les armes qu'on avait saisies sur Coppo-

nex.... etc. » Le châtelain fut contraint de céder à ces injonctions et dut capituler avec les assaillants, « ayant vainement fait sonner le tocsin pour appeler les villageois à son aide. » Malheureusement les sujets de la Seigneurie ne se montraient animés ce soir-là que du sentiment très vif de la conservation personnelle, et la bande de Copponex put se retirer triomphante, après avoir lâché par bravade quelques coups de fusil, dont plusieurs paysans avaient été blessés.

Sur la première nouvelle de ces désordres le Conseil de Genève envoyait un détachement de la garnison de la ville, qui fut cantonné dans les localités où le sieur de Copponex se signalait par ses exploits. On le fit proclamer au son du tambour, selon toutes les formes de la justice criminelle, soit à Chancy, soit à Avully, « ainsi que tous ses suppôts dont il est fait mention dans la procédure. » Un de ces derniers, s'étant avisé fort mal à propos de passer de nouveau la frontière avec trois compagnons, fut tué raide d'un coup de feu (le 27 novembre) par le sergent du poste d'Avully; les autres bandits se rendirent alors prisonniers, et leur procès fut commencé le même jour par le châtelain de Peney, tandis qu'on amenait le cadavre à Genève [1].

---

[1] « ..., et quant au corps mort, l'avis a été que ce cadavre soit enterré derrière les cibles [du tir de la Coulouvrenière], où il sera porté par les chasse-gueux. » Reg. des Conseils.

Mais les paysans de ces paroisses genevoises, plus particulièrement exposées à des représailles, voyaient maintenant avec autant d'inquiétude la répression du délit que
le délit lui-même. Sur la requête de deux notables villageois « disant qu'ils ont des avis que de Copponex et ses
complices doivent venir cette nuit ou la prochaine suivante
attaquer le village d'Avully et demandant qu'on leur
envoie encore vingt hommes de la garnison avec un sergent, » le Conseil décidait qu'il y avait lieu de le faire ; on
décidait aussi le 1ᵉʳ décembre qu'il fallait s'adresser aux
officiers de Savoie et leur demander leur concours afin de
rendre la sécurité aux habitants de la frontière, et dès le
lendemain un délégué du Conseil partait pour Chambéry.

Noble Cramer, seigneur conseiller, reçut, comme toujours, l'accueil le plus empressé des autorités sardes et
particulièrement du commandant de Savoie [1]. Il instruisit

---

[1] « Il me parla de Genève avec amitié, du Conseil avec estime, et,
bien loin d'user de récrimination ou de plaintes contre les Genevois,
il se loua beaucoup du gouvernement et me parla très obligeamment
de la nation. Il observa seulement que nos gens étaient trop adonnés
à la chasse, et qu'ayant appris en dernier lieu qu'ils sortaient par
troupes le samedi pour aller faire, sur le territoire de Savoie, des
parties de chasse et de débauche (parties qui occasionnaient souvent
des querelles), il avait donné ordre qu'on empêchât de passer les gens
du peuple qu'on trouverait armés de fusils et qu'on leur ôtât leurs
armes. « Trouvez-vous, me dit-il, que j'aie bien fait ?... Je serais fâché
que cette précaution déplût à vos Messieurs, mais j'ai cru qu'elle vous

ce dernier des attentats commis par de Copponex et ses compagnons, vit ensuite le Premier président du Sénat ainsi que l'Intendant général et trouva encore l'occasion de rendre une visite officieuse à l'Avocat fiscal. Partout on lui donna les assurances les plus satisfaisantes des dispositions de la Cour de Turin et de celles des autorités de Savoie. M. Des Ollières avait déjà donné des ordres, disait-il, pour faire arrêter Copponex, et « si on pouvait le saisir, il serait certainement renfermé pour le reste de ses jours dans le château de Miolans [1]. »

convenait autant qu'à nous... » — Je l'assurai que nous l'approuvions infiniment et que nous lui saurions grand gré de s'opposer au goût immodéré de nos gens pour la chasse... etc. Rapport au Conseil.

[1] « Je passai de là chez M[r] le Premier président... Il m'écouta avec l'attention la plus scrupuleuse,... me répondit en me témoignant la plus vive indignation contre les auteurs de ces désordres. Il parut approuver très sincèrement la conduite du Conseil, et me dit, ainsi que M. le Commandant, qu'il fallait mettre ordre à tout cela, faire arrêter Copponex et se borner à l'enfermer dans un château, par un reste d'égard pour sa mère et pour la mémoire de son père. Il me fit ensuite l'éloge du Conseil... etc.

« Je passai ensuite chez M[r] l'Intendant... Il ne parut pas moins satisfait de la mort de Dunant [l'homme tué à Avully] et de la détention de ceux qui sont dans nos prisons ; il se répandit plus encore, s'il est possible, que ces Messieurs, en éloges pour le Conseil, loua sa sagesse et la maturité de ses délibérations..., il m'ajouta avec amitié : « Vous devriez voir l'Avocat fiscal et l'instruire de tout cela... » (Noble Cramer suit ce conseil, bien que cette démarche ne fût pas dans ses instructions; mais il s'arrange pour accompagner un gentilhomme de la ville allant rendre ses devoirs au magistrat précité, « ce qui —

En attendant l'arrestation de cet ennemi public, on
continuait à Genève le procès criminel des détenus ses
complices, et comme dans le même temps trois autres
acolytes de Copponex avaient été appréhendés en Savoie,
le commandant de Chambéry proposa officieusement au
Conseil de Genève que le Magistrat de la République fît

dit-il — ne saurait engager le Conseil.) « Mon récit fît sur lui le même
effet que sur les trois autres. Il m'apprit qu'il y avait déjà deux procédures commencées à son instance contre Copponex, l'une à Annecy
et l'autre à St-Julien, qui renfermaient *dix-huit chefs d'accusation*;
il me parut approuver notre conduite à l'égard de Dunant et trouver
« très juste » (ce fut son expression) que nous punissions les autres.
C'est ici le lieu d'observer qu'aucun de ces Messieurs ne m'a fait
quelque question sur la manière dont nous jugerions ces gens-là, ni
ne m'a fait la moindre intercession pour eux. De mon côté, je me
suis contenté de parler de leur attentat avec la plus grande gravité,
en sorte qu'ils ont dû me comprendre. J'ajouterai encore que je ne
puis assez dire à V. S. combien M. le Commandant et les trois magistrats que j'ai vus m'ont témoigné de reconnaissance pour les bienfaits des Genevois envers les Savoyards indigents; les secours accordés
en dernier lieu, soit par le public, soit par les particuliers, ont
produit le meilleur effet (allusion aux libéralités faites aux paroisses
du Chablais qui, le printemps précédent, avaient été affligées par les
ravages de la grêle). M. le Commandant m'a dit qu'il en avait rendu
compte au Roi et qu'il ne négligeait aucune occasion d'instruire
Sa Majesté de nos bons procédés envers ses sujets. Les particuliers
que j'ai vus à Chambéry me paraissent penser comme les magistrats
sur tous ces points, ne parlent que de notre générosité et de notre
bienfaisance pour les Savoyards et s'accordent tous à désirer qu'on
nous délivre de ceux qui « troublent le repos de nos villages... etc. »
— Rapport au Conseil.

remise des prévenus détenus dans ses prisons « afin qu'ils fussent jugés par le Sénat, *simul et semel* avec les criminels détenus pour les mêmes faits à Chambéry. » — « Sur quoi opiné, — lisons-nous au registre des protocoles — l'avis a été que notre constitution est telle que le Conseil ne peut pas déférer à l'insinuation de M. le comte Des Ollières. » En conséquence Claude Dunant, Nicolas Dunant (dits « les Bernardin ») et Denys Ramy, prévenus précités, qui languissaient à la chaîne courte depuis quatre mois [1], furent condamnés, le 30 mars 1770, à la peine des galères à perpétuité, le sieur Collomb de Copponex contumace, au bannissement perpétuel de la ville et des terres « à peine de la vie, » et quant aux autres contumaces, les nommés Coquan, La Forge, la Vallée et Comtois, ceux-ci étant prisonniers pour les mêmes faits à Chambéry, on résolut « de suspendre de procéder à leur jugement. »

Copponex, traqué par la Justice de Savoie et par celle de Genève, avait jugé prudent de disparaître. On le disait en France maintenant, et même au service de S. M. Tr.

---

[1] Sur le rapport fait céans que les deux frères Dunant, dits « Bernardin » et Ramy, prisonniers pour attentats commis à Chancy et Avully, sont depuis très longtemps [avec] les fers aux pieds et aux mains, ce qui seul est un supplice dans cette saison : Arrêté d'autoriser Noble de Rochemont, seigneur Conseiller des prisons, à leur faire ôter les fers des mains. » — Janvier 1770. Reg. des Conseils.

chrétienne dans les gendarmes de Lorraine. Ce héros de village, qui devait donner encore beaucoup à faire à la justice criminelle et à la diplomatie, fut oublié momentanément. Il est vrai qu'une autre affaire d'intérêt public, très importante, préoccupait à présent, non seulement les autorités et l'administration de Genève et de Savoie, mais encore les populations des deux contrées voisines. Nous faisons allusion à la pénurie des subsistances, aux désordres qui en étaient la suite et aux mesures préventives nécessitées par une disette devenue générale.

La récolte des céréales, en 1769, avait été mauvaise presque partout, et celle de 1770 s'annonçait comme très insuffisante. Dans ces conjonctures difficiles les gouvernements de France, d'Allemagne, de Suisse et de Piémont ne manquèrent pas d'avoir recours, à peu près simultanément, au seul moyen usité encore à cette époque pour conjurer la disette : on interdit dans chaque souveraineté la sortie des blés du pays et même le transit des blés étrangers. Cette entrave mise brusquement à la liberté des transactions commerciales allait à fin contraire — on n'en doute pas aujourd'hui ! — des intentions des gouvernants ; mais nous n'aborderons pas cette question intéressante d'économie politique générale et, pour le but spécial que nous nous sommes proposé, il suffira, croyons-nous, de présenter ici les faits dans leur rapport immédiat avec notre histoire internationale.

La Chambre des blés, de Genève, rendait toujours de grands services dans de telles circonstances. Cet établissement public, dont la création remontait déjà à l'année 1628, était analogue à ceux qui existaient dans les grands cantons suisses, dans les villes libres d'Allemagne et dans d'autres pays. La Seigneurie lui faisait des avances pécuniaires, elle se pourvoyait en temps opportun sur les marchés étrangers, livrait chaque semaine à la consommation publique (le plus souvent avec une léger bénéfice, mais parfois aussi à perte) une quantité plus ou moins considérable de blé dont le prix était taxé par les auditeurs de la Justice selon les besoins du moment et en raison des ressources disponibles. La Chambre rendait compte annuellement de sa gestion à la Seigneurie, elle capitalisait ses épargnes et ses bénéfices, et parfois même elle prêtait à l'État, dans les cas trop fréquents où celui-ci était obéré. En sorte que leurs rapports mutuels étaient semblables à ceux de deux banquiers « en compte-courant » et qui par le fait de transactions journalières sont — l'un ainsi que l'autre — tantôt le débiteur et tantôt le créancier de ce compte.

Outre cette précieuse ressource locale, le marché de

Genève était toujours approvisionné en temps ordinaire, non seulement par les blés venus de Suisse ou du bailliage de Gex, mais par ceux de Savoie, dont les agriculteurs venaient faire argent comptant de leurs denrées pour payer les tailles royales en automne, époque où les Genevois avaient accoutumé de faire leur provision annuelle en vue de la consommation de chaque ménage. Notons, à ce propos, une particularité vraiment curieuse : les paysans savoyards procédaient avec si peu de mesure à ces ventes d'automne toujours faciles, qu'ils étaient contraints au printemps de venir à Genève racheter une certaine quantité de céréales, soit pour suffire à leurs besoins jusqu'à la moisson prochaine, soit pour les semailles. Telles étaient les relations économiques ordinaires; mais en temps de disette ce mode de vivre était profondément troublé, car les services rendus par la Chambre des blés non seulement devenaient alors chaque jour plus onéreux pour elle, mais encore il lui était impossible de pourvoir plus de quatre ou cinq mois aux besoins du public. Son « stock » s'épuisait quelle que fût son importance, tandis que le renouvellement de ses approvisionnements, par de coûteux achats en pays éloignés, devenait chaque jour plus difficile. Les pauvres gens de Savoie n'avaient plus rien à vendre et, loin qu'ils fussent d'aucun secours à la République, leur entretien était pour elle une charge au-dessus de ses forces dans ces temps de misère. On les voyait arriver en foule deux fois par semaine, pour acheter du blé ou du pain de la Seigneurie, obligée alors de délivrer prudemment des billets de sortie hors de la ville, obligée aussi d'envoyer des « notables » soit aux portes de l'enceinte, soit sur les marchés, soit enfin dans les bureaux de la vente du pain, afin d'empêcher les accaparements et la sortie en contrebande, qu'on pratiquait de cent manières, dont la plus simple, pour les « Pied-gris » de Savoie, était de se faire jeter furtivement le pain par-dessus les murailles à l'aide d'un complice.

Ces traits suffisent sans doute pour esquisser le triste tableau de la disette locale à Genève et dans la contrée environnante, et, le lecteur étant initié aux difficultés d'une situation toute exceptionelle, nous reprendrons ici le précis des relations gouvernementales qui en étaient la conséquence.

Le 25 mai 1770, le Conseil de Genève faisait publier la défense des accaparements de pain, cette mesure d'une exécution toujours très difficile étant devenue indispensable [1].

---

[1] Publication. « Le Conseil ayant été informé qu'on a entrepris d'accaparer chez les boulangers et dans les bureaux publics le pain destiné pour les habitants de cette ville et de le transporter en pays

Le 28, on en donnait avis aux Intendants des provinces voisines, ainsi qu'à l'Intendant général de Savoie ; cette circulaire, dont nous donnerons le texte, fut expédiée par estafette « afin de prévenir toute impression contraire aux intentions du Conseil. »

« Monsieur — La disette du blé dans les pays qui nous
« avoisinent fait que nos boulangers ne peuvent suffire à
« tous ceux qui demandent du pain, ce qui nous a obligés
« de prendre, quant à présent, des précautions pour pré-
« venir les abus. Nous avons estimé, Monsieur, qu'il était
« de la bonne correspondance de vous en donner avis, en
« vous observant que les ordres que nous avons donnés
« laissent nos marchés ouverts aux Savoyards pour s'y
« pourvoir de blés et qu'ils peuvent — pour des besoins

étranger pour le revendre, a jugé à propos de défendre : 1º de sortir aucun pain par la porte du Lac à la réserve de celui qui sera nécessaire aux bateliers et passagers pour faire leur route; 2º de défendre de sortir par les autres portes de la ville plus d'un demi-pain ou six à sept livres à la fois... etc. »

« Que si quelqu'un est surpris sortant du pain en fraude, clandes-tinement, ou réitérant la sortie du pain permis, le dit pain sera saisi, confisqué, et les contrevenants punis selon l'exigence du cas.

« Ordonnant que pour l'exécution il soit commis à chaque porte une personne pour visiter les bateaux, les barques, les voitures, de même que les personnes sortant de la ville qui leur paraîtront sus-pectes. La présente résolution sera imprimée et affichée aux portes et aux lieux accoutumés, afin que nul ne l'ignore. »

« journaliers — sortir la quantité de pain qui peut leur
« être nécessaire, ce que nous souhaitons pouvoir con-
« tinuer.

« Comme nous ne recevons aucun blé du cru du pays
« de LL. EE. de Berne, nous ne permettons point la sortie
« du blé et du pain pour leurs sujets, et nous avons été
« d'autant plus forcés à prendre ces précautions que nous
« avons eu le chagrin de voir qu'une provision considé-
« rable de blé que nous faisions venir de l'étranger a été
« arrêtée dans la Franche-comté par ordre du Parlement
« [de Dijon].

« Nous saisissons cette occasion, etc. »

Les fonctionnaires du gouvernement sarde répondirent
tous « en remerciant le Conseil de son obligeance et de
ses égards pour les sujets de Savoie. » On aurait désiré
à Genève pouvoir faire davantage pour ces derniers,
et ce sentiment de regret charitable se manifeste encore
dans la lettre de refus que la Seigneurie dut faire adresser aux syndics de la ville de Thonon qui demandaient
que la République leur vendit du blé directement.

« Le Conseil se flatte — leur écrivait le secrétaire d'État
— que vous prendrez en bonne part sa détermination lorsque vous serez informé que des *citoyens et possesseurs de
fonds* ayant fait la demande de quelque avance de blé [pour

les semailles] il s'y est refusé... Enfin vous n'ignorez pas
avec quelle facilité le peuple se livre à la défiance ; il
serait à craindre qu'il ne s'alarmât en voyant sortir de
notre ville la quantité de blé que demande votre Conseil.

« Vous ne devez pas douter, Messieurs, du désir qu'ont
Messeigneurs de pouvoir toujours secourir leurs voisins et
plus particulièrement les sujets de Sa Majesté, et de leur
prouver leurs sincères dispositions à l'entretien de la
bonne correspondance. Ils en ont assuré M^{rs} les Intendants et j'ai reçu l'ordre de vous en assurer aussi très
expressement. — J'ai l'honneur d'être, etc. »

En réalité le mal dont on souffrait partout se propa-
geait et grandissait comme un incendie. On reçut à Genève, dans les premiers jours de septembre, la fâcheuse
nouvelle que le Sénat de Savoie venait de rendre un
arrêté portant défense de la sortie des blés du duché.
L'Intendant général, Mr Capris de Castellamont, ajoutait
il est vrai très obligeamment à sa communication officielle
« que si on le demande, il espère que Sa Majesté sera disposée à excepter de cette défense la ville de Genève, en
prenant les précautions convenables pour prévenir les
abus. » Sur le vu de cette lettre, on décidait en Conseil
de faire à Turin la démarche suggérée par l'Intendant de
Chambéry et « d'écrire à S. M. Sarde pour la prier d'ex-

. cepter Genève de cette défense, par un effet de sa royale bienveillance. »

Mais chaque mois était maintenant signalé par quelque fâcheuse alerte : en août, une tempête d'une rare violence sévissait sur toute la contrée environnante, le Chablais, le bas Faucigny et le Genevois[1]; en septembre, une période de pluies incessantes anéantissait la récolte des seconds foins, et rendait les semailles si difficiles qu'on fut obligé à Genève de faire afficher aux portes de la ville et devant toutes les églises de village l'autorisation donnée aux paysans de travailler le dimanche « si l'occasion était favorable. »

La réponse du Roi de Sardaigne parvint à la Seigneurie dans ces fâcheuses circonstances (18 septembre 1770), et cette réponse, sans être aussi explicite qu'on l'eût désirée, n'en était pas moins très favorable. En voici le contenu :

« Très chers et bons amis — Nous avons reçu la lettre
« que vous nous avez écrite touchant la défense qui a été
« faite en Savoie pour la sortie des blés, farines et
« légumes, dont nos sujets ont grand besoin. Quoique les
« fâcheuses circonstances dans lesquelles cette partie de

---

[1] Arrêté de défendre de faire de l'eau-de-vie de prunes; ces fruits mal mûrs qui couvrent le sol ne pouvant être utilisés. — Reg. des Conseils.

« nos États se trouve, par rapport aux mauvaises récoltes
« des années précédentes et encore en dernier lieu par la
« grêle qu'elle a essuyée, ne justifient que trop la néces-
« sité des ordres qui ont été donnés à ce sujet ; cependant,
« comme nous avons présents les égards que votre Répu-
« blique a eus en semblables occasions pour nos sujets et
« étant bien aise de vous en marquer dans celle-ci le bon
« gré que nous vous en savons, pour autant que la disette
« générale qui règne dans toute la Savoie peut le per-
« mettre, nous faisons parvenir nos ordres à notre Inten-
« dant général afin qu'il concerte avec vous les moyens
« de pouvoir secourir vos concitoyens à qui nous souhai-
« terions être dans le cas de donner toute l'assistance que
« vous pourriez désirer, y étant porté par les favorables
« dispositions que nous conserverons pour tout ce qui
« concerne votre République et par un sincère désir de
« vous donner des preuves de notre bienveillance. Sur ce
« nous prions Dieu qu'il vous ait, Tr. ch.ᵣˢ et bons amis,
« en sa sainte garde. »

Écrit à Turin le 15 Septembre 1770.

Signé EMMANUEL.

Aussitôt que la Seigneurie de Genève eut pris connaissance des intentions du Roi, elle fit partir un député pour
Chambéry. Celui-ci — noble Cramer — était pourvu selon

l'usage d'une lettre de créance et de recommandation pour M^r. l'Intendant général. Malheureusement toutes les autorités de Savoie étaient de jour en jour plus inquiètes, tant la pénurie des ressources alimentaires se généralisait dans le duché. Puis les accaparements clandestins à destination de la France étaient encore un sujet d'inquiétude. Les fonctionnaires, n'osant contrecarrer ouvertement les intentions royales quant à Messieurs de Genève, disaient être dans l'impossibilité de s'y conformer pour le présent. L'Intendant général demandait douze jours, afin de réfléchir. Ces conjonctures défavorables déterminèrent le Conseil de Genève à engager une négociation directe avec la Cour de Turin, et cela avec d'autant plus de raison que le ministre Boguin avait fait savoir, officieusement et par voie détournée, qu'à défaut des blés de Savoie, dont la vente ou le prêt devenait impossible, le gouvernement de Sa Majesté condescendrait peut-être à vendre à la République des blés de Sardaigne; cette île étant, à la différence de tous les pays voisins, encore abondamment fournie de céréales. Noble Turrettin, l'envoyé de la Seigneurie, partit aussitôt pour passer les monts, et le 10 octobre il écrivait de la Novalaise : « ..... Nous avons rencontré sur toute la route des blés que la Cour fait passer à dos de mulets pour le soulagement des provinces nécessiteuses..... Il y a eu bien des déficiens à la récolte [des blés en Savoie], et comme la défense d'extraire des blés du Dauphiné s'est renouvelée et s'exécute avec sévérité, les marchés de Chambéry en souffriront considérablement. Je crois pouvoir conclure de là que, lors même que nous aurions la sortie des blés de Savoie, ils n'en seraient pas moins, sur nos marchés, à un prix fort supérieur à celui des blés d'Italie...., etc. »

A Turin, l'envoyé genevois s'empressa d'aller rendre sa première visite à S. E. le comte Boguin, qui séjournait alors à sa villa. — « Son Excellence m'a dit que le Roi était pleinement informé de ce que nous avons fait en faveur des Savoyards ces deux dernières années..... et que Sa Majesté chercherait à nous aider en tout ce qui dépendrait d'elle, mais que, comme père de son peuple, il lui était impossible de laisser sortir de ses États un pain dont ses sujets manqueraient infailliblement si on les laissait se dépouiller en notre faveur...., etc.

« Je lui ai expliqué que la Savoie — à l'exception des cantons grêlés et de quelques parties de montagne — ne manquait pas de blé[1]....; que Genève se trouvait heureusement placée pour être une espèce d'entrepôt au moyen duquel les provinces abondantes pouvaient fournir aux provinces souffrantes....; que s'il n'y avait pas de disette

---

[1] Cette assertion est malheureusement très contestable.

actuellement en Savoie, il était très probable qu'il y en
aurait à la fin du printemps [prochain]; que ce serait le
moment où le blé exporté à Genève s'y retrouverait; que
si on laissait la Savoie fournir actuellement nos marchés,
notre Chambre des blés aurait le temps de reprendre
haleine et de faire des emplettes des blés de Barbarie[1]
pour pourvoir aux besoins futurs....; que le Savoyard était
accoutumé de faire argent de son blé au commencement
de l'hiver, vu que c'était le moment de payer ses tailles,
et que si on voulait le priver de ses débouchés ordinaires
et l'obliger à garder son blé on le mettrait au désespoir;
que ce serait alors le moment où quiconque aurait
quelque argent comptant ferait des accaparements et que
la manière d'en tirer parti serait de faire la contrebande
sur toutes les frontières; que le blé destiné à la subsistance de la Savoie s'envolerait et que nous serions nous-
mêmes hors d'état de lui fournir aucune ressource..., etc. »

Mais le ministre, à cette proposition de libre commerce en temps de disette — proposition contraire à
toutes les notions d'économie politique de l'époque —
n'en persiste pas moins à dire « qu'il paraîtrait à tout

---

[1] Ces blés étaient achetés à Livourne et venaient par Marseille,
d'où ils étaient ensuite « voiturés » par le Rhône jusqu'à Seyssel par
l'entreprise des coches de Lyon et avec l'autorisation de la Cour de
France.

le monde que de laisser verser les blés de Savoie d'un
côté, à bas prix, tandis qu'on en faisait passer de Piémont,
à dos de mulets, avec des frais immenses, sans même trouver des voitures [1] qui pussent y fournir, était une manifeste absurdité. » Du reste, il allait envoyer un officier à
Stupinis pour rendre compte au Roi de cette première
conversation.

La bonne volonté du ministre Boguin et même sa sympathie pour la Seigneurie de Genève et son envoyé se
manifestaient en définitive par les procédés dont il usait
avec ce dernier. Il communiquait à Noble Turrettin le
mémoire que la Cour de Turin venait d'envoyer au comte
de la Marmora, son ambassadeur en France, pour appuyer
sa demande du transit des blés de Sardaigne à destination
de Savoie par les États de S. M. tr. chrétienne. Il corrigeait
bénévolement le mémoire que le député de Genève allait
faire présenter au Roi. « Je puis dire — écrit Turrettin —
qu'il y a un plaisir infini de traiter avec ce ministre, il est
on ne peut plus cavalier. Il parle avec franchise et se rend
à la justice. » Mais le passage suivant est particulièrement
digne d'attention. « S. E. me dit ensuite que si je vou-
lais réussir dans ma demande [relative à la liberté du

---

[1] Lisez « des moyens de transport » soit des mulets et des chevaux
de bât.

commerce des céréales de Savoie], il fallait renforcer l'article de nos appréhensions de la part de notre Bourgeoisie et de nos Natifs ; *qu'il m'avertissait que, comme on voulait notre conservation, ce serait le motif qui déterminerait le plus à nous favoriser.* »

Quantum mutatus ab illo..... se disait sans doute le député de Genève en recevant cette confidence très inattendue et en évoquant les souvenirs historiques de plus de deux siècles d'inimitiés. Et cependant rien n'était plus vrai que ces paroles du ministre : on désirait sincèrement à la Cour de Turin, en 1770, sauvegarder l'indépendance de la République, où les excès des partis politiques et plus encore l'ingérence française étaient déjà suivis avec une inquiète vigilance par la diplomatie : Genève — au dire de ces hommes d'État piémontais, qui semblaient deviner l'avenir — devait, dans l'intérêt de tous, demeurer indépendante et n'être jamais asservie à aucun de ses puissants voisins.

Cependant Turrettin avait répondu prudemment à cette ouverture du ministre — « Je lui dis que cela pouvait être bon à dire, mais non à *écrire*, et il fut de mon avis. »

« A mon retour à Turin, je fus, d'après le conseil du comte de Boguin, chez M. le chevalier Raiberti, pour lui remettre ma lettre de créance, le prévenir de la lettre que j'étais chargé de remettre au Roi et le prier de me procurer une audience de Sa Majesté ainsi que l'honneur de faire la révérence à la famille Royale. Je lui remis, suivant l'ordre, la copie de la lettre adressée au Roi. M. Raiberti me promit de faire le nécessaire; je le prévins ensuite sur le mémoire que je lui présenterais le lendemain, et le priai de le mettre sous les yeux du Roi et des ministres; il me le promit. »

Cette lettre au Conseil de Genève se termine par un avis qui n'était pas sans importance.

« Je dois vous informer que Mrs de Berne ont fait demander par le sieur Mathey, célèbre machiniste qui est de leurs sujets, trente mille sacs de blé de Piémont à la Cour. Ils leur seront accordés à condition que le transport s'en fera par le Saint-Bernard, *car on n'accorderait pas une coupe par le Mont-Cenis.* Pareille demande est arrivée pour Mrs de Zurich et jamais on n'a vu un concours de demandes aussi prodigieux [1]. »

Telle était vers le milieu d'octobre 1770 la situation économique générale qui motivait dans la capitale pié-

---

[1] Ainsi se vérifiait le langage que le ministre avait tenu la veille à son visiteur : il me dit qu'on serait bien aise d'en vendre et qu'il me le disait franchement, mais que je me trompais si je croyais qu'on en fût embarrassé. Là-dessus il m'a parlé des besoins des Suisses, dont il était informé, et m'a dit qu'il en avait fait offrir à la France. Que si on nous donnait la préférence, c'était pour nous faire plaisir et par reconnaissance.

montaise la présence du conseiller Turrettin, et dès le
lendemain de la remise de son mémoire, ce député de la
République de Genève était admis à l'honneur de se présenter à l'audience Royale.

———————

CHAPITRE III

Députation à la Cour de Turin. — Audience royale. — Négociations infructueuses au sujet de la liberté du commerce de Savoie et du transit interlope des blés du Dauphiné. — Achat de blés de Sardaigne et du Piémont. — Difficultés nouvelles. — Un passage alpestre prêté. — Notes secrètes d'un diplomate. — Retour de Turrettin. — Bruits calomnieux, récompense ordinaire des services publics. — Mort du Roi de Sardaigne, Charles-Emmanuel III. — Regrets de la Seigneurie de Genève. — La question de l'avenir (1770-1773).

Charles-Emmanuel III, qu'un historien d'un rare mérite nous a fait connaître[1], vivait, par inclination personnelle, avec simplicité et comme dans une laborieuse retraite, au milieu d'une cour dont les fêtes brillantes, le cérémonial à la française, les costumes, les parures et jusqu'au train

[1] D. CARUTTI. *Storia del regno di Carlo Emanuele III.* Turin, 2 vol. in-8°, 1859.

domestique étaient cependant réglés par lui très exactement. Ce prince, âgé à cette époque de soixante-neuf ans,
qui consacrait encore toute sa journée au travail et commençait à donner audience à l'heure de *la barbaria*[1],
n'était étranger à rien de ce qui se passait dans son
royaume, qu'il gouvernait, disent ses contemporains,
comme un père de famille conduit et administre sa
maison. L'historien anglais Gibbon l'a rapproché de Fré-
déric-le-Grand pour ses remarquables qualités, ses apti-
tudes variées et ses facultés éminentes, dont l'une des
plus heureuses était une mémoire si fidèle qu'il retenait
le nom et gardait le souvenir de personnes qu'une seule
rencontre lui avait fait connaître. Il lui suffit sans doute
du premier coup d'œil pour retrouver dans le magistrat
approchant de la cinquantaine qui, le 17 octobre 1770, se
présentait à lui, au nom de la République de Genève, le
secrétaire de légation accompagnant autrefois le Syndic
Pierre Mussard dans toutes ses démarches à Turin et
dont le travail avait été fort utile, dans les négociations si
laborieuses du traité signé en 1754.

Ces souvenirs furent-ils favorables à N° Turrettin?
nous devons le conjecturer, car Sa Majesté mit, dès

---

[1] Nome che si dà in Torino a quella mescolanza di caffè e ciocco-
latte con cui si fa colazione. — *Ibid.*, vol. II, pag. 177, note.

l'abord, l'entretien sur le ton de simplicité qui seul convient pour parler d'affaires. — « J'ai eu, ce matin,
audience de S. M., avec laquelle j'ai causé pendant près
de trente-cinq minutes — écrit Turrettin à ses supérieurs.
J'ai voulu lui adresser un petit discours, mais Elle m'a
interrompu dès le début et nous avons tout de suite parlé
d'affaires. J'ai trouvé S. M. bien disposée pour nous et
désirant nous faire plaisir, mais doutant encore de l'état
de la Savoie par rapport aux grains. »

Les renseignements qu'on recevait à la Cour des autorités de Chambéry étaient en effet si contradictoires qu'il
était très difficile d'apprécier les besoins réels et la quotité
des ressources des diverses provinces du duché. — « S. M.
m'a dit : qu'elle n'aimait point tous ces manèges et ces
fourberies, que les Savoyards avaient crié misère et avaient
engagé [le gouvernement] à défendre l'exportation, en
disant *qu'ils mouraient de faim*, et qu'à présent qu'on
leur avait envoyé du blé à grands frais, tout à coup ils
avaient changé de langage et prétendaient même avoir du
blé à exporter et voulaient en vendre à Genève[1]. »

---

[1] Cette modification « du blanc au noir, » selon le dire du ministre,
dans le langage des Savoyards, nous est expliquée dans une missive
ultérieure (16 et 17 novembre) du député genevois : « Le Roi... avait
donné l'ordre d'y faire passer deux mille sacs de blé du Piémont. Au
moment où ce grain est arrivé en Savoie, les Savoyards, comme ils

Le Roi ajouta qu'il avait ordonné qu'on dressât un état de situation « réelle » de la récolte dans toute la Savoie [1], et que, d'après le rapport de l'Intendance générale on verrait ce qu'on pourrait faire pour obliger Messieurs de Genève. Provisoirement, des ordres étaient déjà donnés pour autoriser la Chambre des blés de cette ville à faire en Savoie quelques emplettes pour les remettre aux particuliers.

« J'ai alors expliqué à S. M. qu'il n'était pas possible que la Chambre achetât des grains [en Savoie] pour les revendre, et je lui ai fait comprendre le danger qu'il y aurait pour elle de se ruiner, tout en étant l'objet de beaucoup de mécontentements [2]. J'ai eu l'honneur de parler sur tout cela avec toute la franchise de mon caractère et

le trouvaient un peu cher et qu'ils auraient voulu que la Cour le leur fît distribuer à plus grosse perte, *ont dit qu'ils avaient des blés en Savoie* et qu'on pouvait s'y passer de ceux du Piémont... etc. »

[1] Ce compte rendu statistique ne parvint jamais au Roi, qui l'avait « ordonné, » et le ministre Boguin dut avouer à Turrettin : « Que les officiers de Savoye s'y étaient refusés, disant : qu'outre l'embarras, cet ordre ne manquerait pas de jeter l'effroi dans le pays. Ce qui faisait qu'à Turin on ne savait de quel principe partir ! »

[2] Pour la population genevoise, souffrant de la disette, et dont une grande partie était déjà prévenue défavorablement contre le gouvernement de la République, ces achats de céréales faits par la Chambre des blés dans la contrée qui fournissait en temps ordinaire à la consommation des particuliers, eussent été considérés comme un odieux accaparement à son préjudice.

S. M. m'a paru le prendre en très bonne part. Elle a fini
par me dire qu'on ferait examiner mon mémoire et qu'on
ferait ce qu'on pourrait pour nous. »

A ces assurances de bienveillance, le Roi ajoute encore
le mot final dont il usait fréquemment dans ses audiences
particulières : « Nous verrons[1] ; » puis il donnait un autre
cours à l'entretien. « Cette conversation a été trop longue
pour pouvoir la rapporter en détail ; il a été question par
exemple, pendant assez longtemps, de la perte que faisaient sur les espèces les Savoyards qui portaient leurs
denrées à Genève, de la valeur abusive des louis neufs[2], et
de mille autres détails dont il est étrange qu'un Roi soit
instruit ; mais ici les plus petits détails de l'administration
passent sous ses yeux. »

Au sortir de l'audience Royale, le conseiller Turrettin,
dont nous ne pouvons suivre l'intéressant rapport, se rend
chez le duc de Savoie. — « Mr de Saint-Thomas, gentilhomme de la chambre, m'a annoncé, et S. A. R. m'a fait
dire que le temps dont elle pouvait disposer était trop

---

[1] Dava pubbliche udienze a chiunque si presentasse, ivi riceveva i
ricorsi, accoglieva le lagnanze, rispondendo *Vedcremo*. CARUTTI,
Storia, etc., II, 170.

[2] « On n'oserait pas lui dire que, *dans sa capitale même*, les louis,
taxés au-dessous de vingt livres, montent quelquefois jusqu'à vingt
et une ! » *Même correspondance.*

court et qu'elle voulait s'entretenir avec moi plus longtemps, que je pouvais aller chez la Duchesse et que je
revinsse chez lui à trois heures. J'ai donc été à l'audience
de Madame la Duchesse de Savoie, et j'avoue que je suis
tombé des nues en voyant que sur-le-champ elle m'a reconnu, comme s'il n'y avait que huit jours que j'eusse pris
congé d'elle. Elle a aussi témoigné beaucoup de bontés à
mon fils. Je suis allé à trois heures chez S. A. R. Mgr le
Duc de Savoie et j'ai eu l'honneur de m'entretenir avec
lui jusqu'à près de quatre heures. Je ne saurais assez
exprimer la bonté, l'affabilité, la solidité du jugement, les
lumières, et la justesse d'esprit de ce prince. Il m'a comblé
de marques de bonté et m'a reçu avec la même cordialité
qu'il aurait pu témoigner en recevant un de ses plus
anciens serviteurs. Il a aussi fort caressé mon fils et lui a
dit « qu'il comptait qu'il en serait de lui comme de moi :
qu'il m'avait connu d'abord en petite perruque, qu'il me
voyait avec la grosse[1] et qu'il le verrait un jour de même ;
que si ce n'était pas lui, ce serait le Prince de Piémont
son fils qui le verrait et qu'il voulait qu'Albert allât le
voir et fît connaissance avec lui pour qu'il s'en ressouvînt
dans la suite. » Il est difficile de rien ajouter à la satisfac-

---

[1] La perruque à marteau. C'était à cette époque le complément
obligé du costume de la magistrature,

tion qu'éprouvent ceux qui ont le bonheur d'être présentés au Roi et à toute sa famille. Nous avons été de là chez le Prince de Piémont, mais il était à ses études, et on nous a assignés à demain à dix heures. Il nous reste ensuite à voir le Duc de Chablais et Mesdames de Savoie, puis la maison de Carignan. J'ai déjà fait, cette après-midi, visite aux ambassadeurs de France et d'Espagne et à l'envoyé d'Angleterre ; je suivrai demain chez tous les autres ministres..... »

Nous n'avons garde d'imposer au lecteur la relation de ces visites officielles, et il doit nous suffire de lui présenter le sommaire des démarches du député de Mrs de Genève.

La négociation de Turrettin se présentait, en réalité et malgré l'évidente bonne volonté du Roi et des ministres, sous des apparences défavorables. Le député de Genève écrit le 27 octobre qu'il a vu le comte Boguin : « J'ai été passer la journée à sa vigne et, par un heureux hasard, il n'y a eu que moi et mon fils d'étrangers à dîner : la compagnie n'est venue que le soir. J'ai beaucoup causé avec S. E. et lui ai dit que notre affaire allait se décider..., et que c'était le moment où je le priais d'en parler ou d'en faire parler à S. M., et que s'il voulait bien avoir cette bonté, je me tenais pour assuré du succès. »

Le comte Boguin répond au magistrat genevois « qu'il se trompe. » S. E. avait déjà parlé de cette instance au

Roi, qui n'en avait pas moins paru fixé à l'idée d'autoriser
des achats en Savoie, faits exclusivement par la Seigneurie ou la Chambre des blés de Genève. Du reste, et quel
que fût le préavis donné par le ministre ou par l'Intendant général de Savoie, *si le Roi avait pris un parti fixé,
il serait impossible de l'en faire revenir.*

Les renseignements fournis par les officiers de Savoie
continuaient, d'autre part, à être fort contradictoires. —
» J'attends donc avec impatience ce qui se passera mardi,
ajoute Turrettin, et suivant l'événement je verrai si je
dois ou ne dois pas faire de nouvelles démarches[1]. »

Ces démarches nouvelles — c'est-à-dire la recherche
des blés du Piémont ou de Sardaigne — devenaient une
nécessité pour le député de Genève, qui ne tarda pas à se
convaincre de l'insuccès de toutes ses tentatives quant à
la liberté d'exportation des céréales de Savoie qu'il était
venu solliciter à Turin.

Il est vrai que le Roi, pour adoucir un refus qui lui
coûtait peut-être, fit savoir au solliciteur que les Genevois

---

[1] Dans sa hâte d'avoir des nouvelles, le diplomate genevois oubliait
parfois les habitudes de la vie italienne... en 1770 ! — « Je suis allé
ce matin à dix heures chez S. E. le chevalier de Monrus (lisez
Morozzo — c'était depuis longtemps le ministre intérimaire de l'intérieur, dont il fut nommé titulaire en décembre). On m'a dit « qu'il
était sorti, mais le fait est *qu'il n'était pas encore levé*, ainsi qu'il
me l'a dit lui-même... » 30 octobre 1770.

souffrant de la disette étaient autorisés, comme précédemment, à aller acheter du pain chaque jour dans les villages de Carouge et de Chêne-sur-Savoie. Mais c'était là un palliatif et non un remède au mal, car le pain bis le plus grossier s'y vendait 5 sols et parfois 6 sols la livre, tandis que « le petit peuple » le payait encore 4 sols à Genève et ne pouvait pas le payer davantage sans être désespéré. « J'ai expliqué au ministre — écrit Turrettin — combien ce secours était inefficace, vu le prix, qui faisait que les seuls riches pouvaient s'en pourvoir et qui laissait à notre Chambre des blés la charge de nourrir les pauvres, c'est-à-dire le gros de la ville, ce qui allait achever de vider ses greniers et nous jetterait dans une disette prochaine..... » Malheureusement le ministre n'était pas « le Maître » et l'inutilité de ces observations confidentielles dut y faire renoncer Turrettin [1].

Dans la même semaine, Charles-Emmanuel III prenait une autre détermination — très fâcheuse, sans doute, pour l'approvisionnement de Genève — mais assurément honorable pour le Prince, dont la droiture se révèle

[1] La concession royale n'en fut pas moins très utile à la population genevoise, qui en usa largement chaque jour et pendant plusieurs mois. — « S. E. m'a ajouté que le pain exporté à Genève faisait un objet prodigieux et que les boulangeries de Carouge écoulaient de 55 à 60 coupes par jour... » 7 novembre 1770. La coupe était une mesure du poids de 66 kilogrammes.

encore dans cette circonstance, suite naturelle « du malheur des temps. »

L'initiative des gens du négoce, stimulée par la nécessité, avait fait naître à Genève, depuis la dernière récolte, diverses entreprises aventureuses pour l'exportation des blés du Dauphiné, malgré les dangers très sérieux de ce commerce de contrebande ; mais les autorités de Savoie avaient arrêté « provisionnellement » ces convois illicites et demandaient des ordres à Turin. Le conseiller Turrettin, informé par la Seigneurie de cette difficulté nouvelle, ne manqua pas d'invoquer auprès du ministre « la liberté de commerce stipulée en 1754 ; » à quoi Son Excellence répondit — sans entrer en débat sur la question de droit international : *la liberté du commerce comprend-elle le transit de la contrebande ?* — en avouant à son interlocuteur que ce qui, pour le gouvernement de Sardaigne, rendrait très difficile cette autorisation de transit, c'était la crainte de susciter les plaintes que pourrait faire à ce sujet la Cour de France. Crainte trop justifiée dans un temps où une grande quantité de blés de Sardaigne et de Sicile, à destination de Savoie, remontaient lentement le Rhône et pouvaient être saisis en manière de représailles. Turrettin, uniquement préoccupé des intérêts pressants qu'il était chargé de défendre, réfu-

tait ces excellentes raisons par des sophismes fort singuliers, même pour un diplomate. Selon lui, il n'était pas
question « de prêter les mains, » mais il suffisait « de fermer les yeux, » ce qui était bien différent! Le comte
Boguin se laissa-t-il convaincre de cette « différence? » Il
est permis de n'en rien croire; cependant — et réservée
l'autorisation de S. M. — il voulut bien conférer avec le
directeur des gabelles pour savoir de lui quel expédient on
pourrait employer, le cas échéant, afin de donner satisfaction à Mrs de Genève. Cette consultation demandée
au fonctionnaire supérieur de la douane par un ministre
d'État pour faciliter le transit de la contrebande, n'est
pas selon nous une des moindres curiosités de cette petite
négociation incidente. On alla même jusqu'à pressentir
l'ambassadeur de France à Turin, qui pouvait, fort mal à
propos, faire grand bruit d'une connivence plus ou moins
bien déguisée. Et le marquis de Chauvelin, en vrai diplomate, ne manqua pas de faire savoir aux curieux qu'il se
tairait, à propos des blés du Dauphiné, pour aussi longtemps qu'il ne recevrait pas l'ordre d'en parler. Mais le Roi,
dont il fallut enfin prendre les ordres, coupa court, d'emblée, à tous les sophismes destinés à étayer un projet qu'on
reconnaissait être inavouable, et pendant plusieurs jours
il résista sagement à toutes les sollicitations, directes
ou indirectes, qui lui furent adressées. — « J'ai sollicité

derechef le ministre sur le passage des blés du Dauphiné,
et il en a reparlé hier au Roi, mais très inutilement. Sa
Majesté veut exécuter rigoureusement sur cet article la
maxime *Quod tibi fieri non vis alteri ne feceris*, ces con-
nivences particulières d'un ministre contre le dispositif
d'un édit ne lui plaisant pas..... On a rapporté à S. M. ce
que m'avait dit à ce sujet M. l'ambassadeur [de France]
et sa promesse de fermer les yeux s'il ne recevait pas
des ordres; mais tout cela a été inutile, ainsi il n'y faut
plus penser. » *Turrettin au Conseil,* 12 janvier 1771.

Tous les soins du député de Genève visaient maintenant
à obtenir aux conditions les moins défavorables une quantité suffisante de ces blés de Sardaigne qu'offrait depuis
deux mois le ministre Boguin. On convint de traiter de la
vente à terme de 10,000 sacs de ces blés, qu'il fallait faire
venir, et de la livraison immédiate de 2,000 sacs [1] de blé

---

[1] Il faut remarquer qu'il s'agit ici d'une certaine mesure de grains
et non de sacs de toile, dont on manquait à l'Office du Solde de Turin
et que l'envoyé genevois n'ose pas faire confectionner, pour ne pas
donner l'éveil à la malveillance. Ses agents lui avaient déjà rapporté
« que la recherche qu'ils avaient faite des toiles avait déjà occasionné
une sorte de bruit dans la ville, que le petit peuple disait que les
genevrins (on entend par ce nom les Bernois et tous les protestants)
emportaient tout le blé du pays, etc. » Turrettin confie alors ses
perplexités au ministre et supplie qu'on veuille bien lui vendre ou
lui prêter en location des sacs des magasins de l'État. — « ... Croi-
riez-vous, Monsieur, écrit-il le 21 novembre au secrétaire du Conseil,

de Piémont. Mais comment faire arriver ces céréales à Genève ? Les difficultés du transport par la voie de terre étaient considérables, et les frais le seraient aussi, car la concurrence par le passage du Saint-Bernard était telle qu'on n'y trouverait plus aucun moyen de faire voiturer la marchandise. Quant au passage par le Mont-Cenis, le Roi se l'était réservé formellement jusqu'alors, afin de pouvoir secourir la Savoie. Enfin, si l'on empruntait la voie de mer, les blés avaient beaucoup de chance d'être pillés à Marseille par le populaire, et le transport en remontant le cours du Rhône était si chanceux (même avec les sauvegardes expédiées de Versailles) que l'administration des coches de Lyon refusait de s'en charger à aucun prix.

Ce fut encore la bienveillance de Charles-Emmanuel qui rendit cette transaction possible. Il est vrai qu'il fallut cette fois « batailler avec lui pendant deux heures. » On consentit « à prêter le Mont-Cenis » pendant un mois à Mᵐᵉ de Genève, et même à les mettre au bénéfice du

qu'il a fallu que cette affaire allât devant le Roi ! qu'elle lui fût rapportée aujourd'hui par le comte Boguin, et enfin que Mʳ Perrin [contrôleur de l'Office du Solde] dressât un mémoire dans lequel il exposait la situation, en détaillant tous les motifs!... Bref, Sa Majesté a bien voulu me faire remettre 5 à 600 sacs neufs à prix d'achat et m'en faire prêter mille vieux, *à condition de les restituer quand je m'en serai servi, et sans rien exiger pour l'usure.* »

traité passé par le gouvernement sarde pour le transport
des blés du Roi avec les adjudicataires de l'entreprise ;
Turrettin, à la suite de cette décision généreuse, pouvait
écrire non sans raison, en date du 21 novembre : — « La
grâce que le Roi nous a accordée, en nous cédant le
Mont-Cenis et en suspendant ses transports en Savoie,
paraît être bien plus importante qu'on ne se le figure à
Genève. Mrs de Berne, le Valais, Neuchâtel, la ville de
Lausanne, celle d'Yverdun, etc., ont ici des agents, qui
demandent du blé à tout prix ; le Roi avait déclaré qu'il
voulait absolument se réserver le Mont-Cenis pour lui-
même, et il l'avait refusé à tous ceux qui le lui avaient
demandé. Tous les nécessiteux se sont donc jetés du côté
du Saint-Bernard où, comme je vous disais par ma dernière, on se coupe la gorge....., etc. »

Vers la fin de l'année (1770) la négociation principale
du député genevois, qui venait d'être appelé au Syndicat
pendant son absence[1], fut ainsi acheminée, sinon au
dénouement qu'on eût désiré dans les conseils de la République, tout au moins au seul qu'on pût encore se flatter
d'obtenir. Les blés de Sardaigne allaient permettre à
l'administration genevoise « de reprendre haleine, » comme on disait alors, et de poursuivre ses démarches labo-

[1] Conseil général du 9 janvier 1771.

rieuses en pays éloignés en vue de l'approvisionnement de
la ville.

Cependant d'autres instances, beaucoup moins importantes, il est vrai, occupèrent encore Turrettin pendant
plusieurs semaines, d'ordre de ses supérieurs, désireux de
mettre à profit le séjour tout à fait exceptionnel et assez
coûteux pour la petite République d'un envoyé accrédité
à la Cour de Sardaigne. Mais nous ne rapporterons pas
ces négociations, dont les infimes sujets nous font sourire
aujourd'hui : la liberté de la sortie des blés des fonds de
l'ancien Dénombrement, la libre pratique du cours de
l'Arve pour les bois du Faucigny, la question des char-
bons du Chablais et celle non moins intéressante, « des
légumes et des petites graines. » Et cependant ces diverses
bagatelles occupaient alors les bureaux de deux minis-
tères, elles inspiraient des mémoires, nécessitaient des
conférences et rien n'était résolu définitivement sans que
le ministre eût pris les ordres de Sa Majesté [1].

---

[1] « ..... Vous ne sauriez croire, Monsieur, combien il arrive ici de
plaintes sur Genève, de toute espèce. Par le pénultième courrier, S. E.
avait reçu une lettre contenant des représentations très fortes sur ce
qu'il n'était plus possible que les sujets du Roi vécussent en Savoie,
d'autant que tous les bestiaux, volailles, laitages et autres denrées de
toute espèce se transportaient à Genève, où on les payait à des prix
auxquels les Savoyards ne pouvaient pas atteindre. Je dis au ministre
qui m'en parla que cette plainte était très fondée, notre argent faisant effectivement passer à Genève les denrées du voisinage, et que

Des communications plus personnelles, relatives à la
Cour de Turin, que nous glanons dans la correspondance
du député de Genève, nous permettront de faire ici quelque diversion à l'analyse — trop aride peut-être au gré du
lecteur — des négociations que nous avons suivies.

Du 31 octobre : — « S. M. est allée passer avec les
princes la journée à la Vénerie, suivant l'étiquette, attendu
que ce jour est celui de l'anniversaire de la mort du Roi
Victor, dont les obsèques ont été célébrées dans l'église
attenant au palais où est la chapelle royale. Il est probable, cela étant, que [notre affaire] ne sera expédiée que
samedi prochain. »

Du 3 novembre : — « Le marquis Costaz (*sic*) est arrivé
ici depuis quelques jours, avec son fils, et il a été présenté
à la famille Royale et aux ministres. On l'a beaucoup
interrogé, à ce qu'il m'a dit, sur l'état de la Savoie par
rapport aux blés et il a prodigieusement chanté misère.
Comme il est fort de nos amis et qu'il n'a en tout cela
aucun intérêt particulier, je vois qu'il n'est parti que de
sa persuasion, et je prévois combien de clameurs s'élève-
ront si l'on voit sortir pour notre compte une trop grande

la question se réduisait à savoir si les Savoyards pouvaient renoncer
à ce gain, et ce que deviendraient les provinces voisines [de Genève]
si elles n'avaient d'autres consommateurs que leurs habitants. » —
Lettres de Turrettin, 19 décembre 1770.

quantité de blé et surtout si les emplettes que nous faisons faire [en Savoie] ne sont pas ménagées avec prudence... »

Du 7 novembre : — « Dimanche dernier, jour de la Saint-Charles, fête du Roi, la Cour fut très brillante. Après la messe le Prince de Carignan, nouveau-né, fut baptisé par le Cardinal Des Lances. Le Roi et la Duchesse de Savoie furent parrain et marraine ; mon fils fut témoin de la cérémonie. Quant à moi, j'observe de ne pas me montrer dans la chapelle... etc. »

Du 5 décembre : — « Je commence cette lettre par vous mander la nouvelle du jour, qui est l'arrivée de M^r le comte de Lascaris, envoyé du Roi à Naples, et sa nomination à la place de ministre des affaires étrangères. Ce poste était vacant depuis deux ans et Mr Raiberti, premier officier du bureau, faisait toutes les fonctions de ministre sans en avoir le nom. Peut-être cet arrangement aurait-il duré quelque temps, si Mr Raiberti n'avait pas demandé du repos, et si le mariage qui va se faire [1] n'avait pas exigé dans cette place un ministre qualifié. Les vues du public s'étaient portées sur trois sujets : le comte de la Marmora, ambassadeur à Paris, le comte Perron et le comte de Lascaris. Le Roi a choisi ce dernier,

---

[1] Allusion au mariage de Madame Marie-Joséphine, fille aînée du Duc de Savoie, avec le comte de Provence (Louis XVIII).

et il paraît qu'on applaudit à ce choix. Mʳ de Lascaris est
Nisard, et d'une maison qui, sans parler de la prétention
qu'elle a d'avoir eu des empereurs d'Orient, a eu des
comtes souverains à Tende et dans le voisinage, sans
parler d'un grand-maître de Malte qui a été fort illustre
il y a deux siècles. Elle peut passer pour la première
de ce qu'on appelle ici *case principesche,* c'est-à-dire maisons qui descendent de princes souverains. Mʳ de
Lascaris lui-même est fort instruit, d'une belle figure,
homme du monde, et a tout au plus quarante-deux ans. Il
arriva ici samedi, fut présenté au Roi et à la famille le
lendemain et nommé ministre lundi ; sa patente sera
signée aujourd'hui, il prêtera serment demain et en-
trera tout de suite en fonctions..... Je crois qu'il convient de m'envoyer une espèce de lettre de créance générale qui servira d'occasion pour lui dire des choses
honnêtes....., etc. »

Du 12 décembre 1770 : — « Sa Majesté publia dimanche
le mariage de Madame Joséphine avec le comte de Provence, et les deux ou trois premiers jours de cette semaine
ont été des jours de gala et de fête, ce qui a un peu
entravé les affaires. » — Turrettin, chargé par ses supérieurs de faire parvenir la lettre de remerciements
adressée au Roi par le Conseil au sujet des décisions pré-
citées, dit que le chevalier Raiberti a arrangé les choses

de façon que l'envoyé de Genève a pu présenter lui-même cette lettre. « J'ai saisi cette occasion pour témoigner au Roi la part que prenait notre République à la satisfaction qu'il ressentait de cet événement, ainsi que nos vœux pour le bonheur de ce mariage et pour tout ce qui pouvait amener l'union entre les deux Maisons de France et de Savoie [1]. S. M. m'a dit : qu'ayant une aussi nombreuse famille, elle était bien aise, en effet, de commencer à voir quelques-uns de ses petits-enfants placés. — Sur ce que je lui ai dit, qu'il goûtait plus qu'aucun prince [contemporain ?] le bonheur des anciens patriarches, il m'a dit que malheureusement il leur ressemblait par l'âge, *ce dont il se passerait bien*. Cela nous a conduits à parler de l'état de sa santé et de son genre de vie..... » — Puis les affaires sont, de nouveau, le sujet de l'entretien, et le Roi motive les mesures restrictives mises par lui à l'exploitation et à

---

[1] Cette union par voie d'alliances de famille, le roi Charles-Emmanuel III, aussi jaloux de l'indépendance du Piémont que son père, ne la voulait pas cependant trop intime : « La Corte di Versaglia desiderava pure due altri matrimoni : quello di Maria Teresa, altra figlia del duca di Savoia, col conte di Artois, che fu poi Carlo X; e l'altro di Maria Clotilde di Francia col giovane principe di Piemonte; ma Carlo Emanuele III... non amava siffatta molteplicità di vincoli colla Francia, sapendo che essi possono talvolta impacciar la politica; e perciò, non ostante le istanze del duca di Savoia, lascio cadere il negozio. I due maritaggi ebbero poi effetto allorchè il duca di Savoia salì sul trono. » (CARUTTI, *Storia*, etc. II, 291 n.)

l'exportation des bois du Faucigny, « dont les communautés avaient détruit tous les bois sans précaution et sans mesure... Cela lui avait fait prendre la résolution d'ordonner qu'on fît un règlement général sur cet objet, et l'on y travaillait actuellement. »

Du 18 décembre : — Turrettin est reçu par le nouveau ministre des affaires étrangères, comte de Lascaris. S. Excellence s'entretient longtemps familièrement avec l'envoyé de Genève... « Je demeurai à causer avec lui pendant trois quarts d'heure, et il me raconta des choses sur la famine de Naples qui m'ont fait dresser les cheveux : il a vu — de ses deux yeux — *onze personnes très bien vêtues, ayant les poches pleines d'argent, tomber mortes de faim sur la place !* Je crois que pareille chose ne s'était jamais vue, dans une ville située au milieu du pays le plus fertile, communiquant à toute l'Europe par la mer et ayant toutes les avenues libres..., etc. » — Turrettin rend compte aussi d'une visite récente faite au comte Boguin, avec lequel il reprend encore la question des céréales. Ce Ministre lui dit « que les circonstances obligent maintenant la Cour à réserver toutes les ressources qu'offrent encore les blés du Piémont, pour ¡alimenter la Savoie, qu'il fallait qu'on y pourvût, *en sorte qu'au passage de la comtesse de Provence les peuples n'eussent que des cris de bénédiction à jeter...* »

Du 13 février 1771 : — « ..... Je viens à l'affaire de Copponex, sur laquelle j'ai eu l'honneur de vous dire que je m'étais adressé samedi dernier au comte de Lascaris... J'ai eu aujourd'hui la réponse du Roi, qui est que, comme nous avons demandé cet homme à la France[1], S. M. ne fera aucune démarche auprès de cette puissance pour le réclamer, mais qu'elle accepte l'offre que nous lui avons faite de le lui remettre, lorsque nous l'aurons en notre puissance... J'ai expliqué aux deux ministres [Mrs de Lascaris et Morozzo] que cet homme ayant mérité chez nous une peine capitale (vu qu'après avoir été condamné pour un crime très grave au bannissement perpétuel *sous peine de la vie,* il avait eu l'audace de venir commettre de nouveaux désordres sur notre territoire), nous serions par conséquent dans le cas de prononcer contre lui « la mort, » mais que pour éviter à sa famille une flétrissure et donner au Roi un témoignage de notre empressement à lui agréer, nous le remettrions sans requérir même qu'on lui fît son procès et seulement pourvu que nous fussions assurés qu'on le tiendrait étroitement enfermé, et c'est le prin-

---

[1] A la suite de nouvelles violences du banni Copponex bravant la peine capitale et venant encore insulter à main armée le châtelain de Peney — dans son logis et au milieu de ses domestiques ! — la Seigneurie de Genève avait requis récemment, par l'intervention du Résident de France, l'extradition de ce mauvais sujet, qui fut, en conséquence, arrêté à Lyon dans les premiers jours de février 1771.

cipe d'où le Roi est parti. Il se faisait d'abord quelque peine de condamner cet homme à une prison perpétuelle, sans forme de procès, et peut-être même fera-t-il rendre contre lui un jugement par le Sénat ; mais quelque tournure qu'on prenne, j'ai l'honneur de vous répéter que le point qui nous intéresse est « qu'il sera mis en sûreté. [1] »

Turrettin avait demandé son rappel ; un séjour plus prolongé dans la capitale du Piémont étant pour lui d'autant plus inutile que la Seigneurie, par le fait de l'indigence du trésor public, avait dû lui donner brusquement contre-ordre pour l'achat de nouvelles livraisons de céréales. Le député de Genève prenait congé du Roi (qu'il ne devait plus revoir), des ministres, de la Cour et de la ville, dans la seconde semaine de février (1771). — « Jeudi matin je fus à l'audience du Duc de Savoie ; comme j'avais été informé qu'il s'était fort intéressé pour nous auprès du Roi, relativement à l'extraction des blés de Piémont, je crus devoir lui en exprimer toute ma sensibilité... Il me répondit, que l'intérêt qu'il avait pris à cette affaire était procédé d'un motif de justice autant que d'un esprit d'humanité, et qu'il avait trouvé *qu'on nous devait du retour pour ce que nous avions fait relative-*

---

[1] Tandis qu'à Turin on négociait ainsi par voie diplomatique la remise gracieuse de Copponex, celui-ci brisait les prisons de Lyon, s'évadait et courait de nouveau les champs !

ment aux Savoyards... Je pris congé de lui en recommandant notre État à sa bienveillance. Il m'en assura d'une manière très gracieuse et me dit, qu'il serait toujours charmé de me revoir à Turin, pourvu que je n'y fusse pas appelé par quelque circonstance malheureuse. Il eut même la bonté de dire à mon fils que, dans le cas où je ne pourrais pas venir, il le reverrait avec plaisir et même... *avec la grosse perruque.* etc. Je compte partir lundi 18 après midi. »

Le 26 février, le Conseil de Genève était avisé du retour de son député. — « Après la prière, M^r le Premier a dit que Noble Turrettin, élu Sgn^r Syndic en son absence et tandis qu'il était à Turin pour le service de la République, arriva hier ; que, bien que le dit N^e Turrettin n'ait pas obtenu le principal de sa mission concernant l'extraction des blés de Savoie (à cause de l'état actuel de cette province), il avait cependant rendu des services essentiels à la République en lui procurant les blés de Piémont et de Sardaigne dont elle avait besoin, et qu'il s'était acquitté avec beaucoup de dextérité et à l'entière satisfaction du Conseil de toutes les négociations dont il était chargé. »

Pourquoi faut-il ajouter ici que la population genevoise, aigrie par la misère et si profondément troublée dans ces tristes temps par la discorde et la haine, ne ratifia que très partiellement ces éloges mérités, seule récompense

d'un magistrat qui s'était montré entièrement dévoué à la
République ! On lit dans le même registre des protocoles
du Conseil, en date du 21 juin 1771 : « Monsieur le Syndic
de la Garde (Turrettin) a rapporté.... qu'il se répand un
bruit dans la ville que le Magn^que Conseil a fait un traité
avec Sa Majesté Sarde pour ne point laisser entrer de blés
de Savoie dans la ville afin de tenir le peuple dans la dépendance du Conseil (!) et écouler les blés de la Chambre à
un plus haut prix ; ce qui a été aussi confirmé par plusieurs
membres du Conseil. Sur quoi l'avis a été de charger M^rs
de la justice d'informer contre les auteurs de bruits aussi
dangereux et contre ceux qui les répandent, avec toute la
diligence possible, et de faire une publication par laquelle
le Magn^que Conseil témoigne de son indignation contre
les auteurs de bruits aussi calomnieux et promet deux
mille florins à ceux qui pourraient en faire connaître les
auteurs, ainsi que le secret sur leur délation..., etc. » —
Mais de telles procédures n'ont jamais fait tomber la calomnie, et le Syndic Turrettin dut avoir maintes fois l'occasion de reconnaître combien est vrai — dans tous les temps
— ce qu'on a dit de l'ingratitude des Républiques.

Dix-huit mois après ce dernier incident, on apprenait
à Genève la mort du vieux Roi de Sardaigne Charles-
Emmanuel III, dont la santé donnait depuis plusieurs mois
de graves inquiétudes. Ce prince, digne successeur de Vic-

tor-Amédée II, et auquel, à la suite d'un très long règne
l'histoire réservait le surnom de « grand, » laissait à la
Seigneurie de Genève les regrets qu'inspiraient alors aux
chefs d'un très petit État la perte d'un allié fidèle et bien-
veillant, d'un monarque dont l'influence personnelle considérable, soit dans le gouvernement de son royaume, soit
dans les relations extérieures de celui-ci, fut toujours très
favorable à de faibles voisins, gens qu'il avait appris à connaître — en bien comme en mal — et qui, en dépit d'anciens préjugés, avaient gagné son estime et sa sympathie[1].

[1] Il primo di dell'anno 1773, il conte di Malines, governatore del
principe di Piemonte, nell'ossequiarlo disse parergli che incomin-
ciasse l'anno molto bene. Il re lo guardò fisso e rispose : ne vedrà
il fine chi potrà. Apertosi il teatro regio, v'intervenne costantemente
sino al mercoledì dell'ultima settimana del carnovale; il dimani
alzatosi all'ora consueta e sedutosi a tavola dove riceveva in udienza,
parve che gli venissero meno le forze; assopivasi frequentemente,
parlava con istento, non potè prendere nutrimento. Si apprestarono i
soccorsi dell'arte; sorrideva perchè in cuor suo sapevali oggimai
inutili. Così passò la giornata : il duca di Savoia, il duca del Chia-
blese gli stavano a fianco. Giunta la sera, ed approssimandosi l'ora
del teatro, il re morente disse loro di andarvi ; scusandosene essi, con
piglio severo ed assoluto gliel comandò. Avea lungo il giorno ricusato
di mettersi a letto, non ostante le preghiere che gliene erano state
fatte; partiti i principi, si coricò e congedò il suo primo paggio. Poco
presso entrò in agonia la quale durò due giorni e quasi due notti.

Alla mezzanotte del diciannove al venti di febbraio 1773, circon-
dato dai principi del sangue, tranne il principe di Piemonte, che tro-
vavasi da qualche giorno infermo, spirò. — Il nuovo re Vittorio
Amedeo III si ritirò con tutta la real famiglia alla Veneria. Compiuta

A cette occasion solennelle et douloureuse deux lettres officielles furent échangées entre Genève et Turin. Celle de la Seigneurie était de la teneur suivante :

A Sa Majesté le Roi de Sardaigne,

« Sire — Le triste événement qui plonge dans l'afflic-
« tion Votre Majesté nous a pénétrés d'une vive douleur,
« mais en déplorant avec Elle la perte d'un monarque éga-
« lement distingué par la gloire de ses armes et par la
« sagesse de son gouvernement, nous sentons combien est
« consolant pour les sujets de V. M. l'avènement au trône
« d'un prince dont les vertus si bien connues leur présa-
« gent le bonheur le plus assuré.

« Permettez, Sire, qu'après avoir exprimé à V.M. les
« vœux ardents que nous faisons pour la gloire et la pros-
« périté de son règne, pour sa personne sacrée et pour
« toute la famille Royale, nous priions V. M. de conserver
« à notre République la bienveillance Royale dont l'au-
« guste monarque qui est l'objet de nos regrets avait dai-
« gné l'honorer.

« Nous sommes avec un très grand respect, Sire..., etc.

Les Syndics et Conseil de Genève,

Signé : DE CHAPEAUROUGE. »

la funebre cerimonia, fu trasportato a Superga e tumulato vicino al padre. (CARUTTI, *Storia*, etc. II, 295.)

La réponse du Roi Victor-Amédée III parvint au Conseil vers le 15 mars (1773). Voici les termes de cette missive :

« Très chers et bons amis — Rempli comme nous le
« sommes de la juste affliction de la perte irréparable que
« nous venons de faire, il a été bien consolant pour nous
« de voir la cordialité avec laquelle vous témoignez la par-
« tager, en même temps que vous exprimez vos sentiments
« sur notre avènement au trône. Nous avons reçu, comme
« une marque bien agréable de votre attention, à laquelle
« nous sommes très sensible, les assurances qu'à l'occasion
« de ces deux événements vous avez voulu nous donner
« de l'intérêt que vous prenez à ce qui nous regarde. Vous
« ne devez pas douter, qu'y mettant une pleine confiance
« et connaissant d'ailleurs la partialité que le feu Roi notre
« seigneur et père a toujours eue pour votre République,
« nous ne soyons, à son exemple, animés d'un sincère désir
« d'entretenir un bon voisinage avec elle et de vous don-
« ner dans toutes les occasions qui pourront s'en présenter
« des preuves de notre affection et de notre bienveillance.
« — Sur ce, Nous prions Dieu..., etc.
Écrit à Turin le 10 mars 1773.

Signé: Victor Amédée. »

Qu'en serait-il de ces protestations et de ces assurances ?.... Le temps devait répondre, et — nous le savons aujourd'hui en interrogeant l'histoire — il devait encore maintes fois témoigner de leur sincérité.

CHAPITRE IV

Les princes de Carignan à Genève. — Passage du duc de Chablais. — L'affaire des ustensiles. — Le péage de M^r de St-Amour. — Procédure pour gravures et chansons. — La Cour de Sardaigne à Chambéry. — Légation genevoise, audience royale. — Fêtes et cérémonies pour le mariage du prince de Piémont. — Lettres diverses. — Rétablissement de la liberté d'exportation des céréales. — Réjouissances à Genève. — Sage décision du Conseil au sujet de la commémoration de l'Escalade (1773-1775).

Un des épisodes les plus intéressants des annales de la République — au moins pour les dames genevoises — fut certainement, en 1773, le passage du prince de Carignan et de sa famille se rendant à Lausanne sur les terres de Mrs de Berne et empruntant territoire à la Seigneurie.

Le prince avait fait demander dès le 25 juin l'ouverture des portes de la ville, pour la nuit du 9 au 10 juillet; il se proposait alors de traverser tout à fait à la dérobée « la cité de Calvin, » puis d'aller coucher avec sa suite à l'auberge de Sécheron sur la route de Suisse. Mais ce projet de passage nocturne ne pouvant être que très difficilement exécuté [1], Son Altesse, mieux renseignée peut-être sur les dispositions véritables de la population genevoise envers la Maison de Savoie, se résolut à venir loger dans la ville à l'auberge des Balances [2], et fit savoir qu'il prendrait le nom de marquis de Villefranche et que le prince Victor son fils et la princesse sa belle-fille prendraient le nom de comte et comtesse de Racconis. Sur cet avis, le Conseil décidait — « vu qu'on ne peut ignorer la qualité du prince » — de saluer du canon l'arrivée de S. A., de lui députer huit seigneurs conseillers chargés de le complimenter et de lui offrir une garde d'honneur s'il consentait à faire quelque séjour dans la ville. » Ce cérémonial fut exactement suivi; et bien que toute la population eût été sur pied pendant 24 heures, dans l'attente de l'incident annoncé, les illustres voyageurs n'en reçurent pas moins un accueil qui dut leur plaire, car ils n'hésitè-

---

[1] Arrêté de charger le sieur Decombes (officier auquel le secrétaire des commandements de S. A. s'était adressé comme particulier) de répondre que le Conseil est gêné par ses usages et qu'il ne peut suivre le désir qu'il aurait d'obliger Mr le prince de Carignan en ouvrant les portes, mais que Mr le Syndic de la garde est autorisé à en retarder la fermeture ou en accélérer l'ouverture pour le passage de Son Altesse. » Reg. des Conseils.

[2] Ce projet nouveau paraît avoir été abandonné au dernier moment.

rent pas, à la suite de leur séjour à Lausanne, à revenir par Genève, et même ils agréèrent d'y demeurer plusieurs jours [1].

A propos de cet épisode, un annaliste, inconnu de nous, a consigné dans sa chronique manuscrite quelques détails assez intéressants pour être recueillis, car ils complètent les documents officiels qui sont trop souvent d'un regrettable laconisme. — « Victor-Amédée de Savoie, prince de Carignan (né en 1721) a paru satisfait de l'honneur que lui a fait la République à son passage..., les grenadiers-bourgeois en uniforme ont bordé la haie, et à sa sortie par

---

[1] « Noble Bufle, sgr. anc. Syndic et général de l'artillerie, a rapporté que, suivant les ordres du Conseil, il a fait placer vingt-cinq pièces de canon, tant sur le bastion d'Yvoy que sur le bastion souverain, que les canonniers furent assemblés le jeudi à 3 heures après midi, et sont restés sur lesdits bastions le vendredi jusqu'à 3 heures, moment auquel S. A. S. Monsieur le prince de Carignan, le prince son fils et la princesse sa belle-fille, passèrent et furent salués de la salve de vingt-cinq pièces de canon fort à propos avant leur entrée dans la place. Mr le Syndic de la garde (Turrettin) a rapporté que S. A. S., le prince son fils et la princesse sa belle-fille, ont traversé vendredi dernier, à trois heures, la ville. Que la compagnie des grenadiers du régiment de St-Gervais (qui se trouvait assemblée sur la place de St-G. pour monter la garde chez le prince, dans le cas où il aurait fait quelque séjour dans la ville) a pris les armes lorsque le prince a passé sur cette place, quoique ce ne fût point l'objet de leur assemblée. S. A. Sérénissime fit arrêter sa voiture, fit des compliments fort honnêtes à l'officier qui commandait cette compagnie, et le chargea de remercier de sa part ses supérieurs des honneurs qu'on lui avait rendus, auxquels il était fort sensible. » — Reg. des Conseils.

Cornavin il a été salué d'une autre salve d'artillerie rangée au bastion du Temple. Ce prince s'est attiré tous les cœurs par son affabilité auprès d'un chacun. Ils ont fait un séjour d'environ douze jours à Lausanne où ils ont été faire visite à la princesse [de Lorraine] mère de sa femme, ils sont repassés à Genève et ont logé chez M⁻ le baron de la Bastie, seigneur de Vincy. Ils ont séjourné quatre jours et ont été accueillis tant par le Magistrat (qui, à leur sujet, a donné grand bal à l'hôtel de ville) ¹ que par les principales maisons de Genève. On leur a donné l'agrément d'une petite promenade d'une après-midi sur le lac où ils se sont fort amusés au moyen des corsaires ² et autres divertissements ; le prince avec sa suite est parti le samedi matin 31 juillet 1773 par la porte Neuve ³. »

¹ Dans ces bals officiels donnés par la République, les invitations de dames étaient réglées de la manière suivante : 1° pour chaque sgr Syndic en office, toutes les dames de sa famille : 2° pour chaque conseiller du Vingt-cinq, deux invitations ; 3° pour chaque membre du Deux-cents et pour Messieurs de la justice, une invitation ; 4° pour le Résident de France, et plus tard aussi pour le Résident de Sardaigne, toutes les dames de leur famille. Un des hôtes illustres de la Seigneurie dansait le premier menuet avec la femme ou la fille du Premier Syndic et, à défaut, avec celle du Second en office.

² Ces poursuites données aux « corsaires barbaresques, » venant troubler la fête nautique et enlever quelque embarcation (avec combat simulé et victoire finale des bateliers genevois sur les infidèles) étaient toujours l'épisode dramatique de prédilection pour les acteurs et les nombreux spectateurs de ces réjouissances navales.

³ M S. 230. Bibliothèque de la Société d'histoire de Genève.

Peu de jours après leur passage à Genève, les princes de Carignan « firent témoigner leur sensibilité à tous les honneurs qu'on leur avait rendus dans cette ville, » et par l'entremise d'un citoyen, ancien officier au service de Piémont, ils firent parvenir au Syndic de la garde six épées, dont trois étaient destinées aux officiers grenadiers, deux pour les officiers d'artillerie commandés lors du passage de LL. AA., et une pour le capitaine de garde à la porte Neuve, « et — lit-on au registre du Conseil — l'avis a été de les accepter. »

Ces façons courtoises des princes de Carignan avec Mrs de Genève contrastaient alors avec celles du duc de Chablais, prince d'un naturel flegmatique et réservé, qui dans le même temps prenait les eaux d'Évian, où déjà plusieurs fois sa présence avait donné lieu à des négociations de la Seigneurie, désireuse de lui envoyer des députés pour le complimenter, pourvu que ces députés fussent reçus selon l'étiquette en usage avec les représentants d'un petit État souverain, et non comme de simples délégués d'une des villes de Savoie. Mais ces prétentions fort légitimes n'avaient jamais été admises, ou tout au moins elles étaient toujours éludées sous le prétexte « qu'on ne pouvait recevoir une députation genevoise à Évian comme on l'eût fait volontiers à Turin. » On n'en continuait pas moins à saluer du canon le passage de Son Altesse toutes

les fois que le duc, allant aux bains ou en revenant, se
rapprochait de la frontière genevoise, et comme cette
année-là il devait, disait-on, faire étape au château de
Veyrier et même traverser le village de Carouge, le Conseil donna les ordres nécessaires pour que le cérémonial
habituel fut ponctuellement observé [1].

Ce passage du duc de Chablais, prenant logis pour quelques heures chez le comte de Veyrier, souleva une question
de droit féodal, droit qu'on aurait pu croire tombé en
désuétude. Nous faisons allusion à l'obligation de fournir « les ustensiles » imposée à tous les taillables d'un
canton ou d'une paroisse dont le seigneur avait l'honneur
de recevoir son suzerain dans son château. — En date du

---

[1] « Du 23 juillet. — Mr le Premier ayant proposé de faire un second
tour [de délibération] sur le nombre des coups de canon à tirer lors
du passage de Mr le duc de Chablais, qui doit venir à Carouge, l'avis
a été de faire une salve de 31 coups. » — Reg. des Conseils.

— « Charles-Emmanuel, présentement duc de Chablais, né le
24 mai 1751, a fait la tournée de son duché sur la fin de juillet 1773,
et passant au village de Vésenaz en Savoie, il a été salué de la part
de la République par une salve de l'artillerie qui était sur le bastion
de St-Antoine et sur celui du Pin. A son retour... il a dîné au château du comte de Veyri sous le mont Salève, et passant au village de
Carouge à 5 heures du matin, il a été de nouveau salué... Les habitants du dit Carouge, pour faire honneur au duc, avaient construit
un arc de triomphe en feuillage orné de fleurs, où étaient ses armes,
mais le duc a passé sans paraître faire aucune attention à ces préparatifs pour le recevoir, en sorte que ses sujets n'ont pas eu lieu d'être
satisfaits..., etc. » — M S. 230. Soc. d'hist. de Genève.

17 août le Conseil de Genève s'adressait au successeur du vieux comte Boghin, S. E. le marquis d'Aigueblanche, et faisant en quelques phrases l'historique de cette affaire, il présentait au ministre les réclamations des intéressés. — « Les diverses assurances d'affection, faisait écrire la Seigneurie, que V. E. a bien voulu nous donner dès son élévation au ministère nous engagent à nous adresser à elle avec confiance, relativement à un incident occasionné par le passage de S. A. le duc de Chablais.

« Le logement de ce prince, ayant été marqué au château de Veyrier, situé à une lieue de Genève, les officiers de la paroisse furent chargés de faire les préparatifs nécessaires pour sa réception.

« Par un ancien usage, confirmé par nos traités avec la royale Maison de Savoie et spécialement par l'article 14 de celui de 1754, *les Genevois possédant des fonds en Savoie sont exempts de toute contribution et de toute charge, tant ordinaires qu'extraordinaires, pour les biens appelés de l'ancien Dénombrement*, et il paraît évident qu'en vertu de cet article nos particuliers possesseurs de ces biens n'étaient pas dans le cas de contribuer aux fournitures nécessaires pour le logement de S. A. R. et des personnes de sa suite; mais leur satisfaction de voir séjourner dans notre voisinage le frère du roi ne leur permit pas d'examiner quel pouvait être leur droit à cet égard. Déjà quelques-uns

8

d'entre eux avaient offert volontairement au comte de
Veyrier ce qui était en leur pouvoir pour le logement de la
suite de S. A. R., et il n'est pas douteux que les autres
n'eussent manifesté le même empressement, lorsqu'ils
reçurent « un ordre » signé du châtelain de la paroisse,
par lequel il leur était enjoint de faire porter au château de
Veyrier divers meubles « sous peine de désobéissance. »
Nous joignons ici un de ces ordres en original [1]. V. E.
comprendra aisément combien cet ordre, contraire au
traité, pour le fond, a dû paraître mortifiant à nos particuliers par sa forme..?

« Ils hésitèrent s'ils ne se prévaudraient point de
l'exemption qui leur est acquise par le traité pour se refuser à cette contribution, mais partageant le sentiment qu'é-
prouvait en ce moment la République toute entière et craignant que leur refus ne pût nuire aux arrangements pris
pour la réception de S. A. R., ils préférèrent suivre le
premier mouvement de leur zèle et firent conduire à
Veyrier les meubles qui leur étaient demandés. Mais

---

[1] « En exécution des ordres du sgr comte de Lescaletta, Intendant de la province de Genevois et bailliage de Ternier, le sieur
Pierre Barraban fournira deux lits, qui seront garnis de banquettes,
un matelas, une paillasse, un chevet, deux draps et une couverte chacun, qu'il fera transporter à ses frais, vendredi 23 du courant, sous
peine de désobéissance dans le château du sgr comte de Veyrier.
A Collonges, ce 19 juillet 1773.   *signé :* Bachold, châtelain. »

après avoir suivi ce que leur dictaient leur respect et leur empressement pour le frère du Roi,... ils nous ont prié de faire parvenir leurs plaintes à la Cour. Cette demande nous ayant paru juste, nous prions V. E. de vouloir bien la mettre sous les yeux de Sa Majesté..., etc. »

Cependant la réponse du marquis d'Aigueblanche ne fut nullement favorable aux requérants, et — comme toujours — le gouvernement sarde posait en principe que les privilèges dont jouissaient en Savoie les possesseurs des fonds précités étaient relatifs aux charges *Royales,* et nullement aux prescriptions *provinciales* ou *paroissiales.*

« L'ordre contre lequel les recourants réclament ne blesse point les exemptions qui leur ont été accordées... Ce ne peut être une charge pour des sujets de contribuer à ce qui est nécessaire à la réception du frère du Roi chez eux. Ceux de vos concitoyens qui possèdent des biens dans les États du Roi, ne pouvaient donc regarder l'ordre qui leur a été signifié [de fournir des meubles pour le service du duc de Chablais] comme contraire à leurs immunités. Le Roi a été sensible à l'empressement avec lequel ils s'y sont conformés..., etc. » — On laissa donc tomber cette affaire dont le peu d'importance ne méritait pas une discussion sérieuse, et sans doute le Conseil de Genève apaisa les mécontents en leur rappelant que les passages de princes étaient assez rares et qu'il n'y avait pas lieu de trop s'en préoccuper.

Une autre déception pour la Seigneurie, et celle-ci n'était pas sans quelque importance, fut, dans la même année, l'insuccès auprès du Ministre d'une requête motivée par les entraves mises au transport des marchandises du Faucigny, taxées arbitrairement d'un droit de sortie, non par le Fisc Royal, mais par le Seigneur du fief de Rossillon comte de Saint-Amour dont la terre confinait au territoire de la République et dont le bureau de péage particulier était à Chêne-sur-Savoie. Assurément, c'était là un des derniers vestiges de l'organisation féodale que Victor-Amédée II et Charles-Emmanuel III s'étaient efforcés de faire disparaître de toutes les parties de leurs États, et cependant le nouveau Ministre des affaires étrangères ne se montra nullement désireux de résoudre une difficulté qui, disait-il, « touchait aux droits d'un tiers, » et il renvoya simplement les intéressés à se pourvoir devant les tribunaux du duché, s'ils trouvaient à propos de le faire [1].

Or, un procès civil devant le Sénat de Chambéry était toujours une très coûteuse entreprise, la suite de celle-ci

[1] « Je dois vous dire que Sa Majesté, quoique très portée à favoriser votre République,.... ne saurait cependant regarder l'affaire de ce péage.... que comme tout à fait particulière, et dont la discussion ne doit être portée que devant les tribunaux de ses États... etc. ». Lettre au Conseil. 4 août 1773.

était fort incertaine, et le Conseil préféra renoncer à soutenir ses réclamations, se réservant de traiter directement avec le Seigneur de Rossillon du rachat de son droit de péage. Cette transaction particulière eut lieu en effet ; mais non sans peine, et il fallut encore pour qu'elle aboutît quatre ans de négociations et de débats entre les intéressés.

L'insuccès des démarches de la Seigneurie dans ces dernières affaires et le dépit qui pouvait en résulter ne rendent selon nous que plus méritoire la sage réserve que le Conseil imposa toujours aux citoyens, dès le traité de 1754 et jusqu'à la fin de l'ancienne République, à l'occasion de l'anniversaire de « l'Escalade [1]. »

[1] Cette fête, dont on a singulièrement exagéré l'importance pour les anciens Genevois, n'eut jamais d'autre manifestation publique au XVII me et pendant la plus grande partie du XVIII me siècle qu'un service religieux commémoratif de la délivrance de la ville le 21 décembre 1602 ; et, comme tous les services religieux commémoratifs, celui-ci — à cent cinquante ans de l'événement — n'était pour le plus grand nombre des citoyens qu'une dévotion très calme et médiocrement suivie. Dans certaines familles notables, un souper de circonstance réunissait, il est vrai, ce soir-là les gens apparentés ensemble, mais c'était le très petit nombre des « aisés » qui en usait ainsi, surtout au XVIII me siècle — époque où malheureusement les chefs de famille soupaient plus volontiers entre amis au cabaret ou à leurs cercles qu'avec leur femme et leurs enfants. Ces réunions domestiques des manifestants étaient toujours inaugurées par la prière ; après le repas, on chantait quelques chansons historiques et satiriques (le plus souvent en patois : ce dialecte étant encore à cette épo-

Un particulier ayant communiqué le 29 décembre
(1773) au Premier Syndic une lettre anonyme, venue de
Savoie, par laquelle on se plaignait que les Genevois, « à
la dernière fête de l'Escalade » avaient fait graver une
estampe et imprimer une chanson « l'une et l'autre très
injurieuses pour soixante-sept bonnes maisons de Savoie, »

que, *même parmi les citadins*, le langage le plus familièrement
usité), et naturellement dans ces chansons, d'une poésie très primitive, les Savoyards de l'an 1602 n'étaient pas ménagés. Quelquefois
aussi, la « petite jeunesse » se donnait à huis clos la représentation
dramatique de l'événement en récitant certaines pièces de théâtre mal
rimées, telles que celle du sieur Chapuseau (1670), qui est la moins
mauvaise. Mais c'était là une grande licence dont les coupables
avaient à rendre compte dès le lendemain au Consistoire et au Conseil, qui ne les épargnaient guère. Telle était encore la *fête de l'Escalade* pour les Genevois de 1773, et ce fut seulement quinze ans
après cette date que l'extrême faiblesse de tous les pouvoirs publics,
l'anarchie populaire et la licence firent oublier complètement à la
population genevoise le caractère religieux et vraiment patriotique
de cet anniversaire de délivrance. Dès lors, les chansons agressives
et injurieuses aux Savoyards, qui se chantaient publiquement ce
jour-là étaient faites sur des airs étrangers tels que celui de *la
Carmagnole*, et c'étaient surtout les criminels partisans d'une prochaine annexion à la France qui témoignaient de cette façon de leur
patriotisme. C'est ainsi que fut transformée, dans les dernière années
de la République genevoise, la fête anniversaire de l'Escalade qui,
de nos jours, et malgré de louables efforts tentés pour lui rendre son
caractère primitif, n'est plus qu'une sorte de divertissement de car-
naval anticipé pour le plus grand nombre des habitants de Genève,
dont la moitié est formée d'étrangers en séjour, et un quart pour le
moins de citoyens d'admission récente et sans aucune attache avec le
passé de la République.

le Conseil ordonna une enquête de justice qui réduisit à
fort peu de chose ces griefs au sujet desquels on menaçait
déjà de la vengeance de S. M. Sarde excitée par la noblesse de Savoie. En fait, un imprimeur-libraire s'était
procuré une vieille planche de cuivre gravée, représentant : « La délivrance miraculeuse de Genève, » planche
déposée dès le XVIIᵉ siècle à la bibliothèque de Genève,
et dont l'imprimeur susdit s'était permis de tirer furtivement 500 épreuves. Cette estampe s'était vendue pendant
quelques jours à raison d'un quart de louis l'exemplaire,
et à ce prix élevé elle n'avait pas dû trouver beaucoup
d'amateurs. La Seigneurie fit saisir tout ce qui restait de
l'édition, ainsi que la planche gravée qui, pour plus de
sûreté, fut déposée « dans la petite grotte des archives. »

Quant à la chanson : c'était aussi une œuvre séculaire.
Elle avait été chantée dans un cercle[1], où — dit aux
enquêtes un témoin assermenté — « on blâma fort cette
chanson. » C'était faire beaucoup d'honneur à cette rap-
sodie, qu'on trouve jointe au dossier de la procédure et
dont le style est aussi plat qu'incorrect. Imprimeur et
chanteur reçurent à cette occasion les témoignages les
moins douteux de « l'indignation » de la Seigneurie,
mais les autorités de Savoie eurent le bon sens de

---

[1] Cercle du *Soleil-levant*, rue du Temple.

rester étrangères à ce ridicule incident, et les malveillants qui avaient compté sur l'intervention du Roi « excité par la noblesse de Savoie » durent renoncer à cette éventualité.

En 1774, l'administration de l'hôpital de Chambéry sollicita qu'il lui fût permis de collecter à Genève sous forme de placement de billets de loterie. Ces combinaisons financières, pour venir en aide aux grands établissements publics, étaient fréquentes au XVIIIe siècle. On avait fait récemment une loterie à Genève pour secourir l'hôpital général de la République et l'on avait toléré qu'il fût collecté sous la même forme en faveur de la bibliothèque de Lausanne nouvellement créée. Mais toute participation aux loteries étrangères dont le jeu était le seul mobile fut toujours sévèrement interdite, et les collecteurs des loteries allemandes et du loto de Gênes avaient été condamnés à un emprisonnement de plusieurs mois et à des amendes allant jusqu'à cinq mille florins. L'autorisation qui fut donnée dans cette occasion à Mrs de Chambéry n'en est que plus remarquable, car elle témoigne qu'on traitait alors à Genève les sujets de S. M. Sarde sur le même pied que les Suisses, alliés séculaires de la République [1].

[1] Du 4 juin 1774. « Lecture a été faite d'une lettre de M. Bavoz.

L'année 1775 fut signalée pour les Genevois et pour leurs voisins de Savoie par un événement notable : la présence de la Cour de Sardaigne à Chambéry et le mariage du Prince de Piémont avec une fille de France, Madame Clotilde, sœur de S. M. Louis XVI. A cette occasion qui, selon tous les usages diplomatiques, allait motiver l'envoi de délégués de la République accrédités auprès de Victor-Amédée III, la question du cérémonial (cette question délicate dont nous avons peine aujourd'hui à comprendre toute l'importance pour nos ancêtres) donna lieu à des négociations préalables dont la relation complète suffirait à faire un volume *et qui ne durèrent pas moins de six mois.* Nous nous efforcerons encore ici de réduire au simple exposé des faits l'étude de documents historiques dont plusieurs sont d'un réel intérêt sans doute, mais qui, pour la plupart, surabondent.

Le Conseil de Genève avait déjà nommé les magistrats chargés éventuellement d'aller le représenter à Chambéry, qu'on ignorait encore comment et à quel titre ceux-ci seraient reçus à la Cour. Mais comme on ne pouvait se com-

Avocat général, datée de Chambéry du 3 de ce mois, adressée à No. Lullin, par laquelle il le prie d'exprimer au Mag. Conseil sa vive reconnaissance de ce que, en sa considération, on a bien voulu permettre le débit dans cette ville des billets de la loterie de l'hôpital de Chambéry. » — Reg. des Conseils.

mettre ainsi à l'aventure, la Seigneurie envoya l'ordre au conseiller de Chapeaurouge, alors en séjour aux bains d'Aix, d'avoir à se rendre de suite au-devant du Ministre, M^r d'Aigueblanche, qui précédait en Savoie, de plusieurs journées, le roi et la famille royale. De Chapeaurouge, chargé de faire connaître les vues de ses supérieurs, ou plus exactement leurs prétentions relatives au cérémonial, obéit et fut à la rencontre de S. Excellence jusqu'à Saint-Jean-de-Maurienne. La lettre qu'il écrivit, datée de cette localité, était malheureusement fort peu encourageante : le Ministre avait reçu avec autant de courtoisie que d'embarras les premières ouvertures du conseiller de Chapeaurouge, et finalement il avait fait savoir « qu'on ne pouvait communiquer au Conseil les intentions du roi au sujet du cérémonial auquel prétendaient Mrs de Genève qu'après la tournée du prince dans les diverses provinces du duché, en sorte qu'il n'était pas possible d'avoir cette réponse avant une quinzaine de jours. » — « Je conclus de tout cela (écrit de Chapeaurouge dans le misérable taudis où, faute d'un meilleur gîte, il s'était logé¹) que notre légation ne sera pas reçue et qu'au bout de quelque temps le roi nous fera écrire que les différentes affaires qu'il a

---

¹ « Étant arrivé (à St-Jean de M.) après toutes les gens de la Cour, je me suis logé avec grand' peine dans un chenil, avec un mauvais grabat et le reste à l'avenant... » Lettre au Conseil.

l'empêchent de nous recevoir... » Sur quoi le Conseil décidait de renoncer à la démarche de courtoisie qu'il avait projetée, puisqu'elle présentait de si grandes difficultés, et donnait l'ordre à son mandataire de se retirer sans bruit à Aix et de rendre le logement dont éventuellement il s'était déjà assuré à Chambéry pour la légation genevoise.

Cependant les difficultés diplomatiques ne sont jamais si près de s'aplanir que lorsqu'elles paraissent tout à fait insurmontables, et comme on n'était pas fâché (au moins dans l'entourage du prince) de recevoir pendant les fêtes de Chambéry le témoignage officiel de respectueuse sympathie offert par la République de Genève, on finit par trouver dans les chancelleries un biais, ou plutôt une périphrase, qui, sans rien préciser sur le qualificatif de *députation* et sur celui de *légation,* permettait aux « envoyés » de la Seigneurie de se présenter en audience solennelle sans être « confondus avec des députés de village, » comme on en avait au Conseil une extrême inquiétude ! Quant aux carrosses du roi, auxquels on prétendait à Genève, selon le cérémonial suivi à Versailles en 1738, il fallut bien se rendre à l'évidence : à l'exception du carrosse de gala de Sa Majesté, *il n'y avait pas de carrosse de la Cour à Chambéry,* sinon de lourdes voitures de voyage qui avaient résisté tant bien que mal à la traversée du Mont-Cenis.

Les représentants de la République devaient donc nécessairement se contenter, le jour où ils se rendraient à l'audience Royale, de leurs carrosses particuliers, qu'ils avaient
eu soin de faire venir de Genève. Cette grave affaire
étant ainsi accommodée, le conseiller de Chapeaurouge,
qui était demeuré « sans caractère » à Chambéry, eut
l'honneur d'être admis en audience particulière par le roi
Victor-Amédée III, nouvellement arrivé avec la famille
royale dans la capitale du duché de Savoie, après avoir
visité le Chablais et le Faucigny. « Il commença par me
dire (écrit le magistrat genevois, ci-devant officier au service de Sardaigne) : *Je revois avec grand plaisir mes anciens
camarades et vous en particulier que je sais avoir très bien
servi.* Alors nous parlâmes de notre régiment... Nous parlâmes ensuite des blés ; le Roi rappelant les sacrifices
qu'on avait faits pour sauver le Piémont d'une disette, il
me dit : *Vous avez aussi été dans la peine à cet égard-là
mais votre sage administration a su pourvoir à tout. Vous
avez même été utiles à vos voisins.* [Nous parlâmes aussi] des
Savoyards, du défaut d'agriculture et du manque de bras,
[le Roi disant] « qu'il voulait absolument leur faire du bien,
qu'il prendrait les mesures les plus exactes pour punir les
monopoleurs [1],... qu'il espérait de rétablir l'agriculture et

---

[1] Les accapareurs de céréales.

de mettre ses sujets en état d'avoir du blé de reste. »
(C'était là, selon de Chapeaurouge, une communication
intentionnelle des projets de Sa Majesté, désireuse de lever
le plus tôt possible les défenses concernant l'exportation
des céréales). Cependant la conversation était amenée de
nouveau vers le militaire. — « Je crus devoir faire compliment au Roi sur le bon pied où il avait mis ses troupes. Il
me dit : *qu'elles en avaient bon besoin et qu'elles avaient prodigieusement dégénéré depuis que j'avais quitté le service.*
Le Roi exprimant alors ses regrets sur la difficulté du
recrutement pour les régiments allemands capitulés à son
service, « je lui dis que cela était si vrai que nous nous en
apercevions [à Genève] pour l'entretien de notre petite
troupe [de garnison], et là-dessus il me dit : *Mais vous
avez un beau corps de canonniers ?* — Je répondis que
c'était une troupe bourgeoise. *Vraiment*, dit-il, *ils font très
bien !* (Cette remarque du Roi était une allusion aux salves
de grosse artillerie dont il avait entendu les détonations
lointaines lors de son récent passage à Annemasse, passage qui avait été l'occasion d'un rassemblement très considérable de curieux, dont un grand nombre étaient accourus de Genève. Victor-Amédée III, en vrai prince de la
Maison de Savoie, avait conservé, dit-il à Noble de Chapeaurouge, un très agréable souvenir des jeunes dames
qu'il avait entrevues). Il me parla du monde qu'il avait

vu et dont il avait été fort content; il avait remarqué de fort jolies personnes. « *Il y en avait une très jolie qui était au soleil, je lui dis qu'elle n'avait pas un visage à rester au soleil et qu'elle devait entrer...* [1] » Il me dit encore des choses fort obligeantes sur tout le monde [venu de Genève]. Je répondis que s'il y avait eu plus de chevaux dans la ville, il aurait vu une bien plus grande affluence... On ne saurait croire avec quelle bonté et quelle familiarité il m'entretint... — Il me dit encore que la récolte en Piémont était superbe, mais il n'y eut rien qui eût trait à la légation [projetée] ni à ma mission [officielle]. Enfin il me congédia en disant : *Bonjour mon ancien camarade, j'ai eu bien du plaisir à vous revoir après une aussi longue absence,* etc. »

Cette lettre, dans son ensemble, était assez satisfaisante pour que le Conseil de Genève n'hésitât plus à faire partir les « envoyés » qui attendaient ses derniers ordres. Ceux-ci se mettaient en chemin pour Chambéry le 1er septembre (1775), et à leur passage à Rumilly on leur faisait les honneurs d'une revue de la légion de campement[2] qui y était rassemblée ; « le bataillon leur présentait les armes. » Le 3, ils arrivaient à Chambéry et se présentaient chez le Minis-

---

[1] Dans le logis, où les illustres voyageurs avaient mis pied à terre, tandis qu'on relayait les équipages.

[2] École du génie militaire.

tre d'Aigueblanche, qui les avertissait qu'ils seraient reçus
le lendemain matin à 11 h. $\frac{1}{4}$ en audience particulière :
l'étiquette de la Cour de Sardaigne réservant les audiences
publiques pour les Ministres des États de premier ordre à
l'exclusion de tous les autres [1]. La légation genevoise était
composée des seigneurs anciens syndics Turrettin et Guainier et de Noble de Chapeaurouge, ces magistrats ayant à
leur suite, en qualité de secrétaires, les sieurs Vasserot de
Dardagny et professeur Turrettin, et comme attachés de
légation des jeunes gens de famille qui avaient sollicité cet
honneur : les sieurs Turrettin fils, Plantamour, Claparède
et Thélusson. — Nous emprunterons ici quelques frag-
ments à la correspondance du Conseil donnant la relation
de cette audience du Roi Victor-Amédée III à Messieurs
de Genève.

« La légation en corps partit de l'hôtel de Messieurs les
envoyés dans trois carrosses (écrit le secrétaire Vasserot).

---

[1] Mais le Maître des cérémonies, son bâton à la main, leur vien-
drait au-devant jusqu'à l'entrée de la salle des valets de pied et les
conduirait au travers de la salle des pages et de la chambre de parade
au cabinet du Roi, toujours « en donnant la main » aux envoyés. Il
les présenterait à Sa Majesté et ne se retirerait qu'après la seconde
révérence ! — *A onze heures et un quart !* avait répété le Ministre,
à quoi le Maître des cérémonies avait ajouté : Ne venez pas trop tard,
Messieurs, pour ne pas faire attendre le Roi, mais aussi ne venez pas
trop tôt, de peur que je ne sois pas là pour vous rendre ce que je
vous dois !... »

Dans le premier étaient Messieurs les envoyés en habit de cérémonie, dans le second M^r le professeur Turrettin et moi, vétus de noir, avec Mrs Thélusson et Turrettin le fils en habit cavalier. Dans le troisième carrosse (qui était celui de M. Plantamour) étaient Mrs Claparède et Plantamour, et derrière tous les carrosses un nombre suffisant de laquais en livrée, la canne haute... Nous trouvâmes S. M. debout et le chapeau sous le bras, il n'est pas possible de rendre avec quelle dignité respectueuse et avec quelle onction (!) parla M. le syndic Turrettin..., etc. »

Ce dernier écrit d'autre part : « Il y a eu peu d'audiences plus en vue du public, car vu l'heure et le jour, toutes les salles du palais étaient remplies, et notre équipage attirait la curiosité... Après avoir fait au Roi mon discours — auquel S. M. répondit en témoignant sa sensibilité à la démarche de la République, la considération, l'estime et l'attachement qu'il avait pour elle et le désir qu'il avait que cette amitié réciproque continuât, — j'eus l'honneur de lui présenter notre lettre de créance, il l'ouvrit, la lut, puis il dit : *qu'il connaissait deux de ceux qui étaient nommés, savoir Mr de Chapeaurouge et moi*, ajoutant *qu'il était charmé de faire connaissance avec M^r l'ancien syndic Guainier*. Il remercia des félicitations que nous lui avions adressées sur le mariage [du prince royal], et ajouta dans les termes les plus flatteurs *qu'il espérait que la princesse, déjà* *d'une Maison qui nous avait toujours voulu du bien, en entrant dans la leur, prendrait leurs sentiments d'attachement pour la République et que nous aurions aussi pour elle les mêmes sentiments.* Le Roi dit ensuite en faisant un signe flatteur : *qu'il connaissait mon frère parfaitement, l'ayant vu à Annemasse et ayant beaucoup causé avec lui,* et il demanda : *qui était M. de Dardagny ?*[1]; le lui ayant présenté, il lui dit avec bonté : *qu'il était bien aise de le connaître.* Dans tout le reste de la conversation, qui fut d'environ dix minutes, le Roi continua à témoigner les sentiments les plus flatteurs pour la République et beaucoup d'estime pour les individus qui la composaient et pour nous [envoyés] en particulier[2].

« L'audience étant terminée, je demandai au Roi la permission de lui présenter les personnes de notre suite; le roi l'ayant accordé sonna et Mrs Claparède, Thélusson, Plantamour et mon fils furent introduits. J'eus l'honneur

---

[1] L'avocat Vasserot de Châteauvieux, seigneur de Dardagny, était un des secrétaires de légation assistant à cette audience, et cette présence des secrétaires dans le cabinet du Roi, contraire à l'étiquette de la Cour, n'avait pas été obtenue sans peine.

[2] « Sa Majesté témoigna un ressouvenir très flatteur des Mrs Turrettin et de Chapeaurouge, dont elle rappela les services à la guerre. S. M. daigna même lui dire que *sa grande perruque ne lui faisait pas oublier le bonnet de grenadier qu'il avait porté au service du feu Roi.* » — Lettre de Vasserot au Conseil.

de les présenter en détail l'un après l'autre, en expliquant qui ils étaient... » A quoi le Roi après les compliments ordinaires ajouta : *que de neuf personnes qui étaient là, il y en avait déjà quatre qu'il connaissait parfaitement et qu'il était bien aise de faire connaissance avec les autres...*

« Nous sortîmes et fûmes conduits au travers de la foule des courtisans chez la Reine.., nous fûmes ensuite avec la même cérémonie chez S. A. R. le prince de Piémont, etc.»

A la fin de cette matinée si bien remplie, les envoyés rentraient au logis « pour poser leur perruque de cérémonie, » puis se hâtaient d'aller dîner chez l'ambassadeur de France, mais ce dîner de diplomates en activité de service n'était sans doute qu'une collation légère, car à trois heures les Genevois partaient de nouveau pour suivre à toutes les exigences du cérémonial : chez le duc de Chablais, chez la duchesse son épouse, et chez Mesdames de Savoie. « Jusqu'à présent tout va aussi bien qu'il est possible de le désirer, » écrit en terminant son premier rapport officiel le syndic Turrettin, et nous sommes pleins d'espérance que cela suivra de même, »

— Du 9 septembre. : Autre lettre *au secrétaire du Conseil*, celle-ci, de l'avocat Vasserot de Dardagny.

« Mercredi matin [jour de l'arrivée à Chambéry de la princesse Clotilde, et de la célébration religieuse du mariage], Monsieur le Marquis [d'Aigueblanche] nous envoya un de ses secrétaires pour nous dire que si nous nous faisions plaisir d'assister dans la chapelle à la célébration du mariage, il nous en avait, par la permission du Roi, facilité les moyens, et qu'il avait chargé M^r le Marquis d'Aix, Exempt des gardes-du-corps de nous faire placer... Nous avons donc profité de l'honneur que nous faisait S. Ex..., etc. [1].

« La Cour fut hier jeudi à la comédie, et comme on ne pouvait avoir des loges dans l'étage de celles de la Cour que par un ordre de S. E., nous le fîmes demander; mais au lieu de l'ordre, S. E. eut l'honnêteté de nous envoyer de sa part la clé d'une loge que nous croyons aussi décent qu'honorable pour nous de garder pendant notre séjour, cette politesse nous étant faite par le Ministre.

« Nous avons employé notre temps, dès notre audience, à rendre visite aux grands, aux ambassadeurs et aux envoyés [des divers états de second ordre] qui nous l'ont

---

[1] Le soir des noces princières, il y eut *coucher*, c'est-à-dire grande réception de la Cour dans les salons attenant à la chambre nuptiale, et simultanément *petit-coucher*, le Roi, les dames d'honneur, les femmes d'atour, les chambellans et les officiers de garde-robe entrant seuls dans cette chambre des jeunes époux. Ce fut le Roi qui présenta lui-même la chemise au nouveau marié. « In quella sera spettava al Rè di consegnare la camicia al principe ereditario. Il conte di Malines, suo governatore, gli rimise quindi tale uffizio col prescritto ceremoniale... » — Nicomède Bianchi, *Storia della monarchia piemontese,* etc. Vol. 1, p. 222.

rendue. Nous croyons convenable de faire visite aujour-
d'hui à Madame la comtesse de Marsan, qui arrive avec
Madame la princesse de Piémont..., etc. »

Dans une lettre suivante, en date du 11 septembre, le
secrétaire de la légation rend compte au Conseil de l'audience de congé donnée aux envoyés de la République,
audience dans laquelle le Roi n'a cessé de témoigner à
ceux-ci la même bienveillance et la même affabilité. « En
nous quittant, le comte de Villenovelle [Maître des céré-
monies] nous a présenté de la part du Roi, comme une
marque de sa satisfaction, à chacun une bague de brillants
d'un prix assez considérable, au moins à ce qu'il nous
paraît [1]. Lorsque je dis « à chacun, » vous comprenez bien
qu'il s'agit seulement de M^rs les envoyés. Nous avons
reçu cette marque d'honneur pour la République comme
nous le devions, et en userons selon la volonté de Nossei-
gneurs... — Je dois vous informer aussi, Monsieur, qu'en
venant nous annoncer l'heure de l'audience Mr de Ville-

---

[1] Ces trois bagues en brillants étaient du prix de 14,400 lires, et
celle destinée à No. de Chapeaurouge, bien que les diamants en fussent plus gros, n'avait coûté que 4,400 livres, « *ayant été achetée
d'hasard* (sic). Nous avons eu ces détails tout au plus juste; en conséquence, nous avons fait parvenir 60 louis au Maître des cérémonies à raison de 8 % (de la valeur du présent royal), suivant l'usage
des Ministres de 2me et 3me ordre. » — Lettre de Chapeaurouge,
13 septembre 1775.

novelle ajouta qu'il avait charge du Roi de nous dire que ce soir il y avait bal à la Cour et que le Roi nous y verrait avec plaisir..., etc. »

La dernière lettre concernant la légation Genevoise est écrite par No. de Chapeaurouge.

Chambéry 13 septembre 1775 — à No. Cramer seigneur Trésorier général. « Notre digne secrétaire ayant la goutte, je me charge, mon cher ami, de vous informer de ce qui s'est passé depuis la dernière (Suit le détail de l'audience de congé du Ministre des affaires étrangères auprès duquel on s'est assuré qu'il ne serait pas parlé de « députés » dans la lettre de récréance, Son Excellence disant : que tant qu'il occuperait sa place, il se ferait un devoir de témoigner à la République sa considération et son estime) « ... Le même soir, bal brillant à la Cour, à la vérité sans cérémonie. Le Roi, par une nouvelle faveur, chargea le Maître des cérémonies de nous placer sans affectation (puisqu'il n'y avait là aucun rang) de façon que nous vissions le bal à notre aise et que lui fût à portée de nous parler ; effectivement il vint auprès de M. Turrettin et de moi et nous parla très gracieusement. Ce témoignage public de sa bienveillance fit un très bon effet ; nos jeunes gens dansèrent..., etc. (En terminant cette correspondance officielle et annonçant le prochain retour de la légation genevoise, de Chapeaurouge félicite la Seigneurie « de l'ouverture des blés, dont on parle déjà dans le public et à laquelle — dit-il très judicieusement — notre mission n'a certainement pas nui. On pourra s'assurer que voilà une très bonne intelligence établie entre notre État et cette Cour... Je crois bien que les gens sensés ne regretteront point la démarche que nous avons faite..., etc. »

Les prévisions du conseiller de Chapeaurouge étaient justes, et le 18 septembre (1775) le Conseil apprenait officiellement que les défenses royales concernant l'exportation des grains, des farines et des légumes, hors de la Savoie étaient enfin levées « et que le commerce en était libre dès ce jour, tant au dedans qu'au dehors des États de Sa Majesté. » Tandis qu'on délibérait encore au Conseil au sujet de cette agréable nouvelle, des rumeurs joyeuses se faisaient entendre dans la basse ville où l'entrée des premiers chars de blé de Savoie était l'occasion d'une scène populaire dont nous empruntons la description naïve au chroniqueur précité. — « Le lundi 18 au matin, six dragons du Roi, en détachement à Chêne et très proprement équipés, sont venus à Genève, suivis de deux chariots, l'un chargé de blé et l'autre servant à porter un joueur de violon. Ils sont venus directement à Saint-Gervais annoncer cette permission, en criant : *Vive notre Roi, et le blé à deux écus neufs la coupe.* On les a

régalés d'une belle collation à la place de Saint-Gervais,
d'une autre collation à la place de Rive et d'une troisième
à la Grenette où quelques amis les ont invités à revenir le
mercredi suivant, [jour] où ils leur ont donné à dîner
dans la grange du sieur Rival, vis-à-vis de la Grenette qui
était ornée dans toutes les arcades de feuillages rangés
en forme de guirlande. La façade de la Grenette qui
donne sur la plateforme était ornée d'un grand arc de
triomphe... Ce dîner a été fort gai de part et d'autre, et
accompagné de toute la décence convenable en pareille
occasion. On y a chanté la chanson ci-après :

> Chers Genevois, plus d'Escalade,
> Et qu'au Roi de Jérusalem
> Un chacun boive une rasade :
> C'est un second roi de Salem.
> Il vient nous fournir l'abondance
> Et devient notre bienfaiteur.
> Faisons une réjouissance
> Qui soit toute en son honneur,
> Etc. [1] »

Les quatre couplets qui suivent ce beau début ont la
même valeur poétique, en sorte qu'il peut paraître assez
inutile de les tirer du profond oubli qui en a fait justice.
Dans le Conseil des Deux-Cents plusieurs voix s'élevèrent

---

[1] MS. 230. Société d'histoire de Genève.

aussi pour demander, « vu les sentiments de S. M. Sarde
pour la République », que l'on supprimât la fête de l'Escalade et que l'on renvoyât au dimanche qui suivait le 12
décembre à prêcher dans les temples sur « l'amour de la
patrie. » Mais le Conseil, auquel toutes les propositions
individuelles étaient renvoyées, n'acquiesça pas à celle-ci,
bien qu'elle fût fortement appuyée. La commémoration
religieuse du matin et la petite fête domestique du soir
furent maintenues « le jour de l'Escalade » par la Seigneurie [1] : Un peuple, une communauté, une famille,
s'honorent en rapportant à Dieu les grands événements
de leur destinée, et la Maison Royale de Savoie — disait-
on au Conseil — a de trop généreux sentiments pour
prendre jamais nul ombrage d'un témoignage de pieuse
gratitude que cent soixante-treize années n'ont point
effacée !

---

[1] Du 27 janvier 1776. Sur la proposition faite en CC., qui porte
que : vu les sentiments de S. M. Sarde pour la République, on sup-
prime la fête de l'Escalade, renvoyant au dimanche suivant à prêcher sur l'amour de la Patrie, l'avis a été de répondre : Qu'il ne convient pas de rien changer à cet ancien établissement. » — Reg. des
Conseils.

CHAPITRE V

Affaire de Copponex, suite et fin. — Procédures en aide de justice.— Remise du temple de Bossey. — Mesures de tolérance en Savoie pour l'enregistrement des baptêmes et des mariages des protestants sujets du roi. — Troubles civils, affaires intérieures de Genève. — Attitude menaçante et partiale de la Cour de Versailles. — Émeutes du 14 janvier et du 5 février 1781. — L'édit du 10 février. — Nouvel attentat contre la sentinelle piémontaise au pont de Chêne. — Battue aux vagabonds. — Vols sacrilèges. — Réclamations à l'occasion des corvées en Savoie. — Démarches des puissances garantes en vue de la pacification de Genève. — Le cabinet de Versailles et la Cour de Turin. — Négociations diplomatiques concernant une intervention collective par les armes (1777-1781).

Vers la fin de l'année 1776, le Conseil de Genève, exclusivement occupé depuis plusieurs mois des affaires intérieures de la République, eut la désagréable surprise d'entendre parler de nouveau d'un malfaiteur savoyard qui, bien loin de chercher à se faire oublier, venait d'ajouter un nouvel exploit à ceux dont il avait déjà illustré sa carrière : il s'agissait du sieur de Copponex, qui avait tout récemment commis un assassinat aux portes de Genève, en plein jour, sur un homme sans arme, et pour une altercation frivole [1].

Cette affaire est analysée « historiquement » dans la lettre suivante, écrite par ordre du Conseil au chargé d'affaires de la République à Paris (le sieur Jacques Necker, conseiller des Finances et directeur général du trésor Royal.) On voulait mettre cet agent politique en mesure de répondre catégoriquement au Ministre de Vergennes, dans le cas très probable où la Cour de Versailles serait encore nantie, à propos de Copponex, d'une nouvelle demande d'extradition.

— Du 8 novembre 1776 — « Monsieur, le nommé de Bastine de Copponex, jeune homme d'environ 27 à 28 ans et issu d'une bonne famille de Savoie dans notre voisinage, a montré depuis quelques années le caractère le plus féroce et le plus dangereux. Il y a cinq ans, qu'étant entré à la tête d'une troupe de bandits, à main armée, dans un de nos villages et y ayant commis plusieurs excès, il fut banni de cette République, *sous peine de mort ;* ce jugement fut rendu par contumace. De mauvaises actions commises en Savoie

---

[1] Cette scène s'était passée à Carouge, soit sur terre de Savoie ; l'aventurier Copponex étant alors en séjour dans un des logis publics, toujours très mal habités, de cette localité.

l'y firent enfermer pendant quelque temps au bout duquel il s'est montré hardiment à plusieurs reprises sur nos terres sans pouvoir être arrêté, parce que ses menaces violentes, les armes qu'il portait toujours avec lui et les gens dont il était souvent l'associé le rendaient extrêmement redoutable.

« Il y a quelques jours qu'ayant pris querelle en paroles avec un homme de cette ville [Genève], qui faisait le métier de cocher et auquel il devait quelques écus, il alla s'armer dans son logis, d'un pistolet à plusieurs coups et d'un sabre, revint comme un furieux chercher son adversaire qui se retirait tranquillement, l'atteignit *sur terre de Genève* et, sans que cet homme qui était sans arme fît mine de se défendre, il lui fit d'abord avec son sabre quelques blessures (dont une au visage était mortelle), et le coucha ensuite raide mort d'un coup de pistolet à la tête, à la vue de plusieurs témoins et près d'un grand chemin. Il se retira de là en Savoie où l'officier du poste voisin [1] chercha inutilement à l'arrêter..., etc. »

La lettre au sieur Necker se termine par la nouvelle de l'arrestation du meurtrier, à Lyon, d'où il a été conduit au château de Pierre-encise ; la Seigneurie va demander à la Cour de France l'extradition de ce misérable..., etc.

[1] Le commandant de Carouge.

Cette démarche diplomatique eut lieu, en effet, dans le
même temps, et le Ministre de Vergennes s'étant empressé
d'autoriser l'extradition sollicitée, le gouverneur de Lyon
recevait le 30 novembre l'ordre de faire conduire, par un
fort détachement de la maréchaussée, le bandit fameux
détenu à Pierre-encise, pour être remis sur la frontière
du bailliage de Gex à Messieurs de Genève, soit à leurs
officiers. — Le 5 décembre, Copponex, après avoir éveillé
sur son passage la curiosité sympathique de toute la populace du Lyonnais et de la Franche-comté, entrait en carrosse fermé dans la cour des prisons de l'Évêché, à Genève,
d'où cette fois on avait tout lieu de conjecturer qu'il ne
devait plus sortir, sinon peut-être pour être conduit à
l'échafaud [1].

La procédure nouvelle intentée contre le criminel commença fort peu de jours après son incarcération, et cette
procédure qui contient 86 pièces et donna lieu à l'audition
et à la confrontation de 39 témoins, dut occuper sans relâche le Conseil pendant plus d'un mois. Cependant les populations voisines de Genève étaient maintenant non moins

---

[1] Les frais à la charge de la République montèrent, pour ce voyage
de Lyon à Genève, à 4099 livres courantes, et, en acquittant ce
compte, le commandant de Lyon, M. de Riverieux fit observer « que
la capture et la translation d'un tel scélérat exposant la vie des employés, ils devaient être payés et récompensés généreusement. »

émues que celle de la ville; mais l'opinion se prononçait selon les provinces et de façons fort différentes. Tandis qu'à Genève le triste personnage mis récemment dans « la chambre des fers » à l'Évêché, était depuis longtemps un ennemi public, un bandit vulgaire ayant cent fois mérité la corde, pour le populaire de Savoie le sieur de Copponex était « un désespéré brave » dont la jeunesse orageuse ne méritait point un si triste sort; enfin les gens de la noblesse savoyarde se montraient fort irrités en voyant un fils de famille entre les mains de « ceux de Genève, dont le Magistrat toujours impitoyable, prétendait justicier un gentilhomme comme on eût fait d'un vil malfaiteur. » Un *Précis historique de la vie du sieur de Copponais* (*sic*) se répandait dans toute la Savoie où déjà, et avant même les plaidoiries et le jugement du procès, on accusait de barbarie la justice genevoise! et l'on menaçait le Magistrat de la République d'une prochaine et signalée vengeance. Les citoyens genevois propriétaires en Savoie étaient insultés par la populace lorsqu'ils passaient la frontière [1], les gens du négoce n'osaient plus fréquenter les foires et les

---

[1] Un sieur Gédéon Ducros, ressortissant de la ville et propriétaire à Ambilly, fut insulté et assailli hors du village de Chêne-sur-Savoie par trois paysans de Veigy en Chablais — « de laquelle insulte il résulte des charges contre le nommé Marmoud de Veigy... Arrêté que le dit M. soit réduit dans les prisons s'il est trouvé rière notre territoire..., etc. » — Reg. des Conseils.

marchés de Savoie, et ce trouble singulier survenu dans des
relations dès longtemps très paisibles, devint assez grave
pour que le Conseil se décidât le 20 décembre à faire écrire
au gouverneur de Chambéry, pour lui signaler le désordre
et pour requérir de ce fonctionnaire son concours en aide de
justice. — « Tandis que nous sommes occupés à l'instruction de ce procès (disait la Seigneurie à M^r le comte de La
Tour), il s'est répandu dans notre ville un assez grand nombre de billets anonymes, remplis de menaces, en même
temps qu'il est arrivé par la poste de Savoie une lettre
sans signature, plus forte encore, adressée à notre Conseil
des Deux-Cents. Ces menaces, qui ne peuvent partir que
de personnes très viles, n'auraient mérité peut-être aucune
attention si nous n'avions vu il y a quelques années ce
même de Copponex enlevé dans le milieu de la nuit et
à main armée..., etc. » — A cette lettre M^r de La Tour
répondit : « qu'il allait s'empresser de donner des ordres
pour que la sécurité publique fût assurée dans le voisinage
de Genève », et toutefois en Savoie le mécontentement
populaire ne continuait pas moins à se manifester sous une
forme très agressive contre les gens de Genève.

L'intégrité des juges dans de telles circonstances a sans
doute quelque mérite, et comme pendant longtemps elle a
été — de parti pris — mise en doute, il est du devoir de
l'historien de rapporter ici les documents officiels qui la

mettent en évidence. Nous citerons en conséquence quelques passages très remarquables, selon nous, des protocoles du Conseil.

— Du 18 janvier 1777. — « Il a été arrêté de fixer, le mardi 4 février prochain pour procéder au jugement de Copponex. Arrêté de plus que la procédure sera communiquée à son avocat, s'il en choisit un, le lundi 27 janvier, et No. Galiffe seigneur conseiller a été chargé d'informer le dit Copponex du droit qu'il a, par l'Édit, de choisir un avocat et un procureur, et deux parents ou amis, pour dresser ses défenses, et de plus deux autres personnes pour assister à l'audience..., etc. »

— Du 20 janvier. — « No. Galiffe, sgnᵣ conseiller, a rapporté que, suivant les ordres du Conseil, il a informé Copponex du droit que lui donne l'Édit pour ses défenses, que le dit Copponex s'est déterminé à s'en prévaloir, qu'il a nommé pour ami le sieur Fernex, avocat à Annecy, et qu'il a demandé du temps pour se réfléchir sur le choix des autres personnes. No. Galiffe a ajouté : que lui ayant demandé s'il consentait que des spectables Pasteurs lui administrassent des consolations, il avait répondu qu'il était disposé à les recevoir, et il a été arrêté que lesdits spectables Pasteurs pourront aller aux prisons pour ce, dès samedi prochain. »

— Du 25 janvier. — « No. Frˢ Sarrasin, sgnᵣ conseiller,

a rapporté que Copponex avait choisi pour avocat sp^{ble} Rigaud, et pour procureur le sieur J.-J. Choisy, pour dresser les défenses avec le sieur Fernex d'Annecy. »

Le 4 février (1777), Copponex était amené à la barre du Conseil « siégeant au criminel. » Il était assisté de sp^{ble} Rigaud et du sieur Choisy, et accompagné du sieur Collomb de Bastine son frère, des sieurs Joseph Goux et Marc-Antoine de la Place sgn^r de Villarsel, ses amis. La brillante plaidoirie de l'avocat de la défense nous a été conservée, et cette pièce intéressante est assurément la plus remarquable de la procédure, car elle donne la mesure exacte de la grande liberté de la parole à la barre d'un tribunal genevois dans ces occasions solennelles. Toutes les ressources oratoires, pour ne pas dire toutes les arguties du métier, sont habilement mises en usage dans ce factum pour obscurcir un fait criminel dont l'évidence paraît certaine selon les enquêtes. Le fait même de meurtre volontaire est contesté ; puis l'avocat fait valoir la convenance pour la Seigneurie « d'user de ménagements au sujet d'un malheureux gentilhomme (!) auquel la noblesse de Savoie porte beaucoup d'intérêt : les ressortissants de Genève peuvent aussi avoir besoin de recourir à la clémence des tribunaux de Savoie. (On ne sait pas ce qui peut arriver un jour !), etc., etc. »

L'accusé, reconduit dans son cachot à la suite des plai-

doiries, n'en fut pas moins condamné à avoir la tête tran-
chée, tous ses biens personnels (?) demeurant grevés d'une
amende de dix mille florins en faveur des enfants de sa
victime. « Monsieur le Syndic de la garde a été autorisé à
donner l'ordre de livrer le cadavre de Copponex dans un
cercueil à ses parents, s'ils le demandent.... — No. Jolivet
sgn^r conseiller a été chargé d'informer, demain de grand
matin, Copponex du jugement rendu contre lui et du droit
qu'il a de recourir à la grâce. »

Le condamné s'étant prévalu de ce droit, réservé jusqu'en 1738 aux seuls citoyens, à l'exclusion des étrangers, le Magnifique Conseil des Deux-Cents fut convo-
qué le même jour au son lugubre de la grosse cloche de la
ville.

« Après la prière, M. le Syndic de la garde a dit que le
Conseil ayant condamné hier Collomb de Bastine de
Copponex à la mort, ce Magnifique Conseil avait été con-
voqué pour ouïr la requête dudit, par laquelle il recourt à
la grâce, et pour juger du mérite de ses moyens [de
défense]. On a fait entrer Sp^{ble} Rigaud avocat, le sieur
Choisi procureur dudit Copponex, ses sœurs et ses parents.
Sp^{ble} R. a lu ladite requête ; les recourants s'étant retirés,
lecture a été faite des principales pièces de la procédure...,
laquelle est restée sur le bureau. On a lu ensuite les con-
clusions du Procureur général, le procès-criminel, et la

10

sentence... — Opiné : S'il y a lieu de confirmer la sentence ou de modérer la peine ? — Opiné ensuite : Sur la peine à infliger audit Copponex ? L'avis a été, en deux tours, *de le condamner à être renfermé dans les prisons, en chambre close, pendant le reste de sa vie.* Demeurant au surplus de la sentence du Conseil. Lecture faite de la sentence [du Deux-Cents], elle a été approuvée, et la prière faite, M^r le Syndic a levé la séance. »

— Du 6 février (1777). — « Le Procès-criminel de Bastine de Copponex a été lu de dessus le tribunal, [ainsi que] la sentence criminelle rendue contre lui, et celle de modération de peine a été aussi prononcée de dessus le tribunal et mise à exécution [1]. »

Constatons encore que les démarches les plus actives avaient été faites par de notables citoyens, sollicités en secret par les amis et les protecteurs du condamné, en vue du recours à la grâce qu'on venait d'obtenir. Ce fait, peu connu jusqu'ici, ressort avec évidence de la commu-

---

[1] On sait qu'à Genève, jusqu'à la fin de l'ancienne République, toutes les sentences criminelles étaient prononcées ainsi sur la place publique du haut du « Tribunal » dressé le jour même du prononcé entre les deux portes de la façade de la maison de ville. Le condamné, déjà garrotté par les valets du bourreau, était sorti des prisons et amené par les guets sur la place « pour s'entendre dire droit » par le sgn^r Lieutenant, en présence de Mrs de la Justice et en présence aussi du populaire toujours avide des émotions de cette scène.

nication suivante : — Du 12 février. — « M^r le Premier a
rapporté que M^r le général de Montfort est allé hier chez
lui, avec les sieurs Pictet[1] et de Boisy, pour lui communiquer une lettre que lui a écrite le 10 de ce mois M^r le
comte de la Tour, commandant en Savoie, qui lui mande :
*que le Roi ne lui ayant pas permis d'agir auprès de la
République en faveur de Copponex,* il n'avait pas tenté la
moindre démarche, mais qu'à présent, grâce à ses soins
et à ceux des personnes charitables qui se sont unies à lui
pour sauver à ce malheureux la peine qu'il avait méritée,
il lui en marque sa juste reconnaissance au nom de toute
la noblesse et au sien, en le priant de vouloir bien être
auprès de ces personnes l'interprète et le garant de leur
commune gratitude du vif intérêt qu'elles ont pris comme
lui [général de Montfort] au sort dudit Copponex et aux
traits de charité et de bienfaisance qu'elles lui ont fait
sentir de même qu'à ses sœurs..., etc. » *Registre des
Conseils.*

Ainsi se terminait juridiquement « l'affaire de Copponex » et, quoi qu'on en ait pu dire hors de Genève il y a
cent ans sous l'influence de préventions hostiles à la
République, il est certain que l'examen de toutes les
pièces de la procédure témoigne hautement de l'impar-

---

[1] Le comte Pictet de Pregny, ancien officier supérieur au service
de Sardaigne.

tialité des juges, en sorte que de cette étude attentive il ne ressort rien que d'honorable pour la magistrature genevoise.

Nous passons rapidement sur tous les incidents qui survinrent dans les relations internationales pendant les trois années suivantes, car les faits souvent curieux qu'ils rappellent sont aujourd'hui sans importance pour nous : c'est l'arrestation à Genève en aide de justice d'un infidèle employé des Gabelles de Savoie « le regrattier de Mégève en Faucigny, » arrestation dont le Ministre de Perron remercie au nom du Roi, c'est l'attentat de la brigade volante d'Aire-la-Ville, enlevant certain jour le serviteur du batelier de Peney, sous prétexte de contrebande, et retenant ce malheureux dans un cachot infect pendant plusieurs semaines, tandis que son embarcation « voiturée » sur terre de Savoie stationne au soleil sur la place du village [1], c'est enfin le triste épisode de Gabriel

---

[1] « ...M' l'Intendant [d'Annecy] le fit mettre en prison chez le geôlier, où on l'enferma dans un cachot le mardi 19 mai [1778], rongé de vermine, nourri de deux en deux jours de pain de munition, dont il recevait une livre et un quart pour ces deux jours, et n'ayant que de l'eau pour boisson; pendant huit jours, ou environ, il n'a vu que le geôlier... Quelques semaines après, le secrétaire de M' l'Intendant est venu lui dire : « *Vous êtes libre, vous pouvez sortir de prison, l'on vous délivre sans frais...* » On ne lui a donné ni offert aucun dédommagement, on n'a point puni les employés qui l'ont indignement saisi, mais on lui a remis une lettre pour le châtelain d'Aire-

G. commis, prévaricateur au préjudice de la Chambre des blés de Genève et fugitif, arrêté à Thonon en aide de justice, puis, sur la requête de la Seigneurie, extradé et livré par ordre de la Cour de Turin et finalement jugé et condamné au fouet public à Plainpalais et au bannissement à perpétuité, à la suite d'une procédure criminelle *qui dura plus de quatre mois!*

Un fait qui émut bien davantage toute la population genevoise, fut la remise aux autorités Sardes, selon la teneur du traité de 1754, du temple de Bossey, paroisse devenue savoyarde en conséquence des échanges de territoire stipulés par cette convention et où le culte protestant ne devait pas être toléré plus de vingt-cinq ans après la ratification du traité. Cette renonciation douloureuse pour « la cité de Calvin » se fit avec dignité, on ne peut le méconnaître, et la Seigneurie eut l'honneur de prendre l'initiative d'une mesure qui cependant devait beaucoup lui coûter.

On lit à ce sujet dans le Registre des Conseils pour l'année 1779. — Du 19 avril. — « Vu que par le traité de Turin l'église de Bossey doit être remise cette année à la

la-Ville, et en son absence pour le curial, afin qu'on lui restituât son bateau... *Il a vu ce bateau, près de l'église d'Aire-la-Ville, dans un tel état que l'eau y entrait de tous côtés...* etc. » — Verbal du châtelain de Peney.

Savoie : Arrêté que le dernier sermon s'y fera le dimanche 30 mai prochain. »

— Du 10 mai. — « Étant opiné sur ce qu'il y a à faire pour l'exécution de l'article XII du traité de Turin, par lequel l'église et le presbytère de Bossey et dépendances doivent être remis au bout de 25 ans qui expireront le 3 juin prochain, il a été arrêté d'écrire à S. E. M^r le comte de Perron pour lui faire part que nous sommes prêts, en exécution dudit traité, de remettre l'église, le presbytère de Bossey et ses dépendances à la personne qui sera chargée des ordres de S. M. pour le recevoir. »

A ces ouvertures le Ministre se hâtait de répondre par la lettre suivante :

— Turin 15 mai 1779. — « Messieurs, je me suis fait un empressement de rendre compte au Roi de la lettre que vous m'avez fait l'honneur de m'écrire... S. M. touchée de l'attention que vous avez eue de la prévenir là-dessus, non moins que de l'exactitude que vous montrez par là à remplir votre engagement en cette partie, me charge, Messieurs, de vous en faire connaître sa sensibilité et sa satisfaction » (le Ministre annonce ensuite que c'est le juge-mage du bailliage de Ternier qui sera autorisé à recevoir l'église et le presbytère et que ce délégué du gouvernement se trouvera à cet effet « le 4 du mois prochain audit lieu de Bossey. »)

— Du 26 mai. — « sieur André Pictet, Commissaire général de la chambre des Fiefs, a été nommé pour remettre l'Église de Bossey... etc. »

— Du 7 juin, *en Conseil des Deux-Cents*. — « M* le Premier a informé ce Magnifique Conseil de la remise du temple et du presbytère de Bossey et de ses dépendances au Commissaire nommé par S. M. Sarde pour le recevoir... »

A la suite de cette dernière cession de la République, le gouvernement du Roi édictait une disposition tolérante qui dut être accueillie avec reconnaissance par tous les protestants demeurés forcément sur le territoire de Sa Majesté ; une circulaire de l'Intendance fut adressée aux curés des bailliages de Ternier et Gaillard pour leur faire savoir qu'il était loisible désormais « aux protestants sujets du Roi, habitant dans les terres cédées, de faire baptiser leurs enfants dans les temples voisins [dépendant] du territoire de Genève, en rapportant le certificat de Genève aux curés des paroisses respectives, pour l'enregistrer ; et quant aux mariages desdits protestants qui iront les contracter par-devant leurs ministres, lesdits protestants devront en rapporter un certificat en due forme et le remettre aux curés pour l'insérer dans les registres [paroissiaux]. » Cette mesure administrative, statuant un mode de vivre tolérable pour les Savoyards de la religion réformée, fut publiée le 31 décembre (1779).

Cependant, un nouvel orage politique menaçait Genève, et déjà le gouvernement de Sardaigne, comme aussi celui de France, en suivait, d'un regard attentif, le développement et en signalait tous les précurseurs. Cette immixtion de la Cour de Turin dans les affaires intérieures de la République (ingérence que le cours des événements allait rendre obligatoire) devant être ci-après le sujet de notre étude, il ne se peut faire qu'on ne rappelle ici, au moins sommairement et pour l'intelligence même de l'histoire internationale, les déplorables épisodes des luttes civiles à Genève.

Le code général des Édits de la République, qu'en 1738 on s'était engagé solennellement à recueillir et à coordonner, cette œuvre laborieuse qu'on avait différé d'entreprendre *pendant quarante ans,* parce qu'on en pressentait les difficultés et le danger, avait occupé les deux Conseils pendant toute l'année précédente et pendant les premiers mois de celle-ci (1779). Mais la Commission nommée pour présenter le projet de code, impatiemment attendu de la bourgeoisie, s'était tellement écartée de l'ancienne législation que le Conseil des Deux-Cents, effrayé des suites de cette politique nouvelle, avait brusquement dissous le comité législatif et renvoyé de plusieurs semaines le terme fixé pour la publication du projet en Conseil général. A la suite de cette mesure arbitraire, les citoyens mécon-

tents dressaient une « Représentation » qui fut présentée,
nous dit un chroniqueur, « avec beaucoup de décence »
par 1014 citoyens dont l'interminable cortège avait défilé
lentement, comme un convoi funèbre, selon l'usage de
Genève, devant le logis du Premier syndic. On avançait
audacieusement dans ce manifeste : que le Deux-Cents
n'avait pas qualité pour différer l'exécution d'une œuvre
législative attendue, et conséquemment, la dissolution de
la Commission étant sans valeur légale, les citoyens requéraient qu'on leur soumît sans retard le projet qu'elle
avait dressé.

A ces exigences de la bourgeoisie aux prises avec les
Conseils, il est curieux d'opposer les avis comminatoires
donnés officiellement à la Seigneurie par le Résident de
France, suivant l'ordre du Ministre.

« Je vous ai recommandé — écrit Mr de Vergennes au
sieur Gabard de Vaux, Résident à Genève — de ne rien
négliger pour m'instruire exactement de tout ce qui pourrait donner au Roi une juste idée de l'état où se trouve la
ville de Genève. Bien qu'occupée de soins infiniment plus
importants, Sa Majesté ne croit pas devoir détourner les
yeux du sort d'un État que ses ancêtres ont honoré de la
protection la plus constante... Elle désire connaître quels
sont les principaux sujets de division que la rédaction du
code peut faire naître, à quel point les esprits peuvent

être entraînés par l'amour des nouveautés, et surtout si le vœu des citoyens se porte à renverser la constitution garantie [par les puissances médiatrices] en 1738. »

C'était bien là, en effet, la question la plus intéressante pour les puissances garantes, et spécialement pour la France engagée depuis quarante ans à maintenir un certain ordre de choses politique, pour le bonheur des turbulents Genevois, et qui n'entendait pas, maintenant, donner son appui à toutes les nouveautés constitutionnelles qu'il plairait à ceux-ci d'introduire dans leur République. Le Ministre termine sa lettre-manifeste, destinée à recevoir une grande publicité, en déclarant que si Genève se dispose à courir de nouvelles aventures, si cette ville est en proie à des dissensions, plus fâcheuses peut-être que celles dont elle ressent encore les effets, *la bonté du Roi ne lui permettra pas de perdre une occasion aussi naturelle de préserver la République de nouveaux malheurs.* » — En d'autres termes : si de telles conjectures se réalisent, l'occupation militaire de Genève par les troupes de S. M. très chrétienne est imminente.

Ces menaces à peine déguisées du cabinet de Versailles se retrouvaient, d'autre part, dans une pièce officielle de provenance différente, et dont les copies coururent bientôt la ville. C'était un mémoire diplomatique adressé par l'ambassadeur de France auprès du Corps helvétique à

Mrs de Zurich et de Berne, qui étaient aussi les garants de la constitution genevoise de 1738, plus connue sous le nom de « Règlement de l'illustre Médiation. » Dans cet exposé très complet et fort instructif des nouvelles dissensions qui affligeaient la République, le vicomte de Polignac déclarait aussi : « que S. M. très chrétienne est déterminée à en finir *de façon ou d'autre* avec Genève et les Genevois, *gens dont l'esprit de domination et de chicane est tel qu'il semble que les moindres individus de cet État en sont possédés pour leur malheur et l'importunité de leurs voisins.* »

Cette façon singulière, mais très intentionnelle, selon nous, de calmer l'irritation plus ou moins motivée de la Bourgeoisie genevoise, en menaçant de lui enlever ce qu'elle avait de plus cher au monde : son antique indépendance, devait nécessairement échauffer encore les esprits à Genève, où déjà tous les partis se rendaient responsables l'un l'autre des malheurs inévitables qui allaient fondre sur la République. Parmi les nombreux et fastidieux écrits publiés en ce temps-là et dont fort heureusement le temps a fait justice, il en est un qui mérite d'être rappelé. C'est la « Déclaration » des membres du Deux-Cents attachés encore au gouvernement séculaire de Genève et protestant contre les naissantes théories de la démocratie absolue, et spécialement contre l'omnipotence du Conseil général

« dont la prétendue souveraineté irresponsable ne saurait
être en matière de constitution — disent-ils — que la cause
de tous les malheurs et le prétexte de tous les excès. »
« Nous déclarons, ajoutent les signataires de cette pièce,
que nous reconnaissons le Conseil général pour souverain...,
mais, si on prétend en faire un souverain *absolu* et illi-
mité, qui peut seul et à son gré reprendre ou modifier
tous les pouvoirs, changer la forme du gouvernement et
celle des autres ordres de l'État, nous déclarons que la
souveraineté ainsi entendue nous paraît destructive de
toute constitution libre, dont l'essence consiste dans une
sage répartition des divers pouvoirs entre les différents
ordres de l'État..., etc. »

Le manifeste de la majorité — ou, comme on disait
encore, « de la plus grande voix » du Deux-Cents, — devait
éveiller la sympathie d'un grand nombre de citoyens, ennemis inconscients mais opiniâtres de toute innovation constitutionnelle, et le 8 octobre (1779) ces « Négatifs » décla-
raient aussi collectivement que fermement attachés à la
constitution, ils préfèrent la conserver *même avec ses
défauts* plutôt que de l'exposer de nouveau à des changements qui accroîtraient leurs regrets et pourraient être
improuvés des augustes puissances garantes... »

Telle était la situation politique à Genève au commencement de l'année 1780, et pendant les deux années suivan-

tes, loin qu'elle se modifiât dans un sens favorable à l'apaisement des partis, il semblait dans cette cité malheureuse que le temps n'agissait plus sur les esprits irrités que comme un funeste dissolvant de tous les sentiments d'union, d'estime mutuelle, de confiance, de solidarité qui sont pour les petites Républiques ce qu'ils sont aussi pour la famille : le seul gage durable de la prospérité. Cependant, tandis qu'à Berne comme à Turin, les gouvernements demeuraient encore dans une sage expectative, à Paris le Ministre de Vergennes témoignait hautement de sa partialité en faveur des « Négatifs » de Genève. Il recevait leurs plaintes, il conférait avec leurs secrets émissaires, il entretenait parmi ces citoyens aveuglés l'espérance coupable de tout pacifier par la force et de raffermir l'autorité ébranlée des Conseils en imposant au populaire genevois la volonté de S. M. très chrétienne. Un des notables du parti des « Représentants, » le jeune Procureur général Duroveray ne craignit pas de signaler à ses concitoyens cette nouvelle ingérence de l'étranger dans les affaires intérieures de la République, et cette « Remontrance » prononcée devant le Conseil parut à celui-ci une protestation si dangereuse qu'on défendit au magistrat de la publier. Duroveray ne tint compte de cette injonction arbitraire, son écrit fut imprimé, et distribué dans tous les cercles de la ville dont il redoublait l'effervescence, tandis qu'à la Cour de Versailles ce même écrit faisait naître un vif mécontentement. S. E. le comte de Vergennes, se prétendant offensé personnellement, ne tarda pas à requérir avec hauteur une réparation éclatante, et la Seigneurie eut la faiblesse de la lui accorder. Le Procureur général fut sacrifié, on le suspendit indéfiniment de ses fonctions, et sa Remontrance, que l'amour de la patrie avait dictée, fut lacérée et brûlée par le bourreau, en présence de la foule mécontente dont le morne silence était aussi une protestation.

Le 14 janvier (1781), une première émeute éclatait dans le faubourg de la ville, un Natif était tué d'un coup de fusil par un citoyen « Représentant. » Mais cette prise d'armes, qui nous semble avoir été une échauffourée, s'apaisa bientôt d'elle-même. Le meurtrier s'était enfui, disait-on, pour échapper à la justice, et les chefs de l'opposition, surpris par l'événement, n'étaient pas en mesure d'en diriger les conséquences. Le 5 février, une seconde émeute fut plus sérieuse : ce jour-là les « Natifs » qui s'étaient joints aux « Représentants » (un grand nombre d'entre eux étaient encore les fidèles partisans de la Seigneurie) repoussaient et dispersaient les « Négatifs » et les soldats de la garnison, dont on osait à peine se servir contre les séditieux, tant la fidélité de cette garde soldée était douteuse. Puis à la suite de ces faciles succès les vainqueurs venaient parler en maîtres à Messieurs du Conseil. Ils se faisaient livrer la garde des portes, ils occupaient l'arsenal, s'emparaient de l'artillerie, et tenaient en séquestre tout le Magistrat pendant plusieurs heures, dans son hôtel de ville. Tous les cercles étaient transformés en autant de corps-de-gardes, et comme la panique se répandait de plusieurs côtés, et que déjà les familles patriciennes ainsi que tous leurs adhérents le plus en vue se disposaient à quitter la ville, les factieux arrêtaient dès le début ce naissant exode : les portes de Genève étaient fermées, et dès le lendemain elles ne furent qu'entr'ouvertes, pour cas d'urgence. On ne laissait plus sortir aucun Bourgeois ou citoyen du parti du Magistrat, comme aussi nul étranger ne pouvait pénétrer dans la ville [1].

Ce fut sous cette pression violente (qu'on exagérait encore dans les pays voisins) que fut rendu, le 10 février (1781), l'Édit fameux appelant tous les « Natifs » à l'égalité des droits civils et honorifiques des citoyens et Bourgeois de Genève. La faction triomphante des « Représentants » payait ainsi après la victoire le concours actif de ses douze ou quinze cents alliés de la veille. Cet Édit — dont le libéralisme est si conforme à nos idées modernes

[1] « Rapporté que même on ne laisse pas entrer les laitières. » — Reg. des Conseils.

qu'on a peine à comprendre qu'il ait fallu trois cents ans pour qu'on songeât à le demander — n'en fut pas moins « arraché » au législateur. Le Petit-Conseil, et le Deux-Cents le décrétèrent en quelques heures, et le Conseil général ou soi-disant tel (car le parti vaincu s'abstint à peu près complètement d'y paraître) l'approuva bruyamment dès le lendemain. Quel accueil les puissances garantes du « Règlement de l'illustre Médiation » allaient-elles faire à ce dangereux début de la démagogie, sapant leur œuvre par sa base, et transformant si radicalement la représentation « du souverain » ? On pouvait le conjecturer sans peine, et déjà parmi les vainqueurs, les esprits les plus optimistes devaient être soucieux de l'avenir. Mais suspendons ici ce rapide exposé de discordes civiles — qui nous coûte à faire, nous l'avouons, — pour rappeler un des plus singuliers incidents de cette regrettable « prise d'armes » du 5 février (1781).

Ce jour-là, et par le fait de l'émeute, les postes extérieurs de la place, occupés par de petits détachements de la garnison, s'étaient trouvés coupés de leur grand'garde : les vainqueurs s'étant empressés, ainsi qu'on l'a dit, de fermer les portes de la ville. Les soldats mercenaires demeurèrent ainsi sans subsistance pendant près de 48 heures, fidèles à la consigne qui leur défendait de quitter leur poste, prêtant l'oreille à la fusillade et aux clameurs populaires venues de la ville. On lit à ce sujet dans le registre des protocoles du Conseil, — « 23 février — M. le Syndic de la garde a rapporté que, pendant qu'on n'a pu relever le poste du Pont-d'Arve, M^r l'Intendant et M^r le commandant de Carouge ont fait offrir aux soldats de l'argent et des denrées afin qu'ils ne manquassent de rien. Sur quoi il a été résolu de charger le sieur Dunant châtelain [de Peney] d'aller remercier M^r l'Intendant de son attention, de la part du Conseil, et de charger le sieur capitaine aide-major Sartoris d'aller dans le même but chez M^r le commandant. »

Cette anecdote de corps de garde nous remet sur la trace des affaires internationales concernant la Savoie, dont nous nous sommes écartés brusquement pour suivre à l'exposé des faits de politique intérieure qu'on vient de lire.

Un nouvel attentat nocturne de la populace contre la sentinelle sarde au pont de Chêne, sentinelle qui fut désarmée, avait occupé dès les premiers jours de l'an 1780 les autorités des États sardes et celles de Genève, mais comme cet incident fâcheux est la reproduction presque fidèle des mêmes délits, commis dans les mêmes circonstances que ceux de 1763 précédemment rapportés, il nous suffira de le mentionner. On parut trouver à la Cour de Turin que cette fois la pénalité atteignant les

Genevois coupables était beaucoup trop faible, et que
« l'honneur des armes » ne permettait pas de s'en contenter. — « Sa Majesté n'a pu s'empêcher de remarquer
(écrit le commandant de Savoie, baron de Saint-Michel)
l'indulgence extrême dont on a usé à l'égard des coupables. » La Seigneurie s'efforça, par tous les sophismes
imaginables, de justifier sa procédure, mais sa réponse est
embarrassée et les raisons qu'elle donne sont bien spé-
cieuses. La vraie considération à rappeler c'était qu'on se
trouvait dès lors dans des conditions si défavorables pour
gouverner la République que le Magistrat eût soulevé
toute la Bourgeoisie, en condamnant des ressortissants
« genevois » à une peine infamante, à propos d'un factionnaire désarmé. Malheureusement cette raison-là ne
pouvait être avouée, mais à Turin on sut la deviner
et l'on eut encore le bon sens de ne pas trop insister. —
« Sa Majesté veut bien regarder cette affaire comme finie
(écrit le 17 mai 1780 le comte de Perron), persuadée que
si, contre son attente, il survenait quelque nouveau désordre, vous donneriez un exemple de sévérité capable de
détourner vos sujets de tout ce qui peut altérer le bon
voisinage qu'il convient si fort de maintenir entre les deux
États. »

Une grande battue destinée à traquer les vagabonds et

repris de justice qui infestaient toujours la Savoie, néces-
sita, en janvier 1781, la coopération active des divers
États voisins du Duché, et Genève dut nécessairement
prendre part à ces mesures d'une répression barbare, en
faisant border sa frontière par les gens de village, appuyés
de quelques détachements de la garnison. Cette « chasse
à l'homme » était encore il y a cent ans assez semblable
à la chasse aux loups ; mais ces derniers s'échappaient
presque toujours, en faisant une trouée dans le cercle de
leurs persécuteurs, tandis que « les gueux » dont les
hordes comptaient presque toujours un certain nombre de
vieillards, de femmes, d'invalides, d'enfants et d'estropiés
étaient plus faciles à acculer dans une impasse où ces
misérables étaient à la merci de la maréchaussée et, pis
encore, de la populace villageoise.

De nombreux vols sacrilèges commis dans les églises du
Chablais et du Faucigny, crimes dont on chargeait la
bande « du grand Philippe » qui terrorisait ces provinces,
puis l'assassinat d'un malheureux colporteur de mercerie,
dans les bois d'Athenaz, donnaient lieu dans la même
année à diverses procédures rogatoires pour lesquelles le
Sénat de Savoie dut aussi demander le concours de la
justice genevoise. — « Arrêté — lit-on au registre du
Conseil — que No. de Rochemont réponde : que suivant

les ordres du Conseil, il s'empressera de contribuer autant
que cela sera possible au succès de la commission des
députés du Sénat [commission rogatoire siégeant à
Carouge] en leur fournissant tous les renseignements
qu'on pourra avoir qui seront de quelque utilité pour
découvrir les coupables. » — Les orfèvres de Genève don-
nèrent d'utiles renseignements touchant les effets volés,
réduits en lingots ou brisés par « le grand Philippe » qui
les négociait ensuite... à Aubonne dans le pays de Vaud ;
quant au crime d'Athenaz, commis le 20 décembre 1778,
c'était une affaire déjà assez ancienne pour qu'il ne fût
pas facile d'en retrouver les traces ; cependant le meurtrier fut découvert... dans les prisons de Genève, où ce
dangereux récidiviste était retenu préventivement, au
sujet d'un autre crime plus récent, commis sur terre de
Genève et dont il était fortement soupçonné. On répondit,
en conséquence, à la demande d'extradition adressée par
le Sénat de Savoie, qu'on ne pouvait s'occuper de cette
demande; « quant à présent, » mais que si le prévenu
devait être relâché, faute de preuves suffisantes, par la
Justice genevoise (ce qui malheureusement était assez
vraisemblable), on en donnerait avis en temps utile au
Magistrat de Savoie, afin que ce dernier demandât l'accusé « au nom du Roi et sous offre de réciprocité. » —
« Vous me permettrez, Messieurs, de vous faire observer

(répond à cette communication M. de Serraval), que lorsqu'il s'agit de réclamer des particuliers [accusés de crimes de droit commun, de la compétence des tribunaux ordinaires], la pratique constante du Sénat est que les lettres réquisitoires soient adressées *en son nom*. C'est ainsi qu'on le pratique vis-à-vis des Parlements de France et avec les Louables cantons Suisses, et c'est ainsi qu'on l'a pratiqué vis-à-vis de votre République [dans un cas analogue]... en 1772. On ne s'adresse directement en Cour, par la voie du Ministre, que lorsqu'il s'agit de *prisonniers d'État,* soumis à un châtiment économique, ou si *par des motifs particuliers (!)* on réclame des accusés dont, selon les règles ordinaires, le Magistrat n'accorderait pas l'extradition..., etc. » — Cette petite leçon de jurisprudence internationale, telle qu'on l'entendait alors dans toutes les monarchies absolues, fut acceptée docilement par le Conseil de Genève, celui-ci, dans les tristes circonstances où se trouvait alors la République, victime des luttes civiles qui la déconsidéraient au dehors, n'était pas en mesure d'affronter le mécontentement de personne, et moins encore celui d'une puissance amie, voisine de sa frontière. L'assassin d'Athenaz — Claude Donches — fut extradé et livré aux officiers de Savoie, fort peu de jours après la réception de la lettre qu'on vient de citer.

Il y eut encore, peu de mois après, à l'occasion de la
construction du pont de Saint-Julien, une nouvelle instance
des propriétaires fonciers « de l'ancien Dénombrement »
appelés à faire charrier au loin les matériaux nécessaires
à l'entrepreneur. Cette instance qui, à propos de l'exemption prétendue des corvées paroissiales, ramenait à
l'interprétation de l'article XIV du traité de Turin, n'eut
aucun succès auprès du Ministre, car, cette fois, il trancha
résolument la question par la négative [1]. Il fallait bien le
reconnaître : on usait à Turin, comme à Versailles et à
Berne, de beaucoup moins de ménagements avec la Seigneurie depuis que « la démagogie » faisait entendre sa
voix jusque dans les Conseils. Le temps, en amenant de
nouveaux désordres populaires, ne devait qu'accentuer
davantage chez tous les gouvernements rapprochés de
Genève la fâcheuse humeur que fait naître à la continue

[1] Circonstance assez rare à noter dans une pièce diplomatique : le
comte de Perron motivait sa décision par des considérations de pure
équité ! — « Les biens possédés par les Genevois sont, dans quelques
paroisses [de la Savoie], les plus spacieux et les meilleurs pour le
produit ; s'ils étaient exempts de corvées, il en tomberait naturellement une charge plus considérable sur les pauvres paysans, puisque le total des ouvrages publics doit toujours se faire ; ces
gens seraient bientôt réduits au désespoir... Les possesseurs genevois ou leurs fermiers en ressentiraient les tristes effets. Vous voyez
par là, Messieurs, qu'il ne serait pas même de leur avantage de jouir
d'un tel privilège... »

un turbulent voisinage, et le Magistrat découragé, de la malheureuse République, allait recevoir désormais de trop fréquents témoignages de ces dispositions nouvelles, même de la part de ceux de ses voisins qui ne cessaient pourtant de s'intéresser à lui.

A la suite de l'émeute du 5 février (1781), des seigneurs-commissaires avaient été envoyés à Genève par Mrs de Zurich et de Berne pour écouter toutes les récriminations et prendre toutes les demandes « ad referendum [1]. » Déjà la Cour de Versailles proposait aux cantons garants de nouvelles conférences à Soleure, *et non à Genève,* pour le règlement de ces difficultés, et ces conférences s'ouvrirent au mois d'août ; mais il ne fut pas difficile au vicomte de Polignac, ambassadeur de S. M. très chrétienne et plénipotentiaire délégué, de se convaincre d'emblée de la froideur avec laquelle les cantons (et spécialement Berne) seconderaient les efforts de S. M. Louis XVI, pour pacifier, *volens nolens,* tous les partis à Genève. Le diplomate fran-

---

[1] Des bandes de « Natifs, » et même des « Sujets, » se prévalant de l'édit du 10 février (1781), importunaient chaque jour les sg^{rs} commis et le Premier syndic. On leur répondait vainement que cet édit avait été arraché par la violence et qu'il fallait attendre l'œuvre nouvelle de la diplomatie étrangère ; ces « malintentionnés, poussés secrètement par les démagogues dits Représentants » (style de Mr de Vergennes), ne tenaient nul compte de ces objections ! — Voir Correspondance du Conseil.

çais dut reconnaître aussi que les « Représentants » genevois avaient beaucoup d'influence à Berne et que « la démagogie » avait bien gagné du terrain en Suisse depuis 1738 ! Dans ces circonstances difficiles, la Cour de Versailles, peu soucieuse de recommencer l'expérience qu'on avait faite en 1769 de la ténacité factieuse des Genevois de tous les partis à résister aux injonctions de l'étranger, se détermina à se désintéresser pour un temps de ce qui pouvait se passer à Genève, tout en projetant d'intervenir seule au besoin pour réduire à la soumission les « démagogues » de cette ville, et cela aussitôt que les violences de ceux-ci rendraient légitime une intervention armée. Vainement le Conseil fit connaître au Ministre « sa profonde douleur » de la décision que Son Excellence venait de prendre : Mr de Vergennes n'en persista pas moins dans sa politique d'abstention dont les conséquences, prévues de tous, n'étaient que trop prochaines. La garantie de « l'Illustre médiation » n'était plus qu'une lettre morte, l'opposition à l'ancien régime, restauré à grand'peine naguère, n'allait plus rencontrer que de vains obstacles à ses desseins, et dans Genève où tous les pouvoirs publics s'affaiblissaient chaque jour, le bouleversement des divers ordres de l'État était maintenant inévitable.

A Turin, les hommes d'État suivaient avec un intérêt croissant, nous l'avons dit, tous les incidents des affaires genevoises, et surtout ils observaient attentivement les démarches de la Cour de France dont le système de protection à outrance, infligé à la petite République, n'était pas sans leur inspirer une défiance légitime. « La Cour de Turin ne pouvait voir de bon œil que la France pût disposer seule des destinées de Genève, dit à ce propos l'excellent historien de la *Monarchie piémontaise* [1] auquel nous empruntons ces détails « ... si d'une part elle ne voulait tolérer sur la frontière de ses États un foyer permanent de démagogie, d'autre part il ne convenait pas à sa dignité de demeurer inactive et indifférente tandis qu'une grande puissance se préparait à intervenir par les armes dans un État avec lequel on avait tant d'intérêts de voisinage. » On se disposait donc à négocier avec la Cour de Versailles pour s'entendre en vue d'une action commune destinée à pacifier Genève, quand le comte de Vergennes prit lui-même l'initiative de cette négociation au sujet de laquelle il fit remettre à l'ambassadeur de Sardaigne à Paris, le comte de Scarnafigi, un mémoire « expositif, » fort intéressant selon nous, et dont un passage au moins mérite d'être recueilli par l'histoire : « Les démagogues de Genève — écrit Son Excellence — ont mis en pratique un système qui jusqu'ici était considéré

---

[1] Nicomède Bianchi. *Storia...* etc., vol. I, p. 576.

comme une dangereuse chimère. Ce système, renouvelé de celui de Jean-Jacques Rousseau a séduit beaucoup de gens et semble vouloir troubler la paix de plusieurs États. Ceux qui le professent soutiennent : *que le peuple ne peut jamais se tromper — que toute autorité doit être dans ses mains — qu'il peut la déléguer et la reprendre.* Pour mettre en pratique cette théorie, les démagogues genevois usent de tous les moyens les plus pernicieux. Ce serait une grande illusion de penser qu'ils peuvent être ramenés au devoir par la persuasion ; des esprits aussi enflammés, des cœurs aussi pervertis, ne sont pas disposés à renoncer à la moindre de leurs prétentions. S'ils triomphaient complètement, l'anarchie serait absolue et permanente à Genève, qui deviendrait un levain perpétuel de désordre pour les États voisins. Afin de combattre un si grand péril il n'est qu'un seul moyen : celui de mettre dans les mains des « conservateurs » le gouvernement, en leur donnant la force nécessaire pour le faire respecter [1]. »

Bien qu'on n'eût pas, à Turin, des idées aussi arrêtées que celles de Son Excellence le comte de Vergennes sur la nécessité de remettre à Genève tous les pouvoirs publics

---

[1] *Mémoire du comte de Vergennes au comte de Scarnafigi.* Versailles, 6 janvier, 1782. Citat. de N. Bianchi. *Storia...* etc., vol. I, p. 577. L'auteur donne la traduction italienne du document précité ; nous rétablissons ici le texte original.

entre les mains « des conservateurs, » un Conseil privé
fut tenu en présence de Victor-Amédée III, dans les derniers jours de janvier 1782, pour examiner la situation et
voir comment il convenait de répondre aux sollicitations
de la Cour de France. Dans ce « Congrès » où prirent
séance le prince héréditaire, le duc de Chablais, les Secrétaires d'État de Perron, de Corte, Tonengo et de Hauteville, il fut arrêté après une longue discussion que S. M. le
Roi de Sardaigne devait donner les mains à la convention
proposée dans le but de pacifier Genève et d'y rendre
stables ses institutions politiques. » Il ne convenait pas
au gouvernement Sarde que le Roi de France fût laissé
libre de donner la loi à ce peuple voisin et qu'il réduisît,
de fait, la République sous sa dépendance[1]. De nouvelles
démarches diplomatiques seraient faites ultérieurement
par les Ministres et par l'ambassadeur Scarnafigi afin
d'aviser aux moyens pratiques de l'intervention proposée
par la France dans le cas où l'on serait contraint d'y
recourir.

Cette dernière éventualité qui préoccupait les diplomates piémontais allait bientôt se changer pour eux en
certitude.

---

[1] N. Bianchi. *Storia...* etc., vol. I, p. 578.

CHAPITRE VI

Révolution à Genève. — Le parti des « Réprésentants » au pouvoir.
— Convention diplomatique des puissances. — Intervention de la
France, de la Sardaigne et de Berne. — Nouveau gouvernement
imposé par la force des armes. — Aristocratie et militarisme. —
Insuccès de la politique modérée de la Cour de Turin. — Entrée à
Genève du Résident de Sardaigne. — Les conseils du roi Victor-
Amédée III (1782).

Le 9 avril 1782, l'émeute éclatait de nouveau dans Genève
alarmée, l'exécution jusqu'alors différée de l'Édit révolutionnaire en faveur des « Natifs » étant le prétexte avoué
de cette prise d'armes. Les factieux assiégeaient les portes
de l'hôtel de ville, aux cris tumultueux de : *nous deman-
dons l'Édit!* D'autres troupes armées assaillaient les corps
de garde et s'emparaient des portes de la ville, de l'arsenal, des hangars de l'artillerie. Le Syndic de la garde qui
s'était jeté au-devant de l'émeute et s'efforçait de l'apai-

ser, était emmené prisonnier dans le faubourg de Saint-
Gervais, un certain nombre de combattants étaient tués,
beaucoup d'autres blessés, et tandis que l'irritation populaire augmentait d'heure en heure, les trois syndics demeurés à leur poste étaient retenus prisonniers ; puis les
conseillers du Petit Conseil et tous les membres du Deux-
Cents dont on put se saisir, ainsi que les plus notables de
leurs partisans, étaient entassés et gardés sous bonne
escorte dans la « Grenette : » un des bâtiments publics
servant encore de grenier à blé.

Le lendemain matin, « Mr le Premier » auquel, par une
singulière inconséquence, les chefs de l'émeute triomphante laissaient la demi-liberté de réunir un semblant de
Conseil et d'expédier les affaires courantes, donnait communication au petit nombre de magistrats rassemblés
autour de lui, de la lettre suivante qu'il venait de recevoir
de la part du Résident de France : — « Monsieur, le Roi
m'a donné ordre de me retirer de la République de Genève,
Sa Majesté, ne jugeant pas de sa dignité de laisser personne accrédité de sa part dans une ville dont une faction
s'est emparée..., etc. J'ai l'honneur d'être..., etc. »

Le même jour, et tandis que Mr Gabard de Vaux se retirait à Lausanne, sur les terres de Mrs de Berne, le Conseil du Deux-Cents était assemblé par ordre du Petit Conseil, ou plus exactement : par ordre des factieux en armes

qui requéraient impérieusement l'abolition des Conseils et, comme forme de gouvernement « provisionnel, » le maintien aux affaires des Syndics, des conseillers du Petit Conseil, du sgnr Lieutenant, des auditeurs de la justice et du Procureur général ; les factieux adjoignant à ces magistrats contraints d'exercer leur office « quelques citoyens notables » de leur choix : les uns et les autres ayant l'impérieux mandat de s'entendre quant à la présentation des candidats qui seraient proposés par eux à bref délai au Conseil général pour la formation des nouveaux Conseils.

Mais la terreur était dans la ville, l'abstention générale, et l'émigration commençait et devenait considérable, en dépit de toutes les mesures violentes prises pour l'entraver. Le Deux-Cents, chargé par la faction victorieuse de légaliser par son vote toutes les mesures « provisionnelles, » fut composé ce jour-là de 58 membres [1] !

Ici, nous voyons soudainement se tarir une source pré-

---

[1] Savoir : 3 syndics (le 4me était toujours en otage),

        9 sgnrs conseillers,

        1 le Lieutenant,

        5 Auditeurs,

        1 le Procureur général,

        1 le secrétaire de la Justice,

        38 membres du Deux-Cents, appartenant tous à la faction des Représentants.

Total 58

cieuse de documents historiques, car nous feuilletons la dernière page des protocoles du « Conseil légal, » quant aux procès-verbaux des séances du gouvernement « provisionnel » et de celui qui devait suivre, il est évident que de tels documents ne doivent être consultés qu'avec défiance, et qu'il convient de contrôler chaque phrase de ces fallacieux protocoles, afin de dégager la triste réalité de ce qui n'est que la vérité officielle. Mais à défaut du guide que nous avons suivi jusqu'ici, nous consulterons encore les dernières pages du recueil épistolaire de l'ancien Conseil.

— Du 9 avril 1782 — [pendant l'émeute]. « *A S. Ex. M*[r] *le comte de Vergennes...* Dépouillés de toute notre autorité, nous sommes spectateurs impuissants de la situation de notre Patrie, et nous ignorons quelle sera l'issue de cette crise... »

— Du 12 avril. — *A M*[rs] *de Berne...* « Hier les « Représentants » ayant nommé, selon l'arrêté du Conseil général du 10 courant, 14 citoyens et Bourgeois.... pour, conjointement avec nous [les seigneurs syndics, Mrs de la Justice et le Procureur général], créer un nouveau Petit Conseil et un Conseil du Deux-Cents, dans cette assemblée on confirma les membres de ces deux Conseils à l'exception de *onze*, tous choisis d'entre les principaux « constitutionnaires [1] » du Petit Conseil, et de *trente-deux* du Grand

Terme nouveau par lequel on désignait les partisans intransi-

Conseil, qui furent exclus. Messieurs les anciens syndics, *à l'exception d'un seul*, déclarèrent que leur intention était de ne plus siéger au Conseil, nonobstant les instances qu'on leur adressa pour qu'ils ne persistassent pas dans cette détermination. Celui de nos secrétaires d'État qui n'avait pas été exclu nous avait fait la même déclaration. On remplaça ensuite les personnes exclues..., etc. »

Non contents d'avoir obtenu par la violence « l'épuration » des deux Conseils, les factieux se hâtèrent de requérir au lendemain de leur victoire, la création d'une « Commission de sûreté » et l'approbation de toutes les détentions arbitraires auxquelles on avait procédé depuis deux jours. La docilité des nouveaux Conseils devait être acquise aux « Représentants, » et cette commission, qui s'attribuait déjà la police, le militaire et les finances, fut aussitôt décrétée; quant à l'approbation des séquestrations et des emprisonnements, les factieux y renoncèrent en définitive, eu égard aux courageuses protestations des anciens Syndics, et cela leur fut d'autant plus facile qu'ils pouvaient très bien se passer de cet assentiment. Cependant le gouvernement « épuré » de la République s'était déterminé, non sans quelque embarras, à faire connaître son existence aux

geants de l'ancienne Constitution genevoise, soit du Règlement de 1738. C'étaient toujours les « Négatifs » se refusant avec obstination aux changements à l'Édit, proposés par les « Représentants. »

alliés de Genève, et notamment à la Cour de Versailles, à Mrs de Zurich et à Mrs de Berne. Les deux premiers États laissèrent avec mépris cette communication sans réponse, et le troisième, en la renvoyant, fit écrire par son chancelier d'État un billet dont voici le singulier style : *A Messieurs les préposés de la chancellerie de la République de Genève.* — « Messieurs. La République de Berne, ne pouvant reconnaître pour son allié un Conseil qui, au mépris des lois, a été créé par une faction séditieuse et les armes à la main, à la place de celui qui se trouvait légalement établi, c'est par ordre de LL. Excellences que la présente lettre [incluse] est renvoyée, ce 15 avril 1782. *Signé :* Chancellerie de la ville et République de Berne. »

Pourtant, on ne tarda guère à reconnaître dans les Conseils de Berne, que le premier mouvement de l'indignation, pour légitime qu'il soit, n'en est pas moins un mauvais conseiller..., surtout en politique ! Convenait-il à d'anciens alliés, appelés aussi, peut-être très prochainement, à prendre les armes pour délivrer Genève de l'anarchie, de demeurer tout à fait étrangers à ce qui se passait dans l'enceinte de cette ville ?... Cette question, qui s'imposait péniblement aussi à Mrs de Zurich, détermina les deux cantons à adresser aux Genevois, sous forme d'un manifeste, les avertissements chaleureux et solennels que d'anciens amis peuvent faire entendre encore, à la dernière heure précédant un sérieux danger. Cette lettre *aux Syndics et Conseils de* Genève est fort touchante, et la bonhomie de son style est aussi étrangère aux traditions de la diplomatie que la rude boutade du billet précité. — « La prise d'armes d'une partie de votre Bourgeoisie et de vos « habitants, » — lit-on dans ce manifeste — les excès qui l'ont accompagnée, les mauvais traitements faits à vos magistrats les plus respectables, la captivité de plusieurs des principaux citoyens de votre ville, la destitution d'une grande partie des membres des Petit et Grand Conseils, et la manière dont un nouveau gouvernement a été établi, ne sauraient être envisagés par nous que comme des entreprises entièrement contraires aux lois de la constitution qui subsiste chez vous dès l'origine de la République.... Nous nous voyons par là, Très chers amis et confédérés, dans l'obligation de vous faire (comme étant la seule magistrature légale qui existe actuellement dans votre République) la déclaration que nous ne saurions en aucune manière reconnaître comme légitime le nouveau gouvernement établi par la force des armes. La part vive et sincère que nous prenons toujours au sort de votre République bouleversée, et le souvenir des anciennes alliances qui ont subsisté entre elle et nous, nous imposent encore particulièrement le devoir de rappeler à vos esprits, Tr. Ch. A. et C., ainsi qu'à celui de tous les Bourgeois et habitants

de votre ville, la triste et dangereuse position intérieure
et extérieure de la République. Il ne saurait vous échapper combien ses dangers seraient augmentés et sa perte
rendue inévitable, si les violences exercées ne sont pas
redressées, la liberté du commerce et des communications
rétablie sans délai, vos citoyens détenus, libérés de leurs
arrêts, et le repos public, la sûreté et la liberté légale,
entièrement rétablis.

Nous devons tout particulièrement, Tr. Ch. A. et C.,
vous représenter les terribles suites que tout mauvais trai-
tement fait à ceux de vos concitoyens qui sont arrêtés pourrait entraîner pour votre ville et pour ses habitants ; ainsi
que la vengeance qui poursuivrait en tous lieux ceux qui
en seraient les auteurs.... Dieu veuille que le sacré devoir
de conserver la Patrie pour soi et pour les siens se réveille
dans les cœurs de tous vos Bourgeois et habitants ! C'est
alors seulement que nous pouvons espérer que les exhor-
tations que nous vous avons déjà si souvent adressées (tant
de bouche que par écrit, dans les meilleures intentions,
mais malheureusement en vain) produiront enfin quelque
impression, et que les cruelles dissensions, les haines
et les hostilités, qui ont conduit en ce moment votre
République dans l'abîme, pourront être bannies de tous
les cœurs.

Sur quoi, Tr. Ch. A. et C., nous vous recommandons

avec tout le zèle possible, ainsi que nous, à la protection
du Très Haut..., etc.

> *Signé :* Les Bourgmestres, Avoyers. Petits et Grands
> Conseils, des villes de Zurich et de Berne. »

Les factieux, en dépit des pressants efforts tentés par
les anciens magistrats demeurés aux affaires et de ceux
de la Vénérable Compagnie des Pasteurs, ne se laissèrent
nullement ébranler par cet émouvant et suprême appel à
leur patriotisme : ils renvoyèrent bien loin la proposition
de relâcher ceux qu'ils considéraient déjà comme des
otages, et — pensant pouvoir se réhabiliter aux yeux de
M^{rs} des cantons, en recommençant cette éternelle polé-
mique de brochures verbeuses et de factums politiques,
qui est bien le côté le plus caractéristique, et le plus
fastidieux aussi, de toutes les affaires genevoises au
XVIIIme siècle, ils dressèrent un long mémoire apologétique de leur conduite, mémoire qu'une députation de
citoyens « Représentants » fut chargée d'aller paraphraser
à LL. EE. de Berne. C'était se flatter étrangement que
d'agir ainsi : le *Mémoire apologétique* ne fut pas reçu par
les magistrats auxquels il était destiné, et les prétendus
« Députés de la généralité genevoise » reçurent l'ordre
de sortir de la ville de Berne « dans une heure! »

Détournons nos regards, pour quelques instants, de la

cité en deuil où l'autorité légale n'était plus qu'un vain simulacre : c'est dans le cabinet de Versailles, à la Cour de Turin et dans les chancelleries de Zurich et de Berne que se poursuivait alors l'œuvre de la diplomatie, et qu'on arrêtait les termes de la convention concernant l'occupation militaire de Genève, occupation qui maintenant ne pouvait plus être différée.

A Paris, de nouvelles conférences avaient été ouvertes dès le mois de janvier, entre le Ministre des affaires étrangères et le comte de Scarnafigi, mais — dit l'historien de *la Monarchie piémontaise* — l'accord ne fut pas établi aussi promptement qu'on pourrait le supposer ; les hommes d'État français voulaient procéder, sans aucun ménagement et de suite, à la ruine du gouvernement révolutionnaire genevois, dans le but d'imposer à la République une nouvelle constitution. Les Ministres piémontais ne se souciaient pas de tant se hâter (*non volevano correre cosi per le poste*) sans observer aucun égard pour les droits des opposants. Ils proposaient ensuite qu'il fût fait une tentative de conciliation, et que si une nouvelle constitution était indispensable, on ne laissât pas de faire une part équitable à la Bourgeoisie, spécialement quant à la répartition des impôts[1]. — On demandait encore — et cette question

---

[1] *Réponse de la Cour de Turin...* etc., 2 février 1782. Citat. de N. Bianchi. *Storia...* etc., vol. 1, p. 578.

était assez étrange — quelle mesure coercitive ou répressive serait prise par les contractants dans le cas où les Genevois désespérés s'opposeraient à main armée à l'occupation militaire de leur ville. A cela il ne fut pas difficile à Mr de Vergennes de répondre que celui qui veut la fin doit vouloir les moyens, et que dans cette fâcheuse éventualité le Gouvernement de Sardaigne devait être déterminé à agir par la force des armes. Enfin, le 6 juin (1782) fut signé à Versailles le traité entre les deux Cours pour la pacification de Genève ; mais déjà, et dès le commencement de mai, on avait dans cette ville des avis certains du malheur dont elle était menacée.

A Berne, le Grand Conseil, à la majorité écrasante de cent dix voix contre une vingtaine, venait de décider (10 mai) de soutenir aussi par la force des armes, conjointement avec la France et la Sardaigne, le rétablissement du règne de la légalité dans Genève. Déjà 600 hommes étaient mis dans ce but à la disposition du général de Lentulus, et bientôt 2000 allaient se porter sur la frontière [1].

A Zurich, canton dont la constitution était alors plus démocratique, la défiance qu'inspirait l'ingérence trop prépondérante du cabinet de Versailles dans l'interven-

[1] Monnard. *Hist. de la Confédération suisse.* liv. XIV, ch. VII, p. 363.

tion projetée, puis la question d'argent, et peut-être aussi le peu de sympathie qu'on ressentait pour les incessantes discordes genevoises, ces motifs avaient déterminé les Conseils à s'abstenir de toute participation à la répression *manu militari* des excès de la démagogie genevoise.

Cependant la concentration des troupes alliées s'opérait aux alentours de Genève, et vers la fin de juin 2000 Bernois, puis 6000 Français (ceux-ci commandés par le marquis de Jaucourt) et 3000 Sardes, sous les ordres du comte de la Marmora, occupaient les mandements genevois, afin de couper tout secours à la ville. Cette occupation — dit un historien suisse — exaspéra les citoyens de Genève[1].

Mais nous n'entrerons pas ici dans la relation des faits affligeants qui se passèrent dans Genève, du 10 mai au 2 juillet (1782). C'était alors pour ses malheureux habitants le règne de la violence, de l'arbitraire et de la terreur. Les visites domiciliaires, les arrestations, taxations et emprisonnements se succédaient chaque jour, l'anarchie était dans les Conseils, la discorde dans les cercles, l'inimitié, la haine entre les concitoyens. Cependant les factieux manifestaient bruyamment — trop bruyamment peut-être — l'intention de s'ensevelir sous les ruines de

---

[1] de Tillier, p. 304, 305.

leurs foyers. Tout se préparait, au moins en apparence, pour une défense héroïque, mais insensée.

« L'Europe fixa des regards d'admiration et de curiosité sur cette petite République s'apprêtant à lutter contre les armées de trois Puissances, » a écrit l'historien Ch. Monnard[1]. Cette assertion est, selon nous, des plus hasardées : on savait déjà il y a cent ans, qu'une faction politique tyrannisant une cité et s'efforçant par tous les moyens de lutter pour sa propre existence, ne peut être assimilée aux phalanges héroïques qui combattent pour la liberté. Élever à la hâte de capricieux retranchements et les hérisser de canons, couper les ponts, abattre les arbres, s'enrégimenter en bruyantes cohortes, enfin gaspiller les ressources publiques, l'argent, les munitions, les armes, tout cela peut se faire en tous lieux et dans tous les temps, mais il faut plus et mieux pour commander « l'admiration de l'Europe » et le respectueux hommage de la postérité.

Quoi qu'il en soit, on sait que ces projets d'une belliqueuse résistance se dissipèrent à la dernière heure devant les sommations de l'étranger, et qu'après les théâtrales démonstrations d'un patriotisme désespéré, il n'y eut d'autres coups de feu tirés dans Genève, que ceux qui

---

[1] *Hist. de la Conf. suisse*, liv. XIV, chap. VII, p. 365.

furent dirigés, à la première heure de la réaction, contre les chefs de la faction vaincue, s'échappant par la voie du lac, et cela moins par crainte des troupes coalisées que pour n'avoir pas à répondre de l'événement à leurs partisans déçus, que depuis dix-huit mois ils avaient entraînés à leur perte.

Le 2 juillet, à 5 heures du matin, les troupes de Sardaigne entraient en bon ordre, mais sans provocantes batteries de tambour, par la porte Neuve, dans la ville ouverte; les Bernois franchissaient aussi peu après la porte de Rive, et vers trois heures après midi, le marquis de Jaucourt, à la tête des troupes de France, faisait son entrée par la porte de Cornavin dont les coalisés occupaient les avenues. Avant le soir plus de 10,000 soldats étrangers étaient rassemblés dans la ville soumise, dont un grand nombre de logis fermés étaient déserts en apparence, et la nuit suivante ces troupes bivouaquaient dans tous les carrefours, avec le même ordre méritoire les unes et les autres, en attendant qu'on leur eût assigné leurs quartiers.

Une des premières mesures de sécurité arrêtées par les généraux coalisés, à la suite d'une conférence à laquelle prirent part les anciens syndics, fut de faire jeter dans le Rhône tous les barils de poudre que les factieux avaient

entassés dans la cathédrale de St-Pierre et dans les maisons de Vincy et Tronchin situées aussi dans le haut de la
ville, avec l'intention avouée de faire sauter le quartier
des « constitutionnaires » avant de se rendre. Le 3 juillet
une publication ordonnait à chaque particulier d'avoir à
déposer devant sa demeure ses armes et ses munitions. Le
4, annulation de tous les actes administratifs et de tous
les décrets législatifs du prétendu Gouvernement dès le
7 avril ; puis, injonction faite aux nouveaux Bourgeois
d'avoir à rapporter en chancellerie leurs lettres de réception pour qu'elles y fussent lacérées[1]. Le même jour, autre
publication qui réintégrait le Petit et le Grand Conseil de
la République, tels qu'ils étaient constitués avant leur
« épuration. »

Cependant — et sans parler des 21 notables factieux
chassés de Genève dès l'entrée des coalisés — les citoyens
« Représentants » plus ou moins compromis par les événements passés, se retiraient en grand nombre et beaucoup
d'autres manifestaient l'intention de les suivre. Mais ces
émigrations suscitées par l'inquiétude ou le mécontentement se ralentirent bien vite, et le défaut de ressources,

---

[1] Dès le 8 avril (1782) les chefs du parti des factieux, dont ces
lettres de Bourgeoisie étaient alors la monnaie courante destinée à
récompenser tous les services, en avaient expédié 194 en moins de
deux mois !

l'amour du sol natal, la force des anciennes habitudes ramenèrent la plupart de ces fugitifs qui parurent se résigner à subir de nouvelles destinées. Enfin les généraux coalisés requirent le 8 juillet, la nomination d'une commission constituante composée de sept membres[1] et chargée d'élaborer un projet d'arrangement en prenant pour base de leur travail législatif (cela s'entend assez!) le règlement de l'Illustre médiation.

Le 10 juillet, les généraux donnaient communication aux Conseils des lettres-patentes qui les accréditaient personnellement auprès de la République, en qualité de Ministres plénipotentiaires chargés de la pacification de Genève. Ces pièces diplomatiques avaient naturellement beaucoup d'analogie entre elles, et nous nous bornerons à donner ici le texte de celle qui fut présentée par le comte de la Marmora au nom du Roi son maître.

« Très chers et bons amis — L'intérêt que nous avons pris de tout temps au bonheur et à la prospérité de votre ville, nous a fait voir avec le plus grand regret les dissensions qui y règnent et les désordres qui en sont résultés. Nous avons cru en conséquence que notre voisinage, notre affection pour les membres qui la composent et la consi-

---

[1] Savoir : trois syn^{rs}-commis du Petit Conseil et quatre membres du Deux-cents, *dont deux du parti des Représentants.*

dération de ses véritables intérêts nous faisaient un devoir de travailler à y rétablir la tranquillité et d'employer pour y parvenir les moyens les plus efficaces. C'est dans cette vue que nous avons choisi pour commander les troupes chargées de pourvoir à votre sûreté, notre cousin [1] le comte Ferrero de la Marmora, chevalier de nos Ordres, lieutenant-général de nos armées et grand-maître de notre Maison, et l'avons nommé en même temps notre Ministre plénipotentiaire auprès de vous pour travailler à l'ouvrage salutaire de votre pacification, de concert tant avec le Ministre plénipotentiaire du Roi Tr. Ch. qu'avec ceux que pourraient nommer et députer les Louables cantons de Zurich et de Berne. La confiance entière que nous mettons dans ses talents, dans sa prudence et dans son zèle pour notre service nous persuade qu'il remplira à notre satisfaction et à la vôtre la commission dont nous l'avons chargé..... Nous ne doutons pas, Tr. Ch. et B. A., que vous ne donniez une entière confiance à tout ce qu'il vous dira de notre part et principalement lorsqu'il vous assurera des dispositions où nous serons toujours de vous faire ressentir les effets de notre affection et de notre bienveillance. Sur ce, nous prions Dieu qu'il vous ait, Tr.

[1] Qualificatif donné aux chevaliers de l'Ordre suprême de l'Annonciade.

Ch. et B. A., en sa sainte garde. — Écrit à la Vénerie le 10 juin 1782.

Signé : VICTOR-AMÉDÉE. *Contre-signé :* de PERRON [1]. »

La Commission constituante dut se mettre immédiatement à l'œuvre de revision qui lui était confiée.... sous la surveillance des Plénipotentiaires étrangers. Déjà les Conseils vaquaient à l'expédition des affaires administratives, au jugement des causes civiles, la justice avait repris. son cours et les relations officielles avec les souverainetés étrangères avaient été renouées. Maintenant les boutiques étaient ouvertes, les marchés publics étaient pourvus de denrées et animés, et bien que depuis plusieurs mois la gêne et même l'indigence fussent partout dans Genève, on n'en satisfit pas moins avec exactitude à toutes les prescriptions : fournitures de linge, de meubles, de literie, d'aliments, de combustible, conséquence inévitable d'une soudaine et nombreuse occupation militaire. Les Français occupaient tous les postes du faubourg de St-Gervais et celui de « Bel-Air, » tête de pont sur le Rhône; ils étaient logés pour le plus grand nombre dans le grenier à blé « des Bergues, » dit le bâtiment de Chantepoulet. Les Bernois occupaient les corps de garde du bas

---

[1] Pièces historiques. n° 5124, Arch. de Genève.

de la ville : la porte de Rive et « la Tour-Maîtresse, » leur
quartier était l'enceinte du collège, dont les trois ou quatre
cents écoliers avaient été soudainement mis en vacances
(des vacances qui devaient se prolonger *pendant plus d'une
année!*). Les Piémontais, qui occupaient la porte Neuve
et tous les bastions au midi et à l'occident de la ville
n'étaient pas encore pourvus de logements le 22 juillet, et
la saison était fort pluvieuse! On lit à ce sujet dans le
registre des Conseils : « M. le Premier a dit que hier [21]
M^r le comte de la Marmora lui dit qu'on ne pouvait plus
laisser sa troupe dans le bastion Bourgeois, où elle campe
encore, parce que l'insalubrité de cet endroit avait occasionné beaucoup de maladies parmi les soldats, et qu'il a
demandé qu'on lui cédât pour le logement de sa troupe
l'église de St-Germain, avec la moitié du hangar du bastion de Hollande...., etc. » — Il fut déféré sans retard à
cette « invitation » et le Syndic ajoute à sa communication : « qu'il avait déjà donné l'ordre qu'on mît la main à
l'œuvre et que tous les bancs de l'église fussent trans-
portés dans la cour de l'arsenal [St-Aspre] et qu'on travaillait à augmenter la place destinée au logement des
soldats, dans le hangar du bastion de Hollande ; ce qui a
été approuvé...., etc. »

Tandis que le marquis de Jaucourt demandait au Magistrat embarrassé : que désormais la ville fût éclairée la

nuit[1], et surtout qu'on se hâtât de construire un théâtre
pour la comédie, comme il en existait déjà un dans plusieurs villes de France, afin de donner quelque agrément
à ses officiers « qui n'en trouvaient point ici, » M. de la
Marmora faisait suggérer au Conseil une pressante démarche à Turin en faveur d'un jeune soldat, coupable
du premier délit commis dans les troupes coalisées, et
qu'une cour martiale allait envoyer à la mort. La Seigneurie se hâta de faire ce qu'on attendait d'elle, le Conseil étant informé par le Premier syndic « que c'est un
jeune homme appartenant à une famille très honnête, qui

---

[1] Jusqu'alors, l'éclairage des rues était laissé aux soins des principaux intéressés et notamment aux propriétaires auxquels, s'ils le
désiraient vivement, l'État fournissait des lanternes. La Seigneurie
ne prenait à sa charge que l'éclairage parcimonieux de certaines places publiques, celui des abords des corps de garde et des ponts sur
le Rhône. En réalité, la ville de Genève, comme toutes celles de ce
temps-là, était encore plongée la nuit — il y a cent ans — dans une obs-
curité presque complète. La demande de M. de Jaucourt ne fut accueillie, en 1782, qu'avec un enthousiasme très modéré : « on a fait diverses réflexions sur la difficulté d'engager les particuliers à allumer
leurs lanternes dans tous les quartiers et sur l'impossibilité où se
trouve la caisse publique, déjà surchargée de dépenses, d'entreprendre d'éclairer la ville entière ! — Arrêté que la Chambre des Comptes
donnera les ordres nécessaires pour que les lanternes que la Seigneurie entretient soient allumées..., et que les particuliers seront invités à allumer les leurs. » — Le lendemain, on donnait communication au Conseil des Deux-cents de cette coûteuse innovation, à laquelle
il convenait de se résigner.

n'avait jamais donné de sujets de plainte contre lui à ses
supérieurs, que peut-être il obtiendrait grâce de la vie, si
le Conseil intercédait en sa faveur, que cette démarche
serait très bien vue par M^r le comte de la Marmora et
par le corps des officiers piémontais qui sont ici, que les
seigneurs Plénipotentiaires de Berne mettent aussi de
l'intérêt à ce que ce soldat ne soit pas puni capitalement ;
parce qu'il fut arrêté par des soldats suisses et conduit
dans leur poste, et que les officiers suisses ne désireraient
pas moins sa grâce, pour la même raison [1].» Le Roi de
Sardaigne, auquel la requête en sollicitation de M^rs de
Genève fut communiquée, « vit cette démarche de très
bon œil » et ordonna qu'on suivît néanmoins au procès du
dit soldat et que s'il était condamné à mort par le Conseil de guerre, le procès et la sentence lui fussent envoyés
avant l'exécution. Mais les juges se bornèrent à condamner le coupable *à dix ans de galère*, ce qui était, paraît-il,
une signalée faveur, car quelques semaines plus tard
(10 octobre) un autre malheureux soldat piémontais « qui
avait demandé de l'argent dans une boutique » était fu-

---

[1] Il s'agissait d'un vol de peu d'importance : certaines cuillers
d'argent ayant été dérobées par le jeune Piémontais au préjudice
d'un vieux magistrat, l'ancien auditeur Gabriel Malet, chez lequel
une servante du logis avait reçu un dimanche soir la visite furtive de
son « coalisé. » — Voir Procès criminels. Arch. de G.

sillé en présence de la troupe, défilant ensuite devant le cadavre, tandis que, dans le bastion Bourgeois, une foule émue assistait à ce lugubre spectacle.

A la fin de septembre, une autre procédure martiale, dans laquelle se trouvait impliqué cette fois un citoyen genevois, impressionna bien plus encore la population civile et tous les militaires : le coupable « s'étant conduit avec insolence à l'égard d'un officier piémontais assis près de lui à la comédie [1]. » Des paroles malsonnantes on avait passé aux actes de violence « en se saisissant aux cheveux » malgré l'intervention tumultueuse des officiers et des Bourgeois rassemblés dans le parterre. Puis la garde avait arrêté les deux acteurs de cette rixe vulgaire ; le Bourgeois avait été détenu au corps de garde, et l'officier mis aux arrêts. Mais cette affaire, si peu importante en apparence, n'en était pas moins des plus graves ; le lendemain matin le Bourgeois était condamné prévôtalement à être censuré à la tête de la garde, à demander pardon à genoux,

---

[1] La construction en maçonnerie du théâtre, qui, grâce à une souscription de citoyens, s'élevait déjà à la place Neuve, devant être nécessairement assez lente, le Conseil avait consenti, pour satisfaire à la juste impatience de Mr de Jaucourt et de ses officiers, qu'on rouvrît la petite salle du vieux Jeu de Paume, « à Rive, » et que l'entrepreneur de la troupe française du théâtre de Châtelaine vînt donner ses représentations dans cette salle « provisionnelle. » — Voir Reg. des Conseils, 12 avril 1782.

13

et à recevoir cinquante coups de bâton!... Tandis que la rumeur publique répandait cette nouvelle étonnante dans la ville entière, le Conseil, très embarrassé de la rigueur d'une telle sentence, délibérait, toute affaire cessante, au sujet de cet affligeant incident. On fit remarquer que la peine imposée n'était nullement proportionnée à la faute commise, que cette peine était, à Genève, hors de tous les usages. Puis, disait-on, l'officier insulté n'était pas de service : circonstance qui, sans être atténuante en soi, ne devait pas moins être prise en considération. Enfin, il avait été convenu avec les sgn^rs Plénipotentiaires que les officiers et soldats au service des trois Puissances seraient jugés, en cas de désordre, par les autorités militaires, mais que les Genevois le seraient en pareil cas par les tribunaux de la République. On peut s'étonner, non sans raison, que le cas de rixe entre citadins et militaires n'eût pas été prévu dans ces arrangements pris par les généraux coalisés et la Seigneurie. Mais il est vraisemblable que les premiers n'avaient pas même supposé que la compétence absolue de la juridiction militaire pût être contestée dans un cas semblable. Cependant, si le vieux général piémontais était certain d'avoir procédé selon les usages de toutes les nations civilisées en temps « d'état de siège, » il n'en fut que plus surpris et attristé du mécontentement universel que la sentence du citoyen B... faisait naître dans la population genevoise. Ce fut dans ce sens qu'il s'en ouvrit franchement au Premier syndic. — « Mᵣ le comte... lui dit que c'était l'affaire du sieur B... qui occasionnait son chagrin..., qu'il avait espéré que tout le monde serait content de la manière dont B... avait été traité..., que son intention avait été de lui infliger un châtiment « correctionnel, » et nullement une flétrissure, *qu'en Piémont la peine de recevoir des coups de bâton n'était point infamante* et que la Noblesse seule en était exemptée, enfin qu'on l'infligeait très communément pour des cas de cette nature. » Cette explication fut convertie en « déclaration » officielle [1], à la demande du Premier syndic; déclaration dont il fut donné copie légalisée au Sieur B... afin de servir à sa réhabilitation. Celui-ci, du reste, n'avait eu à subir nulle bastonnade : « la canne ayant été levée sur lui, » mais on lui avait fait grâce, tout en le renvoyant encore au cachot pour plusieurs jours, par prudence et pour éviter de nouveaux conflits.

On convint peu après de se contenter de la parole du

---

[1] *Texte de la déclaration :* « S. E. Mʳ le comte de la Marmora m'a fait l'honneur de me dire que dans la punition qu'il a prononcée contre le sieur B., il n'a point pensé à lui infliger une peine infamante, ni deshonorante, puisque dans les États de S. M. elle s'inflige indistinctement à une classe honnête de ses sujets et à ses troupes, sans qu'elle emporte aucune idée deshonorante, ni puisse occasionner aucun reproche. »

détenu : qu'il s'engageait à ne pas recommencer cette frivole querelle. « M^r le Premier a ajouté qu'ayant eu occasion de voir M^r le comte de la Marmora, il l'avait informé
de ce que dessus, et que S. E. avait paru très satisfaite de
la fin de cette affaire [1]. »

Les conférences ouvertes entre la commission constituante et les sgn^rs Plénipotentiaires se continuaient sans
relâche. Ceux-ci avaient reçu de leurs Souverains des instructions générales qui devaient diriger leur politique, et
pour faciliter une entente préliminaire, ils se les étaient
courtoisement communiquées, conformément à l'usage.
Il est vrai que — selon l'usage aussi — d'autres instructions secrètes devaient modifier cette direction, pour les
généraux diplomates de France et de Sardaigne. Celles
du comte de la Marmora portaient « qu'en se gardant de
donner aucune défiance au Plénipotentiaire français, il
devait s'étudier à modérer le ressentiment que la Cour de
Versailles avait conçu contre le parti démocratique genevois, et qu'il devait combattre aussi la partialité de cette
Cour en faveur du parti des « constitutionnaires, » et chercher à faire prévaloir dans l'Édit de pacification les conseils de la modération et de l'équité, afin d'attirer au gou-

[1] Reg. des Conseils.

vernement Sarde la confiance des Genevois, soit pour le présent, soit pour l'avenir. » Les secrètes instructions royales disaient encore : « Notre intérêt est de ne pas laisser introduire dans le gouvernement de Genève une aristocratie absolue et omnipotente, comme aussi nous devons éliminer le gouvernement d'une démocratie illimitée et tumultueuse. Un sage gouvernement intermédiaire entre ces deux extrêmes est celui que nous jugeons le plus convenable à Genève pour sa tranquillité permanente et pour parvenir à y établir une administration sagement équilibrée entre l'aristocratie et la démocratie, comme on la pratiquait autrefois. Il est nécessaire que les pouvoirs des différents corps de l'État soient équilibrés entre eux. De cette façon, les intérêts de tous demeureront conciliés et sauvegardés. C'est à vous qu'il appartient de rechercher les moyens d'obtenir un tel résultat ; les sentiments de la République de Berne ne doivent pas s'éloigner des nôtres et vous trouverez ses Plénipotentiaires disposés à vous seconder. Mais gardez-vous toujours d'éveiller aucun soupçon dans l'esprit [de M. de Jaucourt] sur notre façon d'agir [1]. »

C'est avec satisfaction que nous recueillons ici ce texte

---

[1] *Instruction du Roi au comte de la Marmora.* — Datée de la Vénerie, le 10 juin 1782. Citat. de N. Bianchi. *Storia...* etc., vol. I, p. 581.

vraiment digne de l'histoire, car il témoigne, chez Victor-
Amédée III et son gouvernement, non seulement de leur
sagesse et de leur bienveillance, mais encore, pour tous
ceux qui connaissent Genève et les Genevois, d'une perspicacité remarquable au sujet des conditions politiques
sans lesquelles, il y a cent ans, la prospérité de la République ne devait être qu'une chimère. Malheureusement
l'Édit de pacification prétendue, qu'on élaborait à la sour-
dine dans une ville subjuguée par les armes, ne devait
nullement revêtir ces caractères de modération et d'équité
recommandés par le Roi de Sardaigne, et malgré le zèle,
malgré les efforts soutenus de son Plénipotentiaire, ces
directions politiques — si sages que le libéralisme moderne
ne les désavouerait pas — n'eurent que fort peu d'influence
sur l'œuvre constitutionnelle des puissances coalisées.
L'Édit de pacification, officiellement remis au Conseil le
4 novembre, imprimé dans le plus grand secret les jours
suivants [1], pour être distribué aux membres du Deux-

---

[1] Les plus grandes précautions étaient prises pour qu'une publicité prématurée du Code qu'on allait imposer aux Genevois ne fût
pas une occasion de troubles civils. Tandis que 29 ouvriers imprimeurs,
mis sous le serment du secret, travaillaient dans un atelier, ils étaient
gardés à vue par 4 huissiers et 6 soldats. On n'en eut pas moins le
déplaisir d'apprendre au Conseil le 11 novembre « que ce matin il
avait paru une brochure qui contenait une critique de l'Édit de pacification, relativement aux impôts, et que cet écrit avait été lu dans

Cents, puis approuvé par les deux Conseils (18 novembre)
« avec les sentiments de la plus respectueuse reconnaissance, sans observation et à l'unanimité, » cet Édit fameux
était..... ce qu'il devait être : une œuvre réactionnaire au
premier chef ! Suppression des milices, si chères aux Genevois ! interdiction des cercles, des exercices militaires et
des tirages (y compris le Noble jeu de l'arc, et les tirs
à l'oiseau !), création d'un Conseil militaire dont la compétence très étendue était sans contrôle, augmentation
considérable de la garnison, *commandée par des officiers
étrangers*, limitation sévère du droit de « représentation, » et plus sévère encore de celui d'élection, fixation
des impôts par le Conseil « seul, » entraves mises à
toute modification législative, à tout changement du per-
sonnel de la magistrature, à toute innovation politique,
administrative, ou judiciaire... tel était dans son ensemble ce « Code noir, » comme le désignait déjà le populaire.
Il fut voté par un prétendu Conseil général dont tous les
anciens « Représentants » avaient eu défense de s'appro-
cher, et cela : par ordre des sgn^rs Plénipotentiaires [1]. Il y

une boutique. » En réalité, cette « brochure » n'était qu'un feuillet
détaché de la nouvelle publication, mais on ne parvint pas à découvrir l'auteur de cette infidélité.

[1] « ...Il ne serait pas de la dignité (des Conseils) et encore moins
de leur justice et de leur prudence de permettre qu'on admit aux Petit,
Grand et Général Conseils *ceux qui ont pris les armes* le 8 avril

eut ce jour-là (21 novembre) 527 citoyens qui usèrent de leur droit de suffrage. 414 acceptèrent l'Édit, et les autres, passant à la file devant les secrétaires *ad actum* qui inscrivaient chaque vote,... le refusèrent. En vérité, il est permis à bon droit de s'étonner que l'opinion de cette triste assemblée n'ait pas été unanime, et qu'il se soit encore trouvé — pour l'honneur de Genève — cent treize citoyens assez « opiniâtres » pour refuser hardiment de sanctionner l'œuvre législative méditée par Mr de Vergennes, et cela sous les yeux des sgn^{rs} Plénipotentiaires « assis sur des carreaux de velours, un peu au-dessus de Messieurs les Syndics. » (!)

Une amnistie partielle pour les chefs des factieux, dont 19 exilés sur les 21 précédemment sentenciés étaient nomi-

dernier ou depuis cette époque, non plus que ceux qui ont destitué les membres des Petit et Grand Conseils, ou qui en ont pris les places; enfin : qu'on soumît à l'approbation de citoyens qui selon la loi devraient être condamnés aux peines les plus rigoureuses, un Édit d'où doit dépendre le salut de l'État qu'ils ont exposé aux plus grands dangers... *Nous vous requérons donc, Magnifiques Seigneurs, au nom de nos Souverains, de porter un jugement provisoire qui, en vertu de vos lois, suspende des fonctions de la Bourgeoisie les citoyens et Bourgeois* désignés ci-dessus, de prendre les précautions que vous jugerez les plus convenables pour empêcher qu'ils n'assistent dans les divers Conseils, et de déclarer que tous ceux qui s'y présenteraient seraient sur-le-champ jugés et condamnés conformément à la rigueur de la loi..., etc. » — *Lettre réquisitoriale des Plénipotentiaires, remise le 13 novembre 1782 à Mrs du Conseil.*

nativement exclus, suivit de près la sanction dérisoire
donnée par le Conseil général des 414. On devine assez
avec quel sentiment d'amertume, quelle tristesse profonde,
la grande majorité des citoyens genevois dut entendre la
publication de cet arrêté[1] des Conseils. D'autres décisions
qui ne devaient pas être plus populaires furent prises par
le Magistrat : Remerciements officiels, félicitations, compliments réciproques, banquets et gratifications se succé-
dèrent pendant plusieurs semaines. L'adulation fit même
frapper une médaille commémorative de la prétendue
« Pacification; » comme si les faits de cette année néfaste
n'étaient pas pour les cœurs genevois de ceux qui méritent un éternel oubli[2] ! Cependant les Puissances se dis-

---

[1] L'auditeur de la sommaire justice fut insulté ; un des assistants
refusa de se découvrir, contrairement à l'usage, pendant la lecture
de sa proclamation et fut appuyé par l'assentiment populaire. Dans
le faubourg de St-Gervais, les femmes et les enfants firent un grand
tumulte aux abords du temple pendant la prière d'actions de grâces,
ordonnée dans toutes les paroisses à la suite du Conseil général. —
Voir Reg. des Conseils.

[2] Rapporté (par les sgnrs commis chargés par le Conseil de faire
les gratifications qu'il était d'usage d'offrir à tous les secrétaires et sous-
secrétaires de Légation)... que les gratifications qu'ils avaient cru indispensable de faire étaient montées, pour la maison de Mr de la Marmora, à 180 louis ; pour celle de Mr de Jaucourt, à 120 louis, et, pour
celle des Seigneurs de Berne, à 49 louis... — Les dits sgnrs ont présenté les médailles qu'ils ont fait frapper, qui portent d'un côté la représentation de Genève du côté du lac, et au revers cette inscription :
*Galliæ et Sardiniæ Regum Bernensisque Reipublicæ beneficentia,
Pax, libertas, leges, restitutæ*. MDCCLXXXII.

posaient à rappeler leurs Plénipotentiaires, et ceux-ci
devaient être fort désireux de se retirer au plus tôt. Que
pouvait-on leur demander davantage dans l'accomplisse-
ment de la tâche ingrate dont ils avaient assumé les difficultés ? Le nouveau gouvernement fonctionnait régulière-
ment, l'ordre était parfait dans la ville et son territoire,
l'occupation des troupes coalisées serait sagement main-
tenue pendant plusieurs mois encore, afin de donner au
gouvernement, à peine installé, de la République le temps
nécessaire à la formation de la nouvelle garnison de la
ville : cette substitution d'une force armée à une autre
étant absolument nécessaire pour assurer désormais l'heureux fonctionnement de l'Édit de pacification.

Le comte de la Marmora qui, personnellement, ne laissait à Genève que de bons souvenirs, fut reçu, le 25 novembre, en audience de congé et recueillit de nouveau à cette
occasion les solennels témoignages de la gratitude des
Conseils. Mais le gouvernement de Sardaigne était désireux de suivre désormais, de plus près que par le passé,
les affaires genevoises : l'expérience qu'il venait de faire
l'ayant convaincu de la nécessité de combattre sur sa frontière l'influence française au moins autant que les excès
de tous les partis. D'autre part la Cour de Turin ne se faisait sans doute pas plus d'illusions que son Plénipotentiaire sur la stabilité de l'ordre dans Genève, et sur la vita-

lité des institutions imposées « malgré cette cour » à la
République. Victor Amédée III fit savoir, simultanément
au rappel de S. E. le comte de la Marmora, qu'il désirait
avoir à l'avenir, un Résident accrédité par lui auprès de
la Seigneurie, sur le même pied que le Résident de France,
auquel toutefois le nouveau titulaire céderait le pas. Cette
réquisition communiquée au Conseil des Soixante fut
accueillie « comme une nouvelle preuve de la bienveillance
de Sa Majesté, » et les deux autres puissances coalisées
ayant donné leur assentiment à cette installation diplomatique, M^r le baron d'Espine fit son entrée solennelle dans
Genève le 28 novembre, en qualité de Résident de Sa
Majesté Sarde [1].

[1] Les Nobles Des Arts et Fatio, sgn^rs conseillers, ont rapporté :
qu'en conséquence des ordres du Conseil, ils s'étaient rendus sur la
frontière de Savoie aujourd'hui à onze heures avec le sieur Fabri,
d'Aire-la-Ville, Hubert, Th. Vernet, P. Aubert, Sam. de Tournes,
J.-B. Claparède, J.-Gab. Cramer, Gédéon Mallet, Schmidtmeyer et
G.-A. De Luc, membres du mag. Deux-cents, en cinq carrosses ;
que M. le baron d'Espine, Résident de S. M. Sarde, étant arrivé sur
la frontière, ils étaient tous descendus de carrosse ; que noble Des
Arts l'avait complimenté sur sa mission ; que M^r d'Espine avait
répondu en termes très affectueux ; qu'il était ensuite monté dans
leur carrosse à la première place ; que quelques personnes qu'il
avait amenées avec lui en deux carrosses étaient montées ensuite
avec les membres du Deux-cents (les carrosses de M^r le Résident
suivaient ceux de l'État); que la garde piémontaise et la garnison
de cette ville avaient pris les armes sur leur passage dans les différents postes qu'elles occupaient ; qu'ils étaient descendus à l'hôtel

Nous voudrions ne rien dire du présent ridicule de pièces d'artillerie montées, offert par le nouveau gouvernement genevois aux Plénipotentiaires prêts à s'éloigner. Ceux-ci, autorisés par leurs Souverains, acceptèrent ces souvenirs singuliers de gratitude républicaine. M^r le marquis de Jaucourt eut pour sa part trois canons, qui le suivirent en France, Mrs de Steiguer et de Vatteville, anciens magistrats de nature fort paisible sans doute, chacun un canon; M^r le comte de la Marmora, auquel on donnait aussi trois pièces à son choix, eut le tact (ne pouvant refuser le présent) de jeter son dévolu sur trois des anciens canons savoyards, souvenirs de la guerre genevoise de 1589, et assurément engins très inoffensifs. Ces pièces de gros calibre furent envoyées peu après en Piémont d'où elles étaient venues : le fort de Saint-Maurice à Versoix, pris par les « Enfants de Genève »

où habite M. le Résident (le baron d'Espine, qui déjà séjournait à Genève « sans caractère » depuis quelque temps, habitait alors à la rue des Chanoines) et l'avaient introduit dans son appartement. » Reg. des Conseils, 20 novembre 1782. — Des visites officielles furent échangées le même jour entre les sgn^{rs} commis du Conseil, le Résident de Sardaigne et le Premier syndic. — « Rapporté que M^r le Résident leur avait répondu avec la plus grande honnêteté et leur avait montré le plus grand intérêt pour le bonheur de la République; qu'après les compliments de part et d'autre, il les avait accompagnés jusque sur le seuil de la porte de sa cour, à la rue (!) ». — Même source.

ayant été armé avec les canons qu'on avait amenés de Nice.

La commémoration religieuse de « l'Escalade » fut différée pour cette année « vu les circonstances. » On devait prévoir cette décision!... Il en fut de même pour les deux années suivantes, et enfin elle fut supprimée tout à fait par arrêt du Conseil du Deux-Cents, sur la proposition du Petit Conseil, le 25 novembre 1785 [1]. Ainsi disparut pour bien des années cette antique et touchante fête d'actions de grâces, à laquelle prenaient part autrefois tous les citoyens et dont s'honorait la Patrie genevoise. On avait prétexté des bienséances internationales pour motiver cette suppression maladroite et qu'une politique obséquieuse avait suggérée. Mais, il est juste de le constater encore, le gouvernement de Sardaigne demeura entièrement étranger à la décision des Conseils au sujet de cette commémoration qui n'avait pas pour lui la moindre importance. Il est vrai qu'on s'empressa de lui donner communication de l'arrêté du Deux-Cents, toutefois la réponse du Ministre ne témoigne qu'en termes très généraux *de la sensibilité avec laquelle il ne doute pas que S. M. aura reçu*

---

[1] « L'avis en deux tours a été de supprimer à l'avenir la fête qui se célébrait le 12 décembre, en sorte qu'il n'y aura plus de service solennel et extraordinaire dans les temples ce jour-là. » — Reg. des Conseils.

cette nouvelle. « Vous pourrez en conséquence, M^r [le Rési-
dent], faire connaître aux principaux membres de l'administration que S. M. a été extrêmement sensible au nouveau témoignage qu'ils ont donné dans cette circonstance
de leur attention et de leurs soins à écarter tout ce qui
pourrait contribuer à entretenir dans Genève le souvenir
des anciens préjugés, si contraires au bon voisinage qui
subsiste entre les deux États... » Ce sont là des formules
à l'usage de toutes les chancelleries, mais on ne doit y voir
rien de plus. La Cour de Turin avait alors d'autres sujets
de préoccupation que le sermon sur *l'amour de la Patrie*
qu'on prononçait dans tous les temples à Genève le matin
du 12 décembre !

Une lettre qui méritait davantage d'être méditée fut
adressée au Conseil par Victor-Amédée III, peu après le
rappel du comte de la Marmora. Nous recueillerons ici les
sérieux avis donnés indirectement par Sa Majesté, à la
suite des assurances de la satisfaction royale au sujet de
la Pacification de la République. « Si quelqu'un parmi vos
concitoyens méconnaît encore les avantages que tous doivent ressentir de la nouvelle législation qui vient de rappeler dans vos murs l'ordre ¡et la tranquillité..., *nous ne
doutons pas que votre sagesse et la prudente fermeté de votre
gouvernement ne parviennent bientôt... à ramener tous les
esprits à cette union de sentiments qui doit rendre complet le
bonheur qu'on vous a préparé...,* etc. »

C'était un « garde à vous ! » donné par un ami clair-
voyant et dont la sagesse pressentait déjà qu'une répression absolue de la démocratie, loin de rapprocher les
esprits dans Genève, ne pouvait maintenant que creuser
davantage le fossé qui les séparait. Les faits témoignaient
déjà de cette vérité : quand on voulut procéder, le 12 janvier de l'année nouvelle (1783), aux élections syndicales,
327 électeurs (sur environ 1400) se présentèrent à ce
« Conseil général ! »

CHAPITRE VII

Formation du régiment de la République. — Retrait des troupes d'occupation coalisées. — Expectative de la Cour de Turin. — L'affaire Girod. — Création de la ville de Carouge ; sa prospérité passagère. — Un délit de chasse puni de la peine des galères. — Infraction de territoire. — Don du portrait de Victor-Amédée III. — Relation du conseiller Jalabert en passage à Turin. — Audience royale. — Les exigences du baron d'Espine, Résident de Sardaigne à Genève. — Démarches diplomatiques et prévisions d'un prochain danger (1783-1788).

Une des premières difficultés que devait rencontrer le gouvernement impopulaire, imposé à la République par les puissances coalisées, était la formation de cette garnison de 1200 hommes dont le concours était considéré comme indispensable au fonctionnement des institutions nouvelles et à l'exercice de l'autorité. La France, qui faisait recruter habituellement pour elle-même dans tous les

pays voisins du royaume, ne favorisait nullement les engagements pris à Genève par ses ressortissants, Berne ne se
prêtait à ces conventions qu'avec mauvaise grâce et finit
par s'y refuser formellement, enfin la Sardaigne témoignait vouloir encore moins assumer la charge onéreuse de
fournir des soldats au Magistrat qu'on venait d'installer.
Le 8 avril (1783) le baron d'Espine communiquait au Conseil les ordres qu'il avait reçus de sa Cour au sujet des
Savoyards enrôlés dans la garnison de Genève. — « L'intention du Roi était que son Résident fît sentir aux chefs
du gouvernement que, sans prétendre toucher à l'indépendance de la République, ni exiger comme un droit qu'on
s'abstienne à Genève d'enrôler des Savoyards dans la
garnison, S. M. avait cru que — soit par déférence à ses
désirs, selon ce qui se pratiquait dans l'ancienne garnison, soit pour ne pas augmenter le préjudice que ressent
la Savoie de l'émigration des paysans, le gouvernement
[de Genève] se serait volontiers disposé à ne pas enrôler
des Savoyards; « que S. M. n'a pu voir qu'avec déplaisir la
continuation de ces enrôlements... et le peu d'égard qu'on
a eu à ses représentations là-dessus, que son déplaisir a
été d'autant plus grand qu'elle a appris qu'on ne se conten-
tait pas d'enrôler à Genève, mais que les recruteurs pra-
tiquaient toute sorte de moyens pour enrôler les paysans
qui étaient conduits dans la ville pour leurs affaires jour-

nalières..., etc. » C'était là, en effet, un sujet de mécontentement très légitime, et les mœurs générales à cette époque, les ruses, et les violences dont on usait alors en tous pays dans les embauchements militaires sont assez avérés aujourd'hui pour motiver la sollicitude que témoignait le gouvernement Sarde. Le Conseil s'empressa d'atténuer les façons de procéder trop zélées de ses recruteurs, tout en faisant observer — non sans raison — que si les trois puissances coalisées lui refusaient les facilités nécessaires pour l'entretien de la garnison qu'elles lui imposaient, ce recrutement devenait impossible.

On finit par s'entendre, non sans peine, en arrêtant un mode de vivre touchant le recrutement, sur les bases suivantes : 1° Les sujets des puissances coalisées ne seraient jamais en majorité dans le régiment en formation, *où il y aurait le plus d'Allemands possible.* 2° On ne tolérerait plus de bureaux de recrutement à la frontière de Savoie. 3° Il serait defendu d'employer aucune ruse ou séduction pour enrôler des Savoyards. 4° Ceux qu'on engagerait dans la ville seraient interrogés par un Conseiller militaire afin qu'on fût assuré du caractère volontaire de leur engagement. 5° Les Savoyards engagés seraient prévenus individuellement qu'ils avaient trois jours pour user du droit de changer de résolution, s'ils étaient âgés de plus de 20 ans ; quant aux jeunes gens au-dessous de cet âge,

les pères ou les curateurs auraient un mois pour les réclamer. 6° Aucun soldat savoyard ne serait jamais admis à
changer de religion, et ils pourraient toujours exercer
librement leur culte. 7° Défense aux recruteurs du régiment de paraître à Genève sur les places de marché, ni
dans les places où se rendaient habituellement les ouvriers
journaliers de la campagne. 8° Enfin défense aux recruteurs pour le service étranger de venir enrôler à Genève
les soldats savoyards sortant du service de la République.

On ne saurait s'étonner, en constatant ces nombreuses
entraves, si la formation de la garnison nouvelle fut extrêmement lente : une année après avoir été décrétée, c'est
à peine si elle comptait 800 engagés, parmi lesquels plus
de la moitié avaient fait partie de l'ancienne garnison. En
réalité, l'effectif du nouveau régiment au service de la
République ne put jamais s'élever au-dessus d'un millier
d'hommes, officiers et sous-officiers, vétérans et petit
état-major compris. C'était encore beaucoup trop pour
Genève, dont les finances étaient obérées, et l'entretien
de cette troupe soldée devait être une lourde charge pour
les citoyens [1].

---

[1] Les Plénipotentiaires bernois avaient eu tout autant de répugnance que celui de Sardaigne à concourir à l'établissement de la
garnison : « Nous n'avons pas pu favoriser cette institution ; peut-
être, dans les circonstances actuelles, n'avons-nous pas dû la contre-

Quant aux troupes étrangères du corps d'occupation, le nombre en fut réduit au printemps de 1783, sur la demande adressée aux puissances coalisées par le gouvernement de Genève, ou plus exactement : à la suggestion de Mr de Vergennes peu soucieux de voir se prolonger indéfiniment ces mesures militaires dont les frais étaient nécessairement à la charge des Coalisés. Une partie des Suisses avaient été rappelés par Mrs de Berne, le régiment de Nassau [France] était réduit à un seul bataillon, et le régiment du Royal-Piémont se trouvait diminué de quatre compagnies de grenadiers. L'ordre régnait dans Genève asservie, où l'industrie horlogère, la manufacture des indiennes languissaient, où le « roulage » était nul [1] ; et que bon nombre de citoyens « malintentionnés » quittaient, les larmes aux yeux, pour aller tenter la fortune, soit à Bruxelles, soit à la *Nouvelle-Genève* que leur offrait alors le Vice-Roi d'Irlande. Le 3 mars de l'année suivante (1784), le Conseil pouvait déjà solliciter le rappel des der-

carrer. Cependant, il nous paraît indispensable, pour prévenir les conséquences de cette organisation *par trop aristocratique*, de soustraire la garnison et son emploi à la surveillance du Petit Conseil... pour les placer dans les attributions du Grand Conseil. » Lettre des Plénipotentiaires bernois à leur gouvernement. Monnard, *Hist. de la Suisse*, liv. XIV, chap. VII, p. 376, note. Mais — demanderons-nous — quelle était l'indépendance du Deux-Cents sous le régime de l'Édit de pacification ?

[1] Le commerce du transit et de commission.

nières troupes d'occupation, et les puissances ayant agréé cette demande, des ordres furent donnés par elles pour le prochain départ de leurs soldats. A l'occasion de ce rappel, le Roi de Sardaigne écrivait au gouvernement de Genève : « Nous avons appris avec bien de la satisfaction, par votre lettre du mois échu, que regardant maintenant la nouvelle constitution de votre République comme affermie sur des bases assez solides pour n'avoir plus besoin du secours des Puissances qui ont concouru à la pacifier, vous avez lieu d'être persuadé que le régiment qu'elle vient de former est en état de faire observer et respecter les lois qu'elle s'est données sous leur garantie. En conséquence, jugeant comme vous que le séjour des troupes étrangères dans votre ville ne saurait y être ultérieurement nécessaire, nous n'avons pas différé de déterminer le rappel des nôtres, et étant informé des dispositions du Roi Tr. Ch. et de la République de Berne, nous venons de donner nos ordres pour que nos troupes effectuent leur départ de Genève dans le même temps.

« En nous réjouissant bien sincèrement de ce que vous commencez à recueillir les fruits heureux de la paix et de l'ordre qui ont été rétablis dans vos murs.... nous avons remarqué avec un agrément particulier les témoignages avantageux que vous rendez de la conduite de nos troupes pendant leur séjour dans votre ville et de l'exac-

titùde avec laquelle elles ont suivi nos intentions à cet
égard..., etc. [1]. »

Le gouvernement Sarde croyait-il vraiment à la stabilité des institutions nouvelles « que la République s'était
données (!), » et Victor-Amédée III, très au courant de
tout ce qui se passait à Genève, avait-il lieu de se réjouir
à ce sujet? Nous nous permettrons de mettre cette assertion en doute, et même de conjecturer le contraire : on
était mécontent à la Cour de Turin de voir grandir à
Genève cette influence française que l'on avait prétendu
neutraliser adroitement en concourant à la pacification de
la République. On voyait, non sans dépit, le gouvernement
de celle-ci, devenu purement aristocratique, se jeter dans
les bras de la France, et, plus encore que par le passé, ne
rien faire sans prendre l'avis de son Résident. On n'avait
plus à craindre, il est vrai, au moins pour le présent, les
dangereux soulèvements, sur la frontière de Savoie, de la
Démagogie genevoise maintenant complètement subjuguée ; mais les hommes d'État piémontais avaient trop de
perspicacité et trop d'expérience pour se faire aucune illusion sur cet apparent assagissement d'un parti qui avait
donné la mesure de sa force. On allait donc vivre avec

[1] *Lettre de S. M. Victor-Amédée*, communiquée au Conseil des
Deux-Cents le 14 avril 1784.

Genève dans l'expectative, et ce mot seul devait résumer
pour longtemps toute la politique de la Cour de Sardaigne
à l'égard de la République. Expectative sans illusion : la
sympathie s'affaiblissant peu à peu, en sorte qu'une certaine raideur se trahit dès ce moment dans le maniement
de toutes les affaires internationales, bien que les formes
extérieures soient toujours des plus courtoises.

Ce fut ainsi qu'on eut à régler tous les incidents inter-
nationaux qui se produisirent dès l'installation à Genève
du Résident de S. M. Sarde. Nous citons pour mémoire :
1° Les cas de désertion des Savoyards peu inclins à suivre
longtemps la carrière des armes, et, tout équipés à neuf,
retournant paisiblement dans leur village, après avoir
touché la prime de leur prétendu engagement dans le
régiment de la République ; 2° l'impression clandestine
dans les imprimeries de Savoie des libelles factieux qu'on
vendait furtivement aux promeneurs genevois sur la frontière [1], et qu'on lisait dans la ville avec un empressement
extrême : « ces libelles, disait le Magistrat, entretenant la
désunion entre tous les citoyens ; 3° « l'insulte » faite par
une sentinelle genevoise à trois officiers sardes « allant en
carrosse du côté de Chevelu » et dont la voiture avait été

---

[1] Le Philadelphien, le baume anti-Négatif, la Dissertation apologétique en faveur du sieur Ami Melly (promoteur de l'émigration
genevoise en Irlande)..., etc.

détournée un instant, le factionnaire ayant pour consigne d'empêcher le passage d'un des ponts sur le Rhône, auquel on faisait alors quelque réparation ; 4° l'insuccès des démarches réitérées du Conseil, désireux, comme on l'a vu précédemment, de rendre ses devoirs, soit au duc de Chablais, soit au Prince de Piémont, quand ils venaient prendre les eaux d'Évian, mais désireux aussi que la légation genevoise eût les honneurs accoutumés auxquels elle avait droit comme représentant un État souverain, savoir : la présentation au Prince par un gentilhomme de sa maison et la prise d'armes sur le passage des députés. Il doit nous suffire de mentionner ces incidents sans importance, et nous écartons aussi sans scrupule les documents relatifs à la souveraineté du cours de la rivière d'Arve, sur la frontière genevoise, bien que cette contestation ait donné lieu à une correspondance officielle aussi prolongée que désagréable. Mais on ne peut omettre de rappeler historiquement « l'affaire Girod, » parce que la procédure genevoise qui en fut la suite donna lieu de la part du gouvernement de Sardaigne à une demande de satisfaction. Voici l'exposé sommaire de ce fâcheux incident :

« Un nommé Girod, maître de la poste royale à Carouge, avait prêté son cabriolet à des voleurs qui chargeaient de nuit des marchandises pillées dans une bouti-

que, rue du Rhône, à Genève, lorsque ces malfaiteurs
furent dérangés par la venue de la patrouille et s'évadè-
rent. Le cabriolet saisi ayant été reconnu pour appartenir
au maître de poste, on fit dire à celui-ci de venir le chercher. Girod se rend à Genève, il est arrêté, emprisonné,
et soumis à la procédure d'une instruction criminelle qui
donne les plus fortes présomptions de la complicité de cet
individu avec une bande de dangereux voleurs, opérant à
Genève et en Suisse *depuis plusieurs années*, se retirant à
Carouge, et dont Girod était le receleur et le complice.
Cependant les preuves faisaient défaut, et l'on n'avait
encore qu'une conviction morale. Dans ces conjonctures
embarrassantes, le Conseil, suivant les formes ordinaires
de la procédure, fit ouvrir les prisons au prévenu en le
mettant sous la soumission de se représenter à Justice,
comme on l'eût fait pour un ressortissant de Genève. »

Mais le Sénat de Savoie, sur le vu d'un plaintif que le
maître de poste, de retour à Carouge, s'était empressé de
lui adresser, trouva toute cette procédure genevoise très
irrégulière. Le Procureur général et le Premier président
avaient écrit au Ministre, et peu de jours après la mise en
liberté provisoire du détenu, le comte de Perron faisait
connaître, par l'organe du Résident de Sardaigne, « le
mécontentement que S. M. avait eu de la procédure du
Conseil contre le maître de poste de Carouge, *portant sa*

livrée. » S. Excellence enjoignait au baron d'Espine « d'en demander satisfaction, ainsi que les dommages-intérêts que Girod avait soufferts par sa détention. »

Un long mémoire en droit sur le for en matières criminelles fut alors envoyé à la Cour de Turin par les soins du Conseil, et à cette œuvre des plus éminents jurisconsultes de Genève le Ministre répondit par un contre-mémoire, œuvre non moins habilement rédigée par les meilleurs juristes piémontais. Le point de vue de ceux-ci était — comme il est facile de le conjecturer — tout différent de celui de Mʳˢ de Genève. « S. M. ne saurait abandonner le principe qu'elle a fait connaître. Or il ne paraissait pas [suivant le mémoire du Conseil] que si Girod avait commis quelque délit, c'eût été sur les terres de la République, et lors même qu'il aurait fait à Carouge le rôle indigne de receleur d'effets volés à Genève, ce n'était pas aux juges de la République, mais à ceux de Savoie à en connaître..., etc. » Cependant S. M. voulait bien suspendre d'insister sur la demande de réparation qu'elle avait exigée, « en tant que le Conseil renoncerait au dessein de faire proclamer Girod et de procéder contre lui. » C'était, on le voit, une porte dérobée que le gouvernement de Sardaigne ouvrait au Conseil, et celui-ci, fort désireux de sortir de l'impasse où il s'était trop légèrement aventuré, se hâta de souscrire à ce qu'on lui proposait, afin de s'épargner de plus graves ennuis. — « Arrêté, lit-on dans le registre des Conseils, qu'il y a lieu, pour témoigner à S. M. notre déférence extrême pour ce qu'elle peut désirer de nous..., de ne point poursuivre la procédure contre Girod, et de faire part de cette résolution, soit à Son Excellence, soit à M^r d'Espine. »

En réponse à cette communication officielle, le comte Perron faisait savoir « que le Roi se tient pour satisfait sur cet incident et ressent en outre un véritable plaisir de ce que le procédé du Conseil lui fournit un nouveau motif de se louer de sa justice. » Quant à Girod, le Magistrat de Savoie « allait lui demander compte de ses déportements, et si l'on peut vérifier quelque fait répréhensible ou criminel [à sa charge], on ne le laissera pas sans châtiment. En attendant, et jusqu'à plus ample justification de sa conduite, on lui défendra de reparaître à Genève, pour éviter les inconvénients que sa présence dans cette ville pourrait y occasionner. »

Telle fut la fin de « l'affaire Girod » dont tant de gens s'étaient occupés et préoccupés pendant plusieurs mois. Jamais, croyons-nous, maître de poste de village ne donna lieu à une correspondance officielle aussi active, et l'on peut admettre avec beaucoup de vraisemblance que chacun de ceux qui — à un titre quelconque — avaient dû consacrer leurs veilles à suivre cette chétive et sotte affaire, fut charmé qu'elle fût enfin terminée.

Le 26 avril (1784), les troupes coalisées avaient quitté définitivement Genève. Elles avaient été fêtées et complimentées par le Conseil en la personne de leurs officiers auxquels trois banquets furent donnés dans la salle du Deux-Cents [1]. On avait étrenné les commandants — Mr de la Varenne [France], Mr de Marcisa (Sardaigne], Mr Lemaire [Berne] — de trois épées à poignée d'or, *ciselées à Paris*, de la valeur totale d'environ Liv. 5,500...! Quant à la population genevoise et aux secrets sentiments qui l'animaient en voyant s'éloigner les soldats étrangers chargés « depuis vingt-deux mois » de faire régner l'ordre et la paix dans la République, nous ne croyons guère aux manifestations de sa douleur dont un récit officiel nous a laissé le témoignage. Cependant, et pour plus d'impartialité nous donnerons ici ce document historique à l'usage des chancelleries, tel qu'il fut rédigé par ordre du Conseil sous forme de lettre à son Résident à Paris [2], dans

---

[1] « Du 24 avril 1784. — M[rs] les Syndics ont rapporté que les trois repas qu'il avait été résolu de donner aux officiers des troupes étrangères ont été donnés à dîner lundi, mardi et mercredi derniers dans la salle du Deux-Cents, que les tables ont été d'environ 50 couverts chacune, que tout s'est passé avec beaucoup d'ordre, qu'on n'a bu aucune santé, que les officiers de notre Régiment ont été prendre ces Messieurs pour les conduire à la salle-basse, d'où l'on est monté ensuite à celle du Deux-Cents; qu'ils ont paru très satisfaits des politesses qu'ils ont reçues dans cette occasion. » — Reg. des Conseils.

[2] L'avocat Des Franches, plus connu dans les salons de Versailles sous le nom de « M. de Bossey. »

l'intention évidente de fournir à celui-ci tous les éléments d'une communication au Ministre. — « … Un concours prodigieux de peuple remplissait les rues de Saint-Gervais, les ponts, la place qui est au dehors de la porte, pour dire par sa présence un dernier adieu au bataillon de Nassau [France] qui pendant le long séjour qu'il a fait dans Genève, et quoique placé au centre des ci-devant « Représentants, » non seulement ne donna pas lieu au moindre reproche, mais sut se mériter les éloges de ceux-là même qui s'affligèrent le plus de son arrivée. Quelques-uns offraient aux soldats à leur passage des rafraîchissements, d'autres les suivaient des yeux avec un air de reconnaissance (!)… Je crois, Monsieur, qu'un pareil indice dénote que l'exagération factice de notre peuple est considérablement diminuée et qu'une troupe qui mérita d'être si universellement applaudie, a eu pour chefs des hommes qui sont bien dignes de la confiance dont Sa Majesté les honore… » Le même jour, le commandant du régiment de la République, colonel Schultz, faisait occuper tous les postes évacués, des détachements de la garnison montaient la garde aux portes, à l'hôtel de ville, au pont d'Arve, au port. Le *qui-vive* des sentinelles accueillait le soir les passants attardés, et rien n'était changé, au moins en apparence, dans le régime militaire qui donnait depuis deux ans une physionomie si étrange à la cité malheureuse dont la pacification était l'œuvre de l'étranger.

L'insignifiance des affaires publiques à Genève pendant les années qui suivirent (1785-1788), l'indifférence politique de la très grande majorité des citoyens et l'absence de toute manifestation d'opposition légale, en détournant l'attention jalouse des puissances voisines de Genève, laissaient encore au Magistrat assez de préoccupations, sinon au sujet du gouvernement intérieur de la cité, au moins à l'occasion de ce qui se passait à ses portes : la transformation du village de Carouge dont le gouvernement de Sardaigne se préparait à faire une petite ville, était pour le Conseil un sujet d'inquiétude et de mécontentement d'autant plus vif, qu'on ne savait comment donner cours, par la voie d'une correspondance officielle, à ces sentiments cachés.

Déjà le 17 mars 1784, le Conseil délibérait sur une proposition du sieur Des Franches, son Résident à Paris, aux fins d'être autorisé à faire connaître « confidentiellement et comme de lui-même » au Ministre de Vergennes les inquiétudes des Genevois au sujet de l'agrandissement de Carouge « qui est projeté, dit-on, par le gouvernement Sarde » — dont opiné : l'avis a été que No. Puerari [secrétaire d'État] continuera à l'informer de tous les faits particuliers qui montrent que par une suite du désir extrême de peupler Carouge, on y reçoit sans examen tous ceux qui veulent s'y établir, parmi lesquels se sont trouvés des gens de mauvaises mœurs, des vagabonds de tous pays, et même des scélérats qui y avaient leur rendez-vous [1] d'où ils infestaient notre ville et ses environs, et que bien loin d'éprouver de la part des officiers de la localité le concours et les facilités que nous avions lieu d'attendre pour purger le pays de ces malfaiteurs, nous y avons trouvé des obstacles de plusieurs sortes..., etc. »

Conformément à ces instructions, le Secrétaire d'État adressait peu après « à Monsieur de Bossey » la lettre suivante :

« Monsieur — Le Conseil voit de même œil que vous l'agrandissement de Carouge : bâtir à nos portes une cité qui ne pourrait s'élever qu'au détriment de nos manufactures, de notre population et de notre commerce, ouvrir un asile si prochain à ceux chez qui il existerait encore quelque répugnance à vivre sous nos lois actuelles, ce n'est pas là sans doute ce que nous devions attendre de

---

[1] Allusion à l'affaire récente où étaient impliqués Girod, Favret, Martin, Galleton, Brissolera, etc., malfaiteurs dont la bande avait commis de nombreux vols avec effraction et à main armée sur le territoire de la République. Un des prévenus arrêtés à Lausanne avait avoué : *qu'ils étaient soixante-treize affiliés.*

cette même main qui voulut coopérer à notre pacification et qui parut alors se régler dans tout ce qui nous concernait *sur une puissance bienfaitrice, occupée à pourvoir avec une générosité sans exemple (!) à tout ce qui intéressait notre bonheur.*

« Cette entreprise cependant, quoique remarquable par ses accroissements, est de nature à ne pas aller au delà de certaines bornes et, envisagée sous ce seul aspect, il se pourrait qu'elle ne nous portât pas un préjudice fort notable, mais elle nous nuit essentiellement à deux autres égards principaux : Je veux parler d'abord de la haine que nous portent ceux qui tiennent à cette fondation ou qui sont appelés à la conduire et à la perfectionner. Ils ne se persuadent point que nous soyons indifférents à tout ce qu'ils projettent, à tout ce que nous leur voyons entreprendre, et ils nous haïssent non seulement en raison du mal qu'ils nous ont fait, mais aussi de celui qu'ils nous voudraient faire.

« Ajoutez à cela, Monsieur, que l'affectation de recevoir sans discernement et sans choix tout ce qui vient habiter la nouvelle ville, *y a attiré de toutes parts des gens voués au crime et qui ont été expulsés ou flétris dans des juridictions étrangères.* Carouge était la retraite de scélérats qui sont aujourd'hui dans nos prisons, ainsi que d'un grand nombre de leurs complices ; plusieurs y existent encore et vous savez que la mauvaise volonté des officiers locaux a su rendre complètement inutiles les dispositions officieuses de la Cour de Turin et du Sénat de Chambéry. Voilà, Monsieur, des informations générales que je me propose de vous présenter incessamment avec plus de détails, afin que vous ayez une connaissance entière de tout ce qui est relatif à cet objet... » — Cette lettre au sieur Des Franches se termine par l'invitation qu'il ait à s'abstenir d'aucune démarche tendant à réclamer les bons offices de la Cour de France. « Tout ce que ferait le Ministre de France, la Cour de Turin l'attribuerait au gouvernement de Genève, et si elle se voyait contrainte à céder à une recommandation si puissante, elle ne manquerait point de nous faire éprouver à d'autres égards les effets de son ressentiment. C'est donc le cas, Monsieur, de ne parler jamais de Carouge que comme de vous-même et seulement pour informer le Ministre sur les faits, sans y ajouter aucune communication de quelque nature que ce soit. — Il me reste..., etc. *Signé* PUERARI. »

Une mauvaise humeur trop évidente inspire le porte-parole du Conseil dans la lettre précitée, pour qu'il n'y ait pas lieu de mettre en doute l'exactitude des assertions qu'elle renferme. Nous admettons toutefois qu'il se trouve dans ces prétendues confidences de Noble Puerari, à côté de beaucoup d'exagération, un certain fond de vérité. Il se peut que l'Intendance de la nouvelle province de Carouge et tous les fonctionnaires civils de son administration, comme aussi les commandants militaires de cette petite localité, fussent charmés de se donner de l'importance dans « une ville » qui, disait-on, devait rivaliser prochainement avec Genève. Il se peut aussi qu'un certain nombre de gentilshommes et la plus grande partie du clergé de Savoie vissent avec une satisfaction peu avouable la création d'un centre industriel ou manufacturier dont la prospérité serait préjudiciable à « la ville de Calvin, » bien que celle-ci ne se fût dès longtemps signalée pour les Savoyards que par ses bienfaits. Mais nous n'admettons pas sans preuves nouvelles que, par la création de la ville de Carouge, le gouvernement de Sardaigne ait eu d'autres visées que celle de développer dans cette partie de la Savoie des industries importantes (entre autres celle de la tannerie) qui, si les circonstances politiques s'y prêtaient, devaient concourir activement à sa prospérité. — « La Cour de Piémont, écrivait l'avocat Des Franches (12 juin 1784), voudrait donner une grande consistance à Carouge; tout ce qui s'est passé le démontre et ses mesures actuelles ne permettent pas d'en douter. » A quoi le Résident genevois ajoute fort sensément : « Sa Majesté Sarde en est fort la maîtresse, elle use en cela d'un droit commun à tous les

souverains, et tant qu'elle ne blessera pas dans l'exécution
de ce projet la sûreté des États voisins et les règles d'un
bon voisinage, il n'y aurait pas seulement de l'absurdité à
prétendre y mettre obstacle, ce serait encore de la plus
mauvaise politique, puisque, en compromettant l'amour-
propre de ceux qui favorisent cette entreprise et peut-être
la dignité de la Cour, on irait très certainement à fins
contraires. Mais si celle de Savoie est la maîtresse de bâtir
des maisons à Carouge et de chercher à accroître le nombre de ses habitants, elle ne saurait en faire un foyer de
malfaiteurs sans s'exposer aux réclamations les mieux fondées des pays limitrophes qui souffrent de leur brigandage. »

Tout ce raisonnement était incontestable, et donnait le
seul motif plausible de mécontentement que pouvait invoquer le Conseil par voie diplomatique; car le fait d'une
agglomération de gens de toute sorte attirés à Carouge
par les autorités sardes ne paraît pas pouvoir être mis en
doute. Carouge — comme Rome antique du temps de « la
louve » qui allaita les fils de Rhée — était habité, il y a cent
ans à peine, par une population fort peu recommandable,
on ne saurait le nier, et les logis publics du *Grand
monarque*, du *Dragon*, des *Quatre nations*, de *l'Arbre vert*,
ne peuvent être considérés par nous, qui avons parcouru
beaucoup de procédures criminelles, comme ayant été des

lieux d'édification. Mais dès longtemps il en était de même
à Chêne sur Savoie, sans que la République eût songé à
s'en plaindre, et le Ministre de France, M. de Choiseul,
alors qu'il songeait aussi à créer une ville à Versoix, ne
s'était pas montré beaucoup plus exigeant pour coloniser
rapidement cette localité dont le plus grand nombre des
ressortissants étaient encore d'une honorabilité des plus
douteuses à la fin du siècle passé. Rappelons à ce sujet que
toutes les localités situées sur l'extrême frontière de pays
de juridictions différentes étaient alors aussi mal famées.
Les contrebandiers, les banqueroutiers, les malfaiteurs,
les filles perdues s'y gîtaient de préférence, et il n'est pas
assuré que de nos jours, dans les pays le mieux policés, le
même état de choses ne subsiste plus nulle part.

Quoi qu'il en fût, le Conseil de Genève parut avoir re-
noncé à donner suite à ses velléités de plaintes, et la
réflexion, le cours des événements, atténuèrent beaucoup ses inquiétudes au sujet de la prétendue rivalité
commerciale et industrielle dont la République était menacée. Cependant Carouge, dotée d'une église dès l'an 1780,
eut ses rues, ses places, ses promenades, son école « pour
les jeunes personnes du sexe, » son collège où l'on ensei-
gnait aux garçons du pays la rhétorique (!), son hôpital, sa
synagogue à l'instar de Turin, son comptoir royal d'hor-
logerie, ses tanneries, sa fabrique de bas de soie, ses

filatures de coton, et mieux encore : elle eut ses droits
d'octroi, et put enfin se donner des charges communales
« pour se mettre en état d'acheter le sol des rues, faire
creuser un canal et planter les arbres des promenades [1]. »
Il est vrai que certaines divergences assez sérieuses se ma-
nifestèrent promptement à propos de l'agrandissement de
la ville savoyarde. On avait compté à Turin, non sans raison, sur l'initiative privée et le concours effectif des notables de la province, tandis que les intéressés attendaient
tout des subsides du gouvernement piémontais, même
l'entretien d'un médecin et d'un apothicaire ! Le plan
de la ville fut transformé quatre fois, par autant d'archi-
tectes [2], et bien qu'il fût en définitive considérablement
restreint, jamais ce plan ne fut complètement exécuté.
Quant aux divers établissements industriels qu'on vient
d'énumérer, ils déclinèrent presque aussi rapidement
qu'ils avaient été créés ; les troubles politiques et les perturbations économiques qui en furent la conséquence à la
fin de la période historique que nous avons en vue, contri-
buèrent sans doute à amener ce résultat, mais le défaut de

[1] Gaullieur. Annales de Carouge, p. 35.

[2] « Le premier : celui de Garella, le second : de Plaisance, le troisième : de Manera, tous ont été réformés, et ce quatrième (plan), signé
par le Roi et rendu public, on y veut encore toucher !... Carouge chan-
celle ; s'il tombe cette fois, il ne se relèvera plus... » Ibid., p. 163.

l'initiative privée que nous avons signalé, en refroidissant
les intentions des Ministres, doit aussi avoir largement
contribué à cette décadence : Carouge, où en 1784 les fai-
seurs de projets voyaient en imaginative accourir les
étrangers « comme aux eaux de Spa [1], » n'eut jamais
qu'une vie factice et une prospérité relative. Il est vrai
qu'en douze ans (1780-1792) sa population de 600 habitants avait été portée à plus de 4,600 individus; mais
quelle était à cette dernière date, dans la petite ville
abandonnée à ses propres ressources, la proportion des
gens aisés et des indigents, des artisans laborieux et de
ceux qui les regardaient faire, des honnêtes sujets du Roi
inscrits sur le cottet des Tailles et des aventuriers insolva-
bles et venus on ne sait d'où?... Autant de questions dont
il pourrait être intéressant de chercher la réponse et qu'il
nous suffit de signaler en passant aux investigateurs de
l'histoire de cette riante localité.

En novembre 1785, un fait de braconnage sur la frontière de Savoie, suivi d'une rixe entre chasseurs, dans laquelle le commandant de Chêne avait été couché en joue
par un Genevois, donnait lieu à une réquisition du baron
d'Espine, puis à une procédure criminelle dirigée contre
les frères M., ressortissants genevois et habitants de Chêne

---

[1] Gaullieur. *Annales de Carouge*, p. 139. Lettre de M. de Veyrier.

sur Genève. Le jugement rendu par le Conseil dans cette affaire est d'une telle sévérité que nous le croyons sans exemple dans les annales de la République.

« Passant au jugement de Daniel M., convaincu d'avoir non seulement tué et enlevé des pigeons [domestiques]..., mais encore d'avoir insulté et couché en joue le particulier [propriétaire] ainsi que l'officier de sa majesté Sarde, commandant à Chêne, et un autre particulier qui s'étaient avancés pour arrêter les violences dont ils étaient les témoins — l'avis en deux tours a été de le condamner à être amené céans pour y être grièvement censuré de son délit, dont il demandera pardon à Dieu, à la Seigneurie et aux personnes offensées, genoux en terre et huis ouverts, et à être conduit aux galères de S. M. très chrétienne, *pour y servir comme forçat pendant dix ans*, à être banni à perpétuité de la ville et des terres, sous peine de châtiment corporel, au paiement des dommages-intérêts des particuliers lésés, solidairement avec Michel M. son frère, et aux dépens de son procès.

« Passant au jugement de Michel M. :

« Pour avoir insulté le même particulier et l'avoir couché en joue avec son fusil (qui s'est trouvé ensuite n'être pas chargé)... — l'avis en deux tours a été de le condamner... à être conduit aux galères de S. M. très chrétienne *pour y servir comme forçat pendant cinq ans*..., etc. »

Ces jugements monstrueux furent-ils mis à exécution ?
et les malheureux frères Daniel et Michel M. ont-ils été
livrés quelques jours après le prononcé de la sentence à la
maréchaussée française pour être conduits dans les prisons infectes de Bourg-en-Bresse, en attendant le passage
de la « chaîne...? » Nous voudrions encore le mettre en
doute, et nous avons fait d'actives recherches pour nous
assurer du contraire. Malheureusement nous n'avons recueilli que les remerciements officiels de M^r le Résident
de Sardaigne « de la justice faite par le Conseil d'un délit
où un officier au service de S. M. S. était intéressé [1], » et
la communication *in parte qua* d'une lettre du Ministre
donnant les assurances de la satisfaction de la Cour [2]. Ce
n'est pas là ce que nous cherchions, non sans doute. Mais
ces déconvenues sont assez fréquentes dans les investigations historiques, et pour tous ceux qui s'y livrent le
quaerite et invenietis n'est pas toujours d'une absolue vérité.

Diverses violations de territoire eurent lieu en ce temps-

---

[1] Reg. des Conseils, 23 décembre 1785.

[2] « On a été fort satisfait de ce jugement, de l'empressement, de
la célérité que les magistrats de Genève ont mis dans la poursuite de
cette affaire, et l'intention de S. M. est que le baron d'Espine les
assure du gré particulier qu'Elle en conserve..., etc. » Ibid.

là, soit par le fait des archers des Gabelles poursuivant les contrebandiers, soit à la suite du mouvement des garnisons en Chablais et à Carouge ; la République reçut toujours des excuses courtoises au sujet de ces délits involontaires, et le Conseil eut assez de sagesse pour ne pas paraître attacher trop d'importance à des incidents de · frontières qu'il était assez difficile de prévenir. Une de ces méprises mérite selon nous d'être rappelée, car elle dut exciter à Genève la gaîté du populaire au moins autant que son étonnement, et nous ne résistons pas à la tentation de citer cette anecdote oubliée. Le 15 avril 1785, un détachement de la garnison de Carouge, revenant d'Évian où il avait été de garde pendant le séjour du duc de Chablais, le jeune lieutenant, chev^{lier} d'Olmediglia, qui commandait cette troupe, la quitta près de la frontière genevoise afin de se rendre par Étrembières au château de Veyrier, dont le seigneur offrait un bal à Mme la duchesse de Chablais à son passage. Le détachement confié au Premier-sergent avait ordre de suivre sa route, mais les soldats piémontais ne connaissaient pas le chemin qu'ils devaient prendre, et quant à se renseigner à ce sujet, on peut admettre que s'ils n'entendaient pas le français, ils comprenaient encore moins le patois savoyard. Dans cet embarras, le sergent mit en réquisition un villageois de Gy en Chablais, avec injonction à ce « manot » de marcher devant la troupe

jusqu'à Carouge. L'homme des champs, que cette promenade militaire devait certainement contrarier, s'était avisé
de la prolonger le moins possible, et, prenant la voie la
plus directe (celle qu'on prenait les jours de marché)
il avait docilement conduit tous ses Piémontais... à Genève ! La perplexité de ceux-ci, s'empressant de con-
tourner la ville par les tranchées et Plainpalais, peut se
comprendre, et l'étonnement des hommes du poste au Pont-
d'Arve, à la vue de ces singuliers excursionnistes venant de
Genève, semblait-il, peut se deviner aussi. On laissa même
— tant la surprise était grande — la troupe armée, che-
minant à grands pas, traverser le pont et atteindre la rive
de Savoie sans songer à l'arrêter. Le lendemain, le Résident de Sardaigne et le chev^{lier} d'Olmediglia vinrent « exprimer leur désespoir » au Premier syndic au sujet de ce
qui s'était passé, et, comme le sergent du poste genevois
était déjà au cachot attendant l'arrêt d'un conseil de discipline au sujet de son étrange inertie, le jeune officier
piémontais fit de pressantes sollicitations pour qu'on remît
en liberté ce vétéran : ce qui lui fut accordé. Enfin le Conseil..., « considérant ce qui est arrivé comme l'effet d'une
méprise... et satisfait des démarches qui ont été faites
auprès de M^{rs} les Syndics, regarde cette affaire comme
terminée, et donne avec d'autant plus de plaisir cette marque d'égards à M^r le Commandant de Carouge qu'il est

informé de ses bons procédés... Sur quoi, M^r le baron d'Espine a exprimé sa sensibilité [de cette décision] du Conseil. »

Dans cette même année (1785), la République avait fait demander à S. M. Louis XVI, puis au Roi de Sardaigne, le don de leur portrait. Cette forme d'adulation, qui n'est plus dans les usages de la diplomatie, était alors très en vogue, et les amateurs de tableaux ne sauraient s'en plaindre, car nous lui devons quelques très belles peintures... sans compter beaucoup d'autres [1].

Le portrait de Victor-Amédée III fut présenté au Conseil, le 16 janvier, par le Résident de Sardaigne, ainsi qu'une lettre du Ministre adressée au Magistrat de Genève à l'occasion de cet envoi. — « Le Roi, disait Son Excellence, ayant déféré à la demande que vous avez faite de son portrait, ainsi que j'eus l'honneur de vous le marquer dans ma lettre du 2 octobre (1785), je ressens la plus vive satisfaction de me trouver à même aujourd'hui de pouvoir remplir l'attente où vous êtes à cet égard... Vous

[1] Le sieur Baroni, peintre du Roi, et le sculpteur Bolgè avaient accompagné l'envoi jusqu'à Genève « pour leurs propres convenances. » Ces artistes se rendirent utiles pour l'encadrement, le vernissage et le placement du tableau, et reçurent l'un et l'autre une montre en or avec sa chaîne, comme témoignage de la satisfaction du Conseil.

y reconnaîtrez ce monarque bienfaisant qui a coopéré à ramener la paix dans le sein de votre ville et qui se plaît à vous donner en toute occasion des marques de son estime particulière..., etc. » Le Conseil s'empressa de faire connaître au Roi l'expression de sa respectueuse gratitude et reçut peu après de S. M. Victor-Amédée III la réponse suivante :

« Très chers et bons amis — Le plaisir que nous nous sommes fait de vous envoyer notre portrait vient encore d'être augmenté en voyant le prix que vous attachez à ce don de notre part. Les sentiments de reconnaissance que vous nous exprimez à cette occasion ont excité en nous la plus grande sensibilité. Nous désirons bien sincèrement que ce nouveau gage de nos dispositions favorables pour votre République puisse vous convaincre de plus en plus de l'intérêt inaltérable que nous prenons au maintien de sa Constitution et de sa prospérité. C'est dans de tels sentiments que nous nous empressons de vous répéter les assurances de notre affection et de notre bienveillance. Sur ce, nous prions Dieu qu'il vous ait, Tr. ch. et b. amis, en sa sainte garde. Turin, 3 février 1786.

Signé : Victor-Amédée.   *Contresigné :* de Perron. »

On peut objecter — nous le reconnaissons — que ce sont là des formules épistolaires à l'usage de toutes les chancelleries de l'époque, et que leur courtoisie surannée (courtoisie dont nous nous sommes trop éloignés peut-être) n'implique nullement une réelle bienveillance dans les relations internationales. Nous donnerons donc un autre témoignage à l'appui de l'assertion historique déjà présentée dans cette étude, à savoir : que la Maison Royale, la Cour de Turin et les Ministres demeurèrent toujours étrangers aux dispositions secrètement hostiles aux Genevois, qui ont pu se rencontrer parfois chez certains fonctionnaires piémontais en office près de Genève, chez quelques nobles familles savoyardes des environs et dans une partie du bas clergé, sentinelle avancée du catholicisme aux portes de « la ville de Calvin. » Une communication faite au Conseil, concernant le séjour à Turin du conseiller Jalabert, se rendant pour sa santé en Italie (décembre 1787), suffit, croyons-nous, pour confirmer notre dire.

Noble Jalabert était porteur d'une lettre d'introduction qu'il avait ordre de présenter, dès son arrivée à Turin, à Mr le comte de Perron [1]; et le 10 décembre l'ancien Syn-

---

[1] « Monsieur — Le sieur Jalabert, conseiller d'État, notre bien-aimé frère, magistrat infiniment recommandable, est obligé de se rendre pour sa santé en Italie et il se propose de s'arrêter à Turin un petit nombre de jours. Désirant saisir, Monsieur, une occasion aussi favorable de nous rappeler à votre souvenir, nous chargeons le dit sieur Jalabert d'aller à votre Excellence pour lui réitérer les témoignages de notre profond respect pour Sa Majesté et de la vive

dic Rilliet, en correspondance avec le voyageur, faisait
connaître au Conseil la relation de cette entrevue et l'accueil qu'avait reçu à la Cour le magistrat genevois. —
« Noble Rilliet a fait lecture des endroits de ces lettres
[l'une du 27 novembre, l'autre du 4 de ce mois], qui peuvent intéresser le Conseil et qui contiennent : qu'il fut présenté d'abord à M^r le comte de Perron par son parent
M^r le chev^lier de Colegno, que S. Excellence reçut la lettre
du Conseil avec les marques de l'affection et de l'intérêt le plus vif pour nous; qu'elle lui dit les choses les
plus obligeantes pour le Conseil, lui fit beaucoup de
questions sur notre intérieur et lui parut le bien connaître; que le Ministre lui dit qu'il croyait convenable
qu'il [1] fût présenté au Roi, auquel il [2] avait parlé de son
arrivée à Turin, et que lui [Jalabert] ferait bien aussi de
retourner au palais pour être présenté au prince et à la
princesse de Piémont; qu'il vit aussi Mr de Hauteville [3],
qui lui témoigna, comme l'avait fait son principal, beau-

gratitude que ne cessera de nous inspirer l'intérêt que vous avez bien
voulu prendre, Monsieur, au bonheur de notre République. Le temps
ne saurait affaiblir chez nous ces sentiments..., etc. » — Lettre à
S. Ex., etc., 17 novembre 1787.

[1] Jalabert.

[2] Le comte de Perron.

[3] M. de H. était alors premier officier du bureau des affaires étrangères.

coup de bonne volonté pour nous, et que ni l'un, ni l'autre ne lui dit un mot de « l'affaire de l'Arve[1]. » Ayant revu M^r le comte de Perron, il en a été comblé de bontés, et il a vu clairement qu'il souhaite notre bonheur et que nous avons en lui un défenseur lorsque nous aurons quelque affaire; qu'il est allé à Moncalieri avec le sieur Calandrini son cousin-germain, que leurs audiences ont commencé par les quatre Princes cadets dont l'affabilité aurait fait sur eux la plus vive impression si en sortant de chez eux ils n'avaient pas été chez le Roi; que l'audience que Sa Majesté leur donna (où ils étaient seuls) dura au moins vingt minutes; qu'Elle répondit au compliment qu'il lui adressa : qu'Elle était sensible à ce qu'il lui avait dit de notre respect et de notre reconnaissance; *qu'Elle aimait la République et qu'Elle nous l'avait prouvé, qu'Elle s'intéresserait toujours à nous, et le priait de le faire savoir au Conseil.* Sa Majesté lui fit beaucoup de questions sur notre état actuel et ajouta après ses réponses: *que nous étions heureux qu'Elle se fût bien entendue avec la France et les Suisses pour nous sauver; sans cela nous étions perdus, et qu'Elle s'en rappelait* [de cette intervention] *avec plaisir.* Quand ils eurent pris congé du Roi et furent hors de la chambre, il le rappela et lui dit: *Remerciez la République*

---

[1] Voir ci-dessus p. 216.

de son souvenir et de la manière dont elle me le témoigne. »
— Ils eurent ensuite des audiences extrêmement honnêtes
du prince et de la princesse de Piémont; Mʳ le duc et
Mᵐᵉ la duchesse de Chablais sont les seuls auxquels il
n'a pas été présenté, parce qu'ils ont toujours été absents.
*En général, il a trouvé les Piémontais bien disposés pour
Genève, se rappelant les honnêtetés qu'ils y ont reçues,* et
les lui rendant certainement avec usure [1].

Il est vrai qu'à Genève les relations du Conseil avec le
Résident de Sardaigne paraissent avoir toujours été assez
peu cordiales, au moins si nous en croyons les plaintes
confidentielles que le Secrétaire d'État adressa plusieurs
fois (peut-être intentionnellement) au Résident genevois à
Paris, mais cet état de choses, toujours fâcheux pour
l'expédition des affaires publiques, paraît avoir tenu bien
plus au caractère difficile du baron d'Espine qu'aux instructions qu'il recevait de sa Cour. On eut toutes les peines possibles à loger suivant ses convenances le représentant officiel de S. M. Sarde, dans une maison particulière
où il fût « à louage » pour un prix modéré et où il pût installer sa chapelle et son aumônier. La République dut même
intervenir secrètement pour désintéresser le propriétaire
de l'immeuble dont finit par s'arranger Mʳ le baron [2]. L'im-

---

[1] Reg. des Conseils.

[2] M. d'Espine avait pris logement provisoire dès son arrivée (1783)

munité d'un agent diplomatique s'étendait à l'entendre
jusqu'aux gens de service de sa maison[1], et l'accès de sa
chapelle était non seulement acquis à tous les sujets de

dans la maison Rieu, rue du Soleil-Levant, et s'y trouvait fort mal.
Au commencement de l'année 1784, on négociait pour le faire recevoir dans la maison Pictet, sur la place St-Antoine, « pour laquelle
il ne donna d'autre motif de sa répugnance, sinon qu'il lui paraissait que, dès le commencement, il avait été déterminé qu'on lui ferait
prendre cet appartement, pour lequel cela seul lui donnait de l'éloignement. Il désirait être logé dans la maison de Boisy, rue de St-
Germain (d'où le locataire, M[r] le Syndic Buisson, ne songeait pas à
déguerpir) ou dans la maison appartenant à l'auditeur Sales, mais
celui-ci trouvait l'offre de 150 liv. pour prix de l'aménagement d'une
chapelle tout à fait insuffisante. On avait encore offert à M[r] le Résident de Sardaigne la maison Pallard (à la Fusterie) « bonne et belle
maison dont l'appartement est très beau par lui-même et où l'on
aurait eu un emplacement commode et plus que satisfaisant pour
une chapelle, » mais cette dernière offre n'avait pas mieux été agréée.
On finit par traiter avec le sieur Périsset-Des Franches (12 mars 1787),
dont la maison avec jardin clôturé, rue du Vieux-Collège, parvint
enfin à agréer à M. le baron d'Espine. Cette location des deux étages,
sous-sol et jardin, eut lieu moyennant le prix annuel de 1600 liv., et
40 louis pour l'aménagement d'une chapelle, le surplus de la dé-
pense, le cas échéant, étant à la charge du propriétaire. — « Comme
cet arrangement a pour première condition le plus absolu secret,
que M. le baron d'Espine doit ignorer la part que le Gouvernement
prend à ce marché et qu'il en cautionne le paiement, vous enverrez,
Monsieur, un pouvoir aussi ample qu'il sera possible, signé de votre
main..., etc. » — Lettre du Syndic Micheli à M. Des Franches, à Paris.

[1] Le 15 mai 1787, le baron d'Espine se plaignant du fait que son
domestique, venant de Carouge avec deux Carougeois « dans un carrosse de louage, » eût été arrêté à la porte Neuve et la voiture visi-
tée, ainsi qu'on le pratiquait pour toutes celles qui entraient dans la

S. M. Sarde pendant les offices, mais on y bénissait des mariages de gens étrangers à la République avec une ostentation dont, dans certains cas, il eût été plus convenable d'épargner le spectacle aux habitants du quartier [1].

Ce sont là des incidents fâcheux sans doute, mais dont le gouvernement Sarde ne saurait être rendu res-

ville, le Conseil répond : « que Mʳ le baron ne devait pas être surpris, quoiqu'on fût disposé en toute occasion à faire respecter les immunités de son ministère, si dans cette circonstance le domestique ne pouvait pas communiquer à ces deux étrangers, fortuitement placés dans une voiture publique, des immunités qui appartiennent à son maître. » On aurait dû, semble-t-il, s'en tenir là, mais le désir d'apaiser le ressentiment du Résident de Sardaigne engagea le magistrat de Genève à aller beaucoup plus loin : le préposé du fisc, auteur de ce grave délit, fut sévèrement tancé de son manque de discernement et le syndic de Tournes fut chargé de lui dire « que le Conseil veut bien, par égard pour l'intercession de Mʳ le baron d'Espine, *ne pas l'envoyer aux prisons auxquelles il avait été condamné*, lui enjoignant d'être plus circonspect à l'avenir..., etc. »

[1] « Vu l'extrait des registres du Vénérable Consistoire du 21 de ce mois, qui contient : que des personnes de la communion catholique allèrent, il y a environ 15 jours, faire bénir un mariage dans la chapelle de M. le baron d'Espine, suivies d'un nombreux cortège et précédées d'un violon, qu'ils attirèrent un grand concours de peuple et que ce spectacle nouveau, et contraire à nos ordonnances ecclésiastiques, fut particulièrement en scandale par les plaisanteries indécentes dont il fut l'occasion, *parce que l'épouse, quoique fille, était mère de deux enfants, qui furent exposés dans un bois au commencement de cette année...*, etc., » arrêté de charger Mʳ le Syndic de Tournes de prendre des informations sommaires sur les faits et rapporter. » — Reg. des Conseils.

ponsable, et « les aigreurs » de son Résident n'eurent jamais — tout semble le démontrer — aucune influence sur
la politique bienveillante de la Cour de Turin à l'égard de
la République. La correspondance du comte de Hauteville,
nouveau Ministre des affaires étrangères, avec le Résident
de Sardaigne à la suite des désordres qui se produisirent
à Genève dès la fin de 1788 [1], témoigne encore de cette
vérité.

[1] Le 11 décembre 1788, un tumulte était survenu à « la comédie »
par le fait de l'expulsion administrative de l'actrice Dulac, fort goû-
tée du public genevois et plus particulièrement de quelques jeunes
gens de famille. La manifestation bruyante du mécontentement populaire avait eu pour conséquence la chute du rideau, l'intervention de
la garde et l'évacuation de la salle au milieu des sifflets, des invectives
et des huées. A dix heures du soir, le rassemblement des manifestants,
qui s'était reformé aux abords du théâtre, parut assez menaçant pour
qu'on dût faire avancer la troupe afin de dissiper cette naissante
émeute. Une grêle de pierres avait assailli les soldats du régiment
de la République, blessé un auditeur de justice, et plusieurs magistrats
avaient été insultés dans la mêlée. Cependant, force était demeurée
à la loi, quelques perturbateurs avaient été jetés en prison, d'autres,
en plus grand nombre, détenus au corps de garde ; l'ordre public avait
été rétabli, au moins en apparence, et le Conseil des Deux-Cents avait
approuvé dès le lendemain la conduite du Magistrat dans toute cette
affaire. Mais le Conseil n'en avait pas moins acquis non seulement
la certitude que l'esprit factieux d'une partie de la population genevoise, n'était pas éteint, ainsi qu'on s'en était flatté, mais encore que
les chefs exilés du vieux parti des Représentants avaient de secrets
émissaires dans la ville et des agents actifs prêts à rassembler à la
première occasion favorable tous les éléments d'une lutte nouvelle.
Telle était la situation politique à Genève dans les derniers jours
de 1788.

« J'ai reçu votre lettre du 26 du mois échu, écrit le
Ministre en date du 3 janvier 1789, (celle du 30 m'étant
aussi parvenue hier); j'ai eu l'honneur de les mettre sous
les yeux du Roi, qui a agréé le rapport que vous y faites
des particularités qui vous étaient revenues... au sujet des
mouvements que se donnent les partisans de l'ancienne
constitution de Genève pour exciter dans le sein de la République l'esprit de parti et de mécontentement qui y
règne encore contre le Gouvernement établi. Comme S. M.
est constamment dans les mêmes dispositions favorables
relativement au maintien de la tranquillité qu'elle a contribué à rétablir dans Genève par l'Édit de 1782, Elle m'a
ordonné d'informer Mr le marquis de Cordon [1] des moyens
et des intrigues que se proposaient d'employer à Paris les
réfugiés genevois qui s'y trouvent pour faire entrer le Ministre de France dans leurs vues [2]. J'attends conséquemment, Monsieur, les détails ultérieurs qui vous restaient à
nous communiquer à cet égard, pour prévenir cet ambassadeur de se tenir en garde contre leurs menées et pour
lui ordonner de diriger sa conduite, en ce qui pourrait avoir

---

[1] Ambassadeur de Sardaigne à la Cour de France.

[2] Le Ministre nouvellement rappelé aux affaires, Jacques Necker,
était alors circonvenu de toutes façons, afin de l'amener à prendre en
main la cause des Représentants, à renverser la Constitution de 1782,
et à assurer le triomphe de la démocratie genevoise. On lui dédiait
mêmes des odes !

rapport à cette affaire, d'une manière analogue aux intentions du Roi. »

Vaine sollicitude et vaine prévision du danger ! La République de Genève touchait alors au dernier période de son existence, et celle de la Monarchie piémontaise ne devait pas être de plus longue durée.

CHAPITRE VIII

Émeute victorieuse à Genève le 26 janvier 1789. — Changements constitutionnels imposés par le populaire. — Allégresse publique. — La question de la garantie. — Hésitation des puissances. — Développement de la Révolution. — Les exilés genevois à Paris. — Signatures de l'acte de garantie. — Rappel des exilés. — La disette et le transit des céréales en Savoie. — Libéralités du Gouvernement de Genève. — Situation politique générale. — Intrigues et menaces de la démagogie. — Nouveaux changements exigés dans la constitution genevoise. — Projet de Code. — Effervescence populaire. — Désordres à Carouge (1789-1790).

Le mot d'ordre venait maintenant de Paris pour le parti des mécontents, hostile au Gouvernement imposé à la République de Genève, et ce fait, qu'un historien genevois ne peut constater qu'avec tristesse, donne aux dernières luttes civiles dont cette cité fut le théâtre dès l'année 1789, une physionomie tout à fait nouvelle et sans aucun précédent, même aux époques les plus troublées de ses annales.

La misère publique, aggravée par le rude hiver de 1787-1788 et par l'insuffisance des dernières récoltes, était générale dès la fin de cette année désastreuse, et l'augmentation du prix du pain ne pouvait être supportée du plus grand nombre sans les plus douloureux sacrifices. Il fallut cependant que le Conseil se résolût à prendre cette mesure; encore doit-on reconnaître qu'il y procéda avec ménagement, car le prix du pain ne fut augmenté que d'*un cinquième*. Ce fut là néanmoins la cause première d'une violente émeute, dont les chefs des « malintentionnés » se hâtèrent de généraliser le mouvement dans un but tout autre que le pillage des boulangeries ou la révocation de la taxe, dont la publication était accueillie par les sifflets et les huées.

Nous n'avons pas à décrire ici les scènes affligeantes de cette journée du 26 janvier 1789, ni celles du lendemain. On sait que la révocation de l'arrêté impopulaire du Conseil, la mise en liberté de tous les factieux pris les armes à la main, et enfin le décret d'une amnistie générale, rien ne put calmer la foule des mécontents que déjà les agents « des frères et amis exilés » excitaient à la révolte. L'émeute s'était transformée en insurrection, et le Conseil militaire — ce désastreux pouvoir public — se déclarait impuissant à la réprimer. Quant au régiment de la garnison, sur lequel on avait tant compté!... il n'avait été d'aucun secours.

Un certain nombre dé ces mercenaires avaient déserté, d'autres avaient passé dans les rangs des factieux, qui les enivraient, les acclamaient et fraternisaient avec eux dans les tavernes. Enfin, l'attitude de ceux qui demeuraient encore sous les ordres de leurs chefs était si peu rassurante qu'on dut renoncer même à se servir de ces mauvais soldats pour les patrouilles de police pendant la nuit. La convocation du Magnifique Deux-Cents était aussi considérée comme dangereuse, et le Conseil hésitait à l'ordonner ; ajoutons que ce furent les citoyens amis de l'ordre qui, sans autre mobile que la défense de leurs foyers, organisèrent de nombreuses patrouilles de sûreté dans les divers quartiers de la ville. Les logis étaient clos et la porte n'en était ouverte qu'avec défiance, les boutiques demeuraient fermées, à l'exception des bureaux pour la vente du pain, dont la devanture avait été détruite par la populace. Les menaces de pillage et d'incendie entretenaient une inquiétude générale ; tous les cafés publics étaient comme autant de corps de gardes et ne désemplissaient pas d'allants et de venants, toujours en armes et toujours sur le qui-vive !

Telle était Genève à la fin de janvier 1789 ; le gouvernement légal n'y fonctionnait plus « qu'à bien plaire ; » aussi le Conseil s'était-il hâté de faire connaître au Résident de France et à celui de Sardaigne la situation critique dans laquelle il était placé, « pour les prier d'informer leurs Cours respectives, *sans rien requérir d'elles :* s'en remettant à ce que leur bienveillance envers cet État leur dictera en notre faveur. » Mrs de Berne avaient été avisés de même par un office transmis au bailli de Nyon, et les trois puissances, surprises par la soudaineté de l'événement, échangeaient déjà des notes diplomatiques touchant la convenance d'une nouvelle intervention collective dans les affaires de Genève, ou tout au moins relatives à la conformité de leurs démarches individuelles. Mais chacun des États coalisés en 1782 et garants de la Constitution, fragile soutien de l'aristocratie genevoise, avait maintenant les plus sérieux motifs de n'intervenir désormais dans ces troubles de la République qu'avec une extrême réserve : les ferments de la démagogie étaient dès lors comme autant de matières explosibles dispersées de tous les côtés, et, en voyant se ranimer à Genève ce foyer d'incendie qu'on croyait avoir éteint depuis longtemps, « les voisins du sinistre » n'avaient pas de préoccupations plus sérieuses que celle d'éloigner d'eux les dangereuses flammèches qui pouvaient prochainement les atteindre.

La Cour de Sardaigne n'en mit pas moins beaucoup d'empressement à répondre à la communication du Conseil. — « Du 3 février (1789), Noble Micheli... a rapporté que la dépêche dont M^r d'Espine a fait mention... est de

Mʳ le comte de Hauteville. datée de Turin le 31 janvier, et qu'il lui en a fait lecture. Elle porte que le Roi, ayant eu connaissance par ses lettres des 27 et 29 de ce qui s'est passé à Genève..., n'a pu apprendre qu'avec beaucoup de regrets les événements qui tendent à la replonger dans l'état de désordre et de combustion d'où les soins des Médiateurs étaient parvenus à la tirer en 1782, et que les dispositions de Sa Majesté sont les mêmes que celles qu'Elle montra à cette époque... Le Ministre ajoute : que c'est tout ce qu'il peut dire en ce moment des sentiments du Roi relatifs aux embarras du Conseil, mais qu'il espère encore que par la prudence, la modération et l'habileté des magistrats et des principaux membres du Gouvernement, la fermentation pourra être calmée et le calme renaîtra. En attendant de nouvelles informations [sur les affaires de Genève], Son Excellence a écrit à Mʳ le marquis de Cordon par ordre du Roi pour lui enjoindre, au cas que Mʳ le comte de Montmorin ne lui en ait pas déjà parlé, de sonder les dispositions du Ministère actuel de France sur la manière dont il les envisage, et quelles sont les mesures qu'il se propose de prendre pour apaiser les nouveaux troubles qui agitent la République. Sa réponse, en faisant connaître à la Cour [de Sardaigne] si les manèges des mécontents ont eu quelque succès dans le cabinet de Versailles, dirigera la conduite que S. M. jugera devoir tenir de son côté dans cette affaire. » Reg. des Conseils.

Tandis que les puissances garantes s'interrogeaient avec défiance et ne témoignaient nul empressement à se prononcer sur leur politique future quant aux troubles de Genève, un étrange désir d'apaisement se manifestait dans cette ville, encore ensanglantée par l'émeute, mais où la partie la plus saine de la population semblait ouvrir les yeux sur le bord de l'abîme. A cette heure, des Genevois de tous les partis s'entendaient sur un point — un seul ! mais c'était le plus important — : *la nécessité de faire eux-mêmes leurs affaires*, et la conviction (acquise, hélas ! par cinquante ans de dure expérience) que le salut de la patrie n'est jamais l'œuvre de l'étranger, mais peut et doit être celui de ses enfants. Des négociations s'ouvrirent entre les délégués du Petit-Conseil et le Procureur général, seul magistrat que le populaire genevois, encore imbu des traditions de son passé, voulût bien considérer comme son représentant d'office. Des modifications importantes à l'Édit de 1782, ou, plus exactement, la refonte de cette Constitution détestée, furent requises « au nom du parti le plus fort [1]. » C'était une impérieuse nécessité, disait-on ; les Conseils cédèrent sur tous les points : on décréta le rappel des bannis, la restitution des armes aux citoyens,

---

[1] « Il est parfaitement clair qu'on veut changer entièrement la Constitution, et il faudra bien céder au parti le plus fort, *comme l'on fait par tous pays...* » Lettre de Necker de Germany. Voir : D'un siècle à l'autre, vol. 1, p. 179. J. Galiffe.

l'élection des magistrats par le Conseil général, le rétablissement des « tirages » et des sociétés militaires, l'autorisation d'établissement des cercles politiques (ils existaient en fait depuis plusieurs années), etc. Puis, ce projet
constitutionnel, subversif de l'Édit de 1782, après avoir
été voté en grande hâte par le Deux-Cents, fut accepté
avec enthousiasme en Conseil général par 1321 voix contre
52. On devine le reste : illuminations, salves de canon, son-
neries de cloches, prières publiques d'actions de grâce,
etc. On enguirlandait à présent les magistrats de la République [1] ! et plusieurs de ceux-ci — ceux entre autres qui

[1] « On a publié l'approbation de l'Édit. Après la prière, M. le Premier a levé la séance, les orgues de l'église se sont fait entendre, toutes les cloches des temples ont sonné ; le Mag. Petit-Conseil est revenu
à la salle basse de l'hôtel de ville, accompagné du même cortège qu'en
allant à St-Pierre. Une foule immense de peuple remplissait les rues,
des jeunes gens en uniforme très propre, précédés d'une nombreuse
musique et tenant en main une longue guirlande de fleurs, ont formé
une haie sur le passage du Conseil et l'ont accompagné jusqu'à l'hôtel de ville, où étant arrivés quelques-uns d'entre eux se sont présentés devant MM. les Syndics et ont chanté en chœur des couplets exprimant leur joie de l'union qui régnait dans tous les cœurs, et l'un de
la troupe a adressé un compliment au Conseil sur cette heureuse
journée.

« De la foule qui remplissait les rues et les fenêtres des maisons sur
le passage du cortège s'élevaient sans cesse des cris d'allégresse et des
bénédictions pour les magistrats, et des battements de mains. Plusieurs citoyens sont entrés après le Conseil dans la salle basse et lui
ont manifesté par les expressions les plus touchantes leur reconnaissance et leur satisfaction, et l'espérance qu'ils avaient que l'union

avaient failli perdre la vie, il y avait à peine quinze jours, au milieu des flots irrités du populaire — devaient se demander s'ils faisaient un rêve...

Le sentiment de la réalité dégagé de toute illusion dut se retrouver, il est vrai, pour le Conseil, quand au lendemain de ce jour d'ivresse on reconnut la nécessité d'aviser sans délai les puissances garantes de l'Édit de 1782 du brusque changement que la violence populaire venait d'introduire dans cette Constitution. Quel accueil ces puissances, assurément mécontentes de l'événement, allaient-elles faire à la demande qu'il fallait encore leur adresser : de vouloir bien approuver « cette révolution politique » et même d'en garantir les conséquences?... — A Paris, l'ambassadeur de Sardaigne se bornait à assurer l'agent officiel de la République du désir sincère de S. M. de remplir les en-

---

entre le Magistrat et le peuple ne serait plus troublée. Tous les membres du Conseil ont embrassé avec cordialité et avec attendrissement ces citoyens et leur ont témoigné qu'ils avaient une entière confiance en la sincérité de leurs protestations, et qu'ils mettaient ce jour au nombre des plus beaux jours de la République.

« On a fait une salve d'artillerie placée sur « la Treille » et au bastion de Hollande; on a tiré 101 coups de canon. L'allégresse du peuple a continué dans la soirée, la plupart des maisons étaient illuminées et les rues éclairées de temps en temps par une multitude de flambeaux, tout retentissait de cris de joie, du son des instruments et des chants. Mr le baron d'Espine [Résident de Sardaigne] et Mr de Malagny [Résident de France] avaient eu l'attention de faire illuminer leurs hôtels. » — Reg. des Conseils.

gagements qu'Elle avait pris : d'assurer le bonheur de Genève, » et le ministre Necker, auquel le même agent communiquait les onze « propositions » dont la Bourgeoisie avait requis l'introduction dans la Constitution revisée par l'émeute, répondait au sieur Armand Tronchin que, quant à lui, *il lui fallait du temps pour y réfléchir*...[1] » A Turin, le comte de Hauteville ne tenait pas un langage plus explicite, et, selon les communications officieuses du baron d'Espine, le rappel des exilés genevois de 1782 était la mesure qui déplaisait le plus à son Gouvernement, comme étant directement contraire à la pacification de la République que chacun à Genève disait maintenant se proposer. Ajoutons enfin qu'à Berne on demandait secrètement à connaître l'avis de S. M. tr. chrétienne avant de se prononcer ; en sorte que jamais le proverbe « à nouveaux faits, nouveaux conseils » ne paraît avoir été invoqué d'un accord tacite plus unanime pour dissimuler les embarras de la diplomatie[2].

---

[1] Ce temps manquait au Ministre, plus préoccupé alors de la convocation prochaine des États généraux et de la duplication du Tiers-État dans l'assemblée que des affaires de Genève.

[2] « Je sais de source qu'on se donnera à Versailles le temps de réfléchir sur la garantie, que l'on y attend l'avis de la Cour de Turin et que le canton de Berne a demandé celui du Roi... » — Lettre de Tronchin. Paris, 24 février 1789. Porte-feuilles historiques. Arch. de Genève.

Un seul homme d'État (mais celui-ci n'était plus aux affaires) faisait entendre au Résident genevois le rude langage de la vérité. — « Monsieur Hennin ne fut pas aussi réservé avec moi que l'avait été le Ministre, écrit Tronchin au Conseil. Il me dit franchement que c'était se moquer des puissances garantes que de leur envoyer à garantir un édit qui renversait dans tous les points essentiels un ouvrage devant assurer à jamais notre tranquillité ; que s'il était consulté, il établirait clairement qu'Elles ne le devaient point [faire] sans se manquer à elles-mêmes, et sans faire le malheur de la République…, etc. » *Lettres de T.* Paris, 23 février 1789. Porte-feuilles historiques. Arch. de G.

Cependant les communications « inofficielles » du Résident de Sardaigne témoignaient clairement que la Cour de Turin était disposée à reconnaître la validité du fait accompli. « L'insurrection du peuple, disait le baron d'Espine dans l'intimité, pouvait avoir des suites fâcheuses après l'essai infructueux qu'avait fait le Conseil de l'emploi de la force militaire….. Quelque portées que fussent les puissances garantes à soutenir les lois de 1782, la dite Cour ne saurait qu'applaudir au parti [de se soumettre à la nécessité] que venaient de prendre les magistrats de la République…, *car ce que fait la force a besoin d'être soutenu par la force.* M. le marquis de Cordon a tout lieu de croire

que le cabinet de Versailles envisagera cette affaire sous
le même point de vue... On y témoigne le désir que les magistrats [de Genève] puissent réussir à apaiser les troubles
sans secours étrangers. Sa Majesté Sarde entre avec plaisir dans les dispositions qui pourront le mieux contribuer
à assurer le repos et la prospérité de la République. Ce fut
l'unique but de son intervention dans la pacification de
1782. C'est dans cet esprit qu'*Elle insista auprès des co-*
médiateurs pour faire réformer certains articles qui s'éloi-
gnaient trop de la forme et de l'essence primitive de l'ancienne
constitution de Genève, et ce ne fut qu'à regret qu'Elle sous-
crivit à en laisser passer d'autres qui auraient eu besoin
d'être adoucis. D'après ces principes, il est aisé de juger que
S. M. ne saurait voir avec déplaisir les changements qui
viennent d'être opérés. S. M. se réserve de manifester elle-
même ces sentiments au Conseil, lorsqu'elle aura reçu la
lettre qu'il doit lui écrire, et lorsqu'elle sera plus particulièrement instruite des dispositions de S. M. très chrétienne, relativement à la nouvelle garantie que la République se propose de demander. »

Bien des mois de cette orageuse année devaient s'écouler encore avant que cette garantie, dont nous avons aujourd'hui quelque peine à comprendre l'importance pour
la République[1], lui fût enfin accordée, car le Roi Louis XVI

[1] Que pouvait être désormais cette garantie? La réponse nous est

ne consentit à donner sa sanction au bouleversement de
l'Édit de 1782 que le 1er juillet (quatorze jours avant la
prise de la Bastille!) Berne ne se montrait encore nullement disposée le 11 août à suivre cet exemple de condescendance, et la Sardaigne ne fit connaître son adhésion à
la détermination de la France que dans les premiers jours
de novembre. — « Les puissances sont d'accord quant à la
garantie, écrivait alors le comte de Hauteville au baron
d'Espine, et cette affaire aurait pu être terminée incessamment sans les démarches qu'ont faites avec succès, auprès du Ministre de France, les exilés genevois qui, non
contents d'être réintégrés dans leurs droits de citoyens,
veulent encore l'être dans toutes les places qu'ils occupaient avant l'Édit de 1782. M. de Montmorin, en faisant
part à M. le marquis de Cordon de l'intention où serait la
Cour [de France] d'adhérer à cette demande..., l'a requis
de demander là-dessus le consentement de S. M. [le Roi de
Sardaigne]..., le Roi ne juge pas à propos de faire donner

donnée par le sieur Necker de Germany (frère du ministre), dont
la correspondance renferme, entre autres passages intéressants,
l'observation suivante : « Il ne faut pas se dissimuler que dans un
moment où la cause du peuple et de la liberté est devenue si favorable (lisez : en faveur), la répression, par la force, de la démagogie genevoise ne fût très impopulaire en France. » Elle l'eût été
tout autant — ajouterons-nous — à Berne, en Piémont, et en
Savoie.

aucune réponse précise sur cette instance du ministère Français avant de connaître la sensation qu'elle aura faite à Genève, et si l'on ne croira pas convenable d'y faire quelques représentations sur le danger qu'il y aurait à adhérer à la demande des exilés..., etc. »

Tout en respectant ainsi l'initiative du gouvernement, devenu si précaire, de la République, Victor-Amédée III ne s'en montra pas moins disposé à faire connaître au Magistrat de Genève qu'il accédait personnellement à ses demandes. La lettre Royale, dont nous abrégerons quelques passages, était de la teneur suivante : « Tr. Ch. et B. amis — quoique nous ayons différé de répondre à la lettre que vous nous adressâtes le 17 février dernier (!), vous aurez déjà pu connaître par les sentiments que nous vous avons fait manifester, combien nous étions disposé à adhérer à la double demande que vous nous y faites. Nous n'attendions pour nous déterminer là-dessus que de pouvoir juger si cette condescendance de notre part remplirait l'espoir où vous étiez de rendre désormais invariables parmi vous les sentiments de satisfaction, de confiance et de paix qu'avaient fait éclater les différents ordres de l'État dans la sanction du nouvel Édit dont vous sollicitez la garantie. — Dès lors ayant eu lieu de nous persuader qu'ils persévéraient dans leur attachement pour cet ouvrage de concorde et de réconciliation...., nous n'avons plus hésité de faire part au Roi Tr. chrétien et au canton de Berne des dispositions où nous étions à cet égard. Nous avons eu la satisfaction de les trouver dans des sentiments conformes aux nôtres... Nous allons conséquemment autoriser notre Résident, M. le baron d'Espine, à s'entendre là-dessus avec celui du Roi Tr. chrétien et le député qu'enverra à cet effet le Louable canton de Berne, et *à donner en même temps notre consentement, tant au retour de ceux de vos concitoyens qui furent exilés à l'occasion de vos anciens troubles, qu'à tout ce qui a été stipulé en faveur des autres par les articles 25 et 26 du nouvel Édit.* Nous désirons bien sincèrement que ce nouveau témoignage de notre empressement pour tout ce qui peut contribuer au maintien de la tranquillité de votre ville, et de la part que nous prenons au bonheur de ses habitants puisse augmenter leur confiance dans les dernières lois qu'ils ont sanctionnées... — Sur ce, nous prions Dieu, Tr. ch. et B. amis, qu'il vous ait en sa sainte garde. — Écrit à Montcalieri, le 31 octobre 1789.

Signé VICTOR-AMÉDÉE.

Contre-signé DE HAUTEVILLE. »

Mais tandis que la diplomatie des anciens Coalisés de 1781 s'attardait en stériles débats touchant l'extension de la garantie, le temps avait marché! et les divers épisodes de cette époque mémorable se succédaient avec une rapidité effrayante. Déjà les idées générales, les mœurs, les institutions politiques, tout se modifiait, se renouvelait et s'animait d'une vie fiévreuse et désordonnée. En France, les revendications populaires de la veille étaient sans cesse dépassées par celles du lendemain. Aux États-Généraux du royaume, si solennellement préparés, avait succédé en quelques heures une Assemblée nationale se déclarant constituante. La voix tonnante de Mirabeau y faisait, pour la première fois, retentir le mot magique de *liberté*. La Bastille était prise (14 juillet), Necker disgrâcié, puis rappelé et devenu l'idole fragile du populaire, s'efforçait encore de conjurer la ruine des finances de l'État et la misère publique. Dans l'Assemblée, les droits féodaux, les servitudes et les distinctions civiles étaient proscrits à grands cris et pour jamais (4 août), la presse était libre — absolument libre! — (27 août), mais le château de Versailles était saccagé par l'émeute (5 octobre) et, tandis que « l'Assemblée » délibérait froidement sur le premier chapitre « des droits de l'homme » à quelque distance de scènes atroces, le Roi, la Reine, le Dauphin de France, pâles victimes vouées au martyre, étaient ramenés victorieusement dans Paris par une populace ivre de tous les excès!

Laissons tomber les voiles qui recouvrent ces faits

déplorables!... C'est à propos de quelques Genevois triste-
ment notables en ce temps-là, que nous les avons soulevés
non sans regret, et seulement pour jeter un coup d'œil
sur le sombre tableau de l'histoire générale.

On sait quelle était déjà dans Paris l'importance politique des clubs et des pamphlets; les bannis de Genève —
dont nous sommes bien contraints de parler incidemment —
n'avaient pas négligé ces grands moyens d'exercer une active influence dans l'ardent foyer de la Révolution. Plusieurs d'entre eux, semblables en cela aux tribuns qu'ils
prenaient pour modèles, unissaient à quelque talent
beaucoup d'audace et d'activité. Ces gens-là, après avoir
longtemps importuné les Ministres de leurs griefs personnels et de leurs pressantes réclamations, circonvenaient
maintenant les hommes les plus marquants de l'Assemblée
nationale « dont plusieurs d'entre eux secondaient les travaux [1]. » Le rédacteur du *Journal de Provence* [2] s'était fait
leur protecteur, et La Fayette lui-même leur avait promis
son aide puissante. Déjà le 22 août (1789), le Conseil de
Genève recevait d'un citoyen, demeuré inconnu de nous,
la copie fragmentaire de la lettre suivante, où les criminelles tentatives des exilés de Genève n'étaient que trop
clairement révélées. — « Si tu as quelques relations sûres

---

[1] Monnard. *Hist. suisse*, liv. XIV, chap. VIII, p. 430.
[2] Mirabeau.

avec quelqu'un de nos magistrats, dis-lui ce qui suit, en le prévenant que je ne donne pas cet avis à la légère : Le gouvernement [de Genève] doit être sur ses gardes; un des principaux boute-feu l'a dénoncé aux États-Généraux, le marquis de La Fayette doit y porter « l'affaire de Genève. » *Deux chefs exilés ne quittent pas Versailles et sont intimes des meneurs.* Ceux-ci veulent remettre en liberté, non la France seulement, mais le reste de l'Europe : la Hollande, le Brabant, *Genève et la Suisse* en particulier. Ils espèrent tout de l'exemple et du progrès de la contagion... — Qu'on observe les émissaires, qu'on ménage la Bourgeoisie et qu'on lui fasse sentir le danger inappréciable de la circonstance... »

Enfin les exilés genevois jetaient le masque et proclamaient eux-mêmes leurs coupables menées. Leur but, disaient-ils sans témoigner nulle honte, était de solliciter l'intervention de l'étranger pour contraindre Genève qui les avait chassés à leur rendre « une éclatante justice. » On sait assez comment il fallait entendre ce langage, et que *la justice éclatante* rêvée par ces mauvais citoyens, c'était simplement le triomphe de la démagogie et l'oubli de trois cents ans de liberté!

La lettre suivante, datée de Paris le 20 octobre (1789), et que l'ancien Procureur général Du Roveray adressait à Mre de Berne, soit à l'un de leurs magistrats, pour dissuader ceux-ci de souscrire à la garantie, fut communiquée au Conseil par l'avoyer de Steiguer : « Quelques soient les suggestions qui puissent à cet égard vous venir de Genève, rien ne serait plus propre à compromettre désagréablement votre République qu'une trop grande précipitation dans cette affaire importante, car je dois vous déclarer, Monsieur, que je suis prêt, de concert avec quelques-uns de mes concitoyens résidant à Paris, et au nom d'un grand nombre d'autres, à demander au Conseil du Roi, et s'il faut à l'Assemblée nationale, une éclatante justice des atrocités de 1782, et d'après tout ce que nous avons à exposer, je ne doute pas que le Roi et la Nation n'y concourent. Plusieurs membres des plus éclairés de cette auguste Assemblée m'ont donné à cet égard des assurances sur lesquelles je suis en droit de compter. Ils se disputent l'honneur de faire cette motion qui couvrira de gloire son auteur et l'assemblée qui lui aura donné son approbation (!). Ce qui en résultera me paraît mériter toute votre attention..., etc. »

Une autre lettre de Paris, communiquée aussi par l'avoyer bernois, portait les mêmes menaces, mais en d'autres termes : « Que l'on ne s'inquiète pas de la garantie — disait-on arrogamment dans cette missive anonyme — le moment de la culbuter ignominieusement ne tardera pas; on ne conçoit pas même comment Berne ne cher-

che pas à temporiser plutôt que de s'exposer à se compromettre..., etc. » Mais dans la vieille cité bernoise le
Magistrat, comme aussi le populaire ne fut jamais enclin à
se laisser intimider. L'acte de la garantie était signé à
Genève le 9 décembre (1789) par les plénipotentiaires des
trois puissances — M. de Malagny (France), M. d'Espine
(Sardaigne) et M. de Graffenried (Berne) — puis la communication officielle de cette nouvelle convention internationale était faite le 10 au Magnifique Deux-Cents, et le 11
au Conseil général. Quant aux ratifications de cet inutile
instrument diplomatique, « écrit sur velin, en trois exemplaires, ornés de sceaux officiels attachés de lacs or et
bleu, » elles ne furent échangées... que six mois plus tard.

Les exilés genevois furent rappelés (10 février 1790) et
déclarés aptes à exercer tous les droits de citoyen et à
reprendre les places qu'ils occupaient dans la République
avant l'Édit de mars 1782 — « bien entendu, lit-on dans
le Registre des Conseils, qu'ils satisferont au serment
[de fidélité] à l'Édit avant que de pouvoir siéger dans les
dites places. » Mais un certain nombre seulement de ces
proscrits répondirent à cet appel, les autres le dédaignè-
rent : des perspectives plus brillantes pour eux s'ouvraient
alors, se disaient-ils, dans les champs de l'avenir. C'est dans
les clubs de Paris, c'est dans les tribunes de l'Assemblée
nationale que leur place était marquée, c'est là que ces

enfants dénaturés de la patrie genevoise ne se souvenaient
d'elle que pour la désigner à la malveillance de l'étranger [1].

[1] « *Du 1 janvier 1790.* — Sur l'observation qui a été faite qu'on ne
cesse de publier en France, soit par la voie des journaux, soit dans
des brochures particulières, des calomnies contre notre Gouvernement, qu'on en a abreuvé l'Assemblée nationale, que quelques-uns de
ses membres, liés d'intérêts et de vues avec des chefs de parti genevois, ont avancé des mensonges de toute espèce contre nous dans
cette assemblée même et ont formé le projet de la faire intervenir
dans nos affaires intérieures et en particulier dans notre garantie,
que les sieurs Clavière, Du Roveray et Dumont ont ouvertement menacé de la nécessité de ce projet, qu'ils ont osé s'attribuer une mission de la part de la pluralité des habitants de Genève pour porter à
la connaissance de la nation française leurs plaintes sur l'oppression
prétendue où le Gouvernement, soutenu par la garantie, tient le
peuple, qu'on a vu dernièrement une lettre imprimée sous le nom
de ces trois particuliers et écrite à l'un des membres de l'Assemblée,
auquel ils ont su persuader leurs mensonges et inspirer leur haine,
dans laquelle ils développent sans déguisement leurs desseins déjà
connus, qu'à l'occasion du don offert par les Genevois aux Finances
de France, et refusé par l'Assemblée nationale, on a rassemblé toutes
les calomnies et les insinuations perfides dont on pouvait faire usage
pour la soulever contre nous, que, quoiqu'il fût contre toute raison
que cette Assemblée se saisît de ce qui nous concerne, on ne saurait
être tout à fait tranquille sur l'événement, quand on voit ce que nos
ennemis ont osé et pu exécuter...: sur quoi l'avis a été de charger
les Nob. Galatin, Rigaud et Turrettini d'examiner ce qui est proposé
et de rapporter céans leur préavis. »

« *Du 5 janvier.* — Les Nob. G., R. et T. ont rapporté que, s'étant
occupés des moyens qu'on peut employer pour détruire l'effet des
calomnies qu'on répand en France contre nous et auxquelles l'Assemblée nationale s'est laissé entraîner à donner créance: ils ont pensé
qu'il conviendrait de dresser un mémoire... afin de détromper ceux

Quant à ceux qui rentrèrent dans leurs foyers, on les vit reparaître dans Genève, ainsi que le Magistrat l'avait prévu : en factieux, en agitateurs, mais non comme citoyens soumis aux lois de la République. Eux aussi nourrissaient de criminelles espérances et, moins préoccupés du sort de leur cité natale que de la marche de la « Révolution, » ils trafiquaient déjà avec la démagogie française de l'asservissement de leurs concitoyens... Que leurs noms soient effacés de l'histoire! Il nous plaît de ne pas même les remémorer.

Le cours des événements révolutionnaires nous oblige à donner plus d'étendue à nos investigations, et dès l'époque où nous voici parvenus (1790), les relations internationales de la Cour de Sardaigne avec Genève ne peuvent plus être étudiées isolément, car c'est le plus souvent dans des faits étrangers à leur histoire qu'il convient d'en rechercher la cause. Que l'on ne s'étonne donc pas si l'on écarte désormais de ce récit beaucoup d'incidents ordinaires de la politique locale, car ces faits secondaires s'amoindrissent d'autant plus que les préoccupations d'intérêt géné-

qui pourraient avoir été abusés de bonne foi..., etc. » — Reg. des Conseils.

Dans cette Assemblée nationale, déjà systématiquement si malveillante pour Genève, *ceux qui pouvaient avoir été abusés de bonne foi* étaient vraiment en bien petit nombre! et pour les autres un mémoire était inutile.

ral deviennent plus vives. Cependant il en est d'autres que
nous rappellerons ici, car ils témoignent dans l'un et
l'autre pays des mêmes efforts soutenus en vue d'un
même but : la sauvegarde de l'ordre public, le bien-être
des populations, le maintien du règne des lois et, plus encore, la défense de l'indépendance nationale. Voici sous
une forme sommaire quels furent les principaux de ces
épisodes.

Dès l'année précédente (1789), la disette générale dont il
a été parlé ci-dessus, avait engagé le Conseil à prendre toutes les mesures requises en pareil cas pour éviter le danger
de la famine. La Cour de Turin, dans l'impossibilité d'accorder la sortie des blés de Savoie, pays où la pénurie des
ressources en céréales était extrême, autorisait les Genevois comme on l'avait fait naguère dans les mêmes circonstances, à se pourvoir des blés de Sardaigne en dépôt
à Nice, et ce blé était généreusement offert aux requérants, à raison de 4 livres 10 sols l'émine, « prix auquel ce
blé revient au Roi, rendu à Nice. » Malheureusement deux
circonstances fâcheuses paralysaient pour les Genevois les
bonnes intentions du Ministre : d'une part, le transport
par la traversée des Alpes était comme toujours beaucoup trop coûteux [1], et d'un autre côté le transit par la voie

---

[1] L'émine, payée 7 florins et demi à Nice, revenait à 80 florins à
Genève.

fluviale devenait impossible, tant les excès du populaire
étaient à redouter dans toutes les provinces de France,
où le défaut des céréales paraissait être encore plus grand
qu'en Savoie, en Suisse et à Genève [1]. La Chambre des
blés de cette ville n'avait donc usé que fort discrète-
ment des facilités qui lui étaient offertes et les recherches
d'approvisionnement des greniers de la République avaient
dû être dirigées d'un autre côté. Il est vrai que les démarches du Conseil auprès du gouvernement Sarde furent plus
heureuses quant au transit des récoltes genevoises faites
dans le mandement de Peney, récoltes que les autorités
françaises refusaient obstinément de laisser passer sur
leur territoire. On obtint de la bienveillance du Ministre
que ces blés traverseraient librement le Rhône au port
d'Aire-la-Ville, et que de là ils seraient conduits à Genève,
moyennant des passeports délivrés gratuitement par l'Intendant de la province de Carouge. Le Résident de Sardaigne fit même savoir officieusement au Conseil qu'à Turin les Ministres étaient favorablement disposés pour qu'on
adoucît relativement aux Genevois la rigueur des prohibi-
tions concernant la sortie des blés de Savoie. « Rapporté
que s'il était possible de prendre des arrangements pour

---

[1] Le 10 octobre (1789) la coupe de blé se vendait 25 livres à Gex
et à Nantua, « tandis que le plus beau froment ne valait que 18
livres [à Genève]. »

que nous tirassions de la Savoie des grains, sans les faire trop renchérir, *et en convenant des mesures à prendre pour qu'ils ne passassent pas en Suisse*, ils y entendraient volontiers et modéreraient les défenses de la sortie. » En conformité de ces dispositions de la Cour, l'Avocat fiscal général de Savoie faisait savoir au baron d'Espine, pour qu'il en avisât le Conseil, que « comme ils ne désirent rien tant que d'entretenir avec la République les liaisons d'amitié qui subsistent, ils se sont empressés à adhérer à la réquisition faite à M^r le baron d'Espine, en employant les précautions indispensables pour éviter l'abus..., etc. » Mais le moment approchait où les Genevois seraient appelés à montrer à leurs voisins de Savoie que ces réitérés témoignages de la bienveillance du gouvernement de Sardaigne n'étaient pas oubliés.

Au mois de juin (1790), la disette était devenue un fléau qui sévissait partout et qui donnait les plus graves inquiétudes. Le prix du blé était excessif, bien qu'on fût enfin, au moins selon les apparences, à la veille d'une belle récolte. La plupart des sujets de la République étaient dénués de ressources alimentaires, et depuis plusieurs mois le Conseil avait la lourde tâche de venir en aide à ces « communautés » rurales, tout en alimentant, au moins partiellement, les marchés hebdomadaires de la ville. Le blé s'y vendait alors 69 florins la coupe. Ce fut dans ces circonstances difficiles que l'Intendant de la province de Carouge fit prier le Conseil de vouloir bien venir en aide à ses malheureux administrés, en faveur desquels il demandait un prêt de 800 coupes ; elles lui furent accordées sans hésitation. « Noble Turrettin a été chargé de se rendre auprès de M^r d'Espine et de l'informer de la résolution qui vient d'être prise, en lui témoignant la satisfaction du Conseil de ce que notre approvisionnement actuel nous met en état de rendre service aux sujets de Sa Majesté [1]. »

Le 14 juin — même demande de l'Intendant du Chablais en faveur des communautés de Douvaine, Massongy, et Loysin « où la disette est très grande. » Ces malheureux demandaient 110 coupes, et à peine les avaient-ils reçues qu'ils en demandaient encore 300 ; ces secours furent accordés de suite, et conformément au vieil adage *bis dat qui cito dat*, mais la délibération qui s'ouvrit à ce sujet dans le Conseil nous révèle un fait de nature à donner d'autant plus de prix à l'aide que le gouvernement Sarde recevait du Magistrat de Genève : La misère publique était criminellement exploitée par les émissaires de « la Révolution » en Savoie comme en Suisse et dans le bailliage de Gex. « M. le Premier a ajouté que le Conseil avait été prévenu que de telles demandes nous seraient adressées..., qu'il conféra de cette réquisition avec les Nobles

[1] Reg. des Conseils.

Micheli et Thélusson, qu'ils étaient instruits d'une fermentation sourde dans les esprits de quelques cantons du Chablais, [fermentation] qui pouvait faire craindre les effets
de la disette à laquelle plusieurs paroisses sont exposées
actuellement, nonobstant les mesures qui avaient été prises pour la prévenir, que les informations qui leur sont
parvenues leur persuadèrent qu'il ne fallait pas attendre...,
et qu'ils se crurent autorisés par ce qui avait été dit céans
à remettre sans délai les 110 coupes demandées... »

Le même jour on recevait communication d'une lettre
adressée par exprès au Résident de Sardaigne au nom du
Conseil de ville de Chambéry. A cette lettre était joint un
extrait de délibération de ce corps municipal, tendant aux
mêmes fins que les requêtes précédentes et dont voici la
teneur : « La ville, assemblée en Conseil extraordinaire...,
réfléchissant sur les inconvénients dans lesquels un retard
dans la perception de la récolte entraînerait, considérant
que le blé qu'elle a en magasin pourrait être insuffisant pour
subvenir aux besoins de la communauté... et désireuse d'y
pourvoir, a délibéré de prier la Sérénissime République de
Genève de lui prêter jusqu'à concurrence de mille coupes de
froment, restituables en nature... dans le mois de décembre
ou [dans celui] de janvier suivant. Elle a jugé à propos de
s'adresser à M[r] le baron d'Espine..., espérant de son zèle et
de son patriotisme connus qu'il voudra bien interposer ses

bons offices auprès des administrateurs de la Sérénissime
République pour traiter en conformité de cette demande...,
etc. » — Ainsi fut fait, et la communauté de Chambéry
obtint, sinon le tout, au moins la plus grande partie [1] du
secours qu'elle sollicitait. L'Intendance de Carouge qui
« revenait à la charge » eut encore 200 coupes le 18 juin,
et le 22 du même mois le Magistrat de Genève décidait
d'en envoyer 100 à la ville de Rumilly.

Cette conduite très généreuse du gouvernement genevois, dans des circonstances particulièrement difficiles,
avait déjà fixé l'attention de Victor-Amédée III, qui avait
fait témoigner par son Résident dès le 15 juin « tout le
plaisir qu'il en ressentait, » mais le 28 juin on reçut en
Conseil communication d'une lettre beaucoup plus explicite, et très honorable aussi pour la République : « Lecture a été faite de ce que Mr de Hauteville marque à M[r] le
baron d'Espine, tel que suit : — On n'avait pas lieu de
prévoir ici que la Savoie aurait pu se trouver dans une
aussi grande disette de grains qu'elle l'est actuellement.
De sorte qu'on n'a plus été assez à temps d'y pourvoir, vu
les retards que l'éloignement et la difficulté des transports
font éprouver aux approvisionnements que le Roi a ordonné d'y faire passer dès qu'il fut mieux informé du

[1] 800 coupes.

véritable état des choses. Il est heureux, dans ces fâcheuses circonstances, que les greniers de la République se soient trouvés assez abondamment pourvus pour la mettre à même de venir au secours des provinces dont le besoin était le plus pressant. Le désintéressement, la promptitude et la manière gracieuse avec lesquels les magistrats se sont prêtés aux différentes réquisitions que vous leur avez faites à cet égard, sont bien propres à cimenter de plus en plus la bonne harmonie et correspondance qui subsistent entre les deux États. C'est ce que vous aurez soin, Monsieur, de manifester de nouveau, et, en réitérant au Conseil les assurances de la sensibilité de S. M., vous ne manquerez pas d'y ajouter celles du bon souvenir qu'Elle conservera de l'empressement qu'il a mis à fournir aux provinces de Savoie la quantité de blé dont elles avaient dans ce moment un si pressant besoin. »

Mais ce n'était pas seulement le fléau de la disette qui menaçait la Savoie et Genève : d'autres dangers surgissaient maintenant pour le gouvernement de Sardaigne et pour celui de la République dont la mutuelle assistance n'avait jamais été plus nécessaire. En France, où déjà tout se préparait pour la « réunion » du Comtat Venaysin [1], le

---

[1] Décrété seulement l'année suivante (14 septembre 1791) par l'As-

Résident de Genève à Versailles recevait tous les jours,
disait-il, de nouveaux avis : qu'on préparait une insurrection démagogique à Genève, et que Fribourg, Berne et
son pays de Vaud, le Valais et la Savoie étaient aussi des
pays « travaillés. »

Il est vrai que le Conseil de Genève témoignait, dans sa
correspondance officielle, ne point partager ces craintes,
mais le secret des lettres à destination de Paris n'existait
plus depuis plusieurs mois, et les secrétaires d'État, dont
il faut rechercher la pensée intime entre les lignes de leurs
missives, écrivaient maintenant comme si celles-ci devaient
être portées directement à la tribune de l'Assemblée nationale.

« Je ne vous ai point entretenu, Monsieur, — écrit Noble
Puerari d'ordre du Conseil au Résident genevois Tronchin, — de l'état de la Savoie, parce que nous n'avons
nous-mêmes que des informations peu sûres... En général, il paraît que la disposition du peuple est plus heureuse qu'on ne s'est plu à la représenter, et d'ailleurs il
n'est pas douteux (?) que la conduite prudente et pater-
nelle du Monarque est des plus propres à satisfaire ses
sujets et à éloigner toute idée, comme aussi toute possi-

semblée nationale dont la politique apparente était toujours de se
faire longtemps solliciter par les populations révolutionnées, aspi-
rant, disait-on dans le langage officiel, « à l'honneur de la réunion ! »

bilité, d'une révolution. *Mais j'avoue qu'il serait difficile de calculer quelle pourra être sur cet État voisin l'influence du sort des Français, s'ils sont assez heureux pour fixer dans leur patrie, avec une constitution libre, la sûreté, l'abondance, le commerce, l'industrie, les vertus et les arts...* » En d'autres termes, et sans tenir compte de ces plates adulations « à la cantonade, » on ne pouvait déjà répondre de rien quant à la stabilité des institutions politiques de la Savoie, et si le secrétaire du Conseil avait osé tout dire, il aurait certainement ajouté que désormais l'existence de l'ancienne République de Genève ne semblait pas plus assurée à ses magistrats découragés !

En Savoie, les agissements secrets des émissaires venus de France, les idées subversives qui gagnaient peu à peu un certain nombre d'adhérents dans les villes, et les menaces à peine déguisées venues de Paris, ces causes diverses avaient déterminé le gouvernement Sarde à renforcer les garnisons du duché dès le mois de juillet 1790. D'ailleurs l'anniversaire bruyamment annoncé de la prise de la Bastille était prochain, et cette commémoration révolutionnaire pouvait faire naître soudainement quelque incident politique dont on avait lieu de redouter les conséquences [1].

---

[1] Cette augmentation des garnisons piémontaises, mesure à

A Berne, où les mêmes préoccupations et les mêmes
défiances dictaient de semblables mesures, le souverain
Conseil, à la nouvelle de troubles qui venaient d'éclater
dans le Bas-Valais, décrétait la mobilisation de 3,000 hommes de milice « pour se tenir prêts à marcher suivant
l'ordre de piquet et non comme volontaires. » On mobili-
sait aussi un train d'artillerie, et déjà un corps de 600 à
800 hommes bordait la frontière du Valais « pour en maintenir la sûreté, dans l'état de discorde où se trouve ce
pays par l'insurrection du Bas-Valais [1]. »

A Genève, où le Magistrat, reconnu pour être sans force
et sans appui dès les événements de l'année précédente,
avait à garder de bien plus grands ménagements et où
la démagogie française avait des adhérents en bien plus

laquelle la Cour de Turin ne voulait pas paraître donner trop
d'importance, était en réalité peu considérable et se répartissait
comme suit : Deux bataillons du régiment de Saluces (à Chambéry)...................................... 1000 hommes.
Deux bataillons du régiment de Lombardie (à Annecy)..................................... 1000 —
Huit compagnies de grenadiers (en diverses localités) 600 —
Le régiment d'Aoste-cavalerie réparti de même.... 500 —
Un détachement de milice mobilisée de la Maurienne .... 120 —
Un détachement de milice mobilisée du Genevois.. 120 —

Total..... 3340 hommes.

[1] Reg. des Conseils, 17 septembre 1790.

grand nombre, le premier anniversaire de la prise de la
Bastille n'avait été, il est vrai, l'occasion d'aucun sérieux
désordre ; mais à peine ce mauvais pas était-il franchi
qu'un autre écueil beaucoup plus dangereux était en vue.
C'est ce dont pouvaient se convaincre tous les citoyens
ayant encore quelque souci de la patrie genevoise, lorsqu'ils méditaient les assertions significatives suivantes que
la *Gazette nationale*[1] venait de livrer à sa retentissante publicité. — « Il y a dans Genève un parti fort nombreux qui,
à l'exemple d'Avignon veut se donner à la France. Ce parti
grossit tous les jours et peut-être on verra dans peu arriver à Paris des députés de Genève chargés d'offrir que
cette ville fasse partie de l'Empire (*sic*) français. »

Quel était l'artisan détestable de ce « ballon d'essai ? »
Nous ne saurions le dire, et d'ailleurs qu'importe à l'histoire ! Il doit suffire de rappeler ici les protestations indi-
gnées qui parvinrent au Conseil de Genève, aussitôt qu'on
eut connaissance dans la ville des provocations indirectes
à la « réunion » adressées aux citoyens de la République
par la *Gazette*, organe plus qu'à demi avoué de l'Assemblée nationale.

— « [Rapporté que Mrs de la Justice] ont fait une
enquête sommaire auprès de plusieurs citoyens de diffé-

---

[1] Titre primitif du *Moniteur français*.

rents états et de différentes manières de penser, et que
tous unanimement leur avaient dit que la généralité était
bien éloignée d'adopter de pareilles idées, *dont on avait
horreur*, et que si des Genevois les avaient conçues, ils
étaient en petit nombre et n'osaient les faire paraître. » —
Sur quoi le Conseil décidait que : « soit les syndics, soit le
Conseil, auraient les yeux ouverts » et l'on arrêtait en
outre, comme on en usait autrefois quand la ville était sérieusement menacée, « qu'on ferait connaître directement
à la Cour de Londres le danger que court notre indépendance [1]. »

La vigilance du Magistrat n'était que trop motivée,
mais que pouvait-il en attendre désormais sinon la
confirmation du plus triste état de choses ? Ce n'était
pas seulement des entreprises de la démagogie étrangère
que la République avait à se défendre : l'esprit révolutionnaire, le détachement des institutions surannées
d'un ancien régime se manifestaient à présent dans
toutes les classes de la population urbaine et gagnaient
même le territoire [2]. A peine les changements à la

---

[1] Reg. des Conseils, 19 juillet 1790.

[2] « Quoique M[rs] les Syndics ne puissent douter qu'il reste bien
des citoyens qui voient avec la plus grande peine la révolution qui
s'est faite dans les esprits depuis le commencement de 1789, où chacun témoignait avec tant d'effusion de cœur qu'il était content de
nos lois et qu'il y resterait invariablement attaché, ils ne peuvent se

constitution de 1782, accueillis l'année précédente avec
tant de joie, avaient-ils été acclamés par les citoyens, que
d'autres changements beaucoup plus considérables étaient
proposés, requis, exigés impérieusement des Conseils. La
rentrée des exilés avait donné un dangereux stimulant à
cette agitation croissante; un nouveau projet de Code, qui
devait, disait-on, satisfaire tous les citoyens, avait occupé
sans relâche les Conseils pendant plusieurs mois de l'année
précédente (1790), et ce projet, dans lequel on n'avait pas
même osé mentionner l'existence de la garantie[1], n'était pas

dissimuler que le nombre en est peu considérable, en comparaison
de ceux qui ont pris des idées différentes...., etc. » — Reg. des Conseils, 9 août 1790.

[1] Dans la séance du 15 octobre (1790), la question de la garantie
étant de nouveau mise en délibération par le Conseil, le Premier
Syndic avait donné communication des *desiderata* de la Bourgeoisie,
que le sieur Procureur général lui avait fait connaître par un réquisitoire. — « Lecture a été faite de nouveau du dit réquisitoire, dans
lequel le sieur Procureur général expose : qu'il peut certifier que la
très grande pluralité de nos concitoyens désire ardemment de se
délivrer de la garantie...., qu'aujourd'hui tout annonce la plus grande
facilité à rompre cette garantie, que probablement les puissances ne
demanderaient pas mieux que de se libérer d'un engagement qui pèse
sur elles, uniquement, sans aucune compensation, *et dont l'exercice
serait peut-être aussi dangereux pour elles que pour nous-
mêmes.....* » Du reste le Procureur général « se garderait bien de
croire que le projet de Code fût accepté s'il contenait la confirmation
même indirecte [de la reconnaissance de la garantie]...., etc. — Sur
quoi on a fait un nouveau tour de délibération sur ce qui fait l'objet
de cette réquisition, et les avis ont été partagés...., etc. » — Le

encore publié que déjà il paraissait soulever une réprobation générale, ou tout au moins ne rencontrait que fort peu de gens disposés à le défendre[1].

Cependant le gouvernement de Sardaigne, que la communauté du danger et une grande analogie de situation rap-

18 octobre, le Procureur général ayant demandé l'entrée du Conseil refait son réquisitoire et insiste avec force sur l'opinion très arrêtée de « la généralité ». — Le 22 octobre, le Conseil se détermine à supprimer entièrement le paragraphe XI, article 1er du titre II, concernant la garantie, soit : la reconnaissance du droit des puissances à introduire, pour la sauvegarde de la constitution genevoise, des troupes étrangères dans la ville.

[1] « [Rapporté] qu'on trouve que la fermentation a été chaque jour en croissant ; qu'en particulier dans les cercles du *Drapeau* et de *la Grille* il a y eu des discours si échauffés qu'on avait craint des voies de fait, qu'il était certain que dans quelques endroits de la ville on avait entendu crier *à l'eau* (voir ci-dessous) sans que cela eût eu de suite, que ce matin on a trouvé une brochure, à laquelle on avait mis la couverture d'un exemplaire de l'extrait du Code, attachée à un reverbère dans Saint-Gervais, que les citoyens sont divisés entre eux, que plusieurs attaquent le projet de Code sur quelques points particuliers, et que personne ne paraît le défendre en entier et hautement, qu'en général, on voit une très grande activité chez ceux qui veulent entraîner la Bourgeoisie à des changements considérables....; tandis que ceux qui désapprouvent ce parti se donnent peu de mouvement pour ramener les esprits à une manière de penser plus modérée. » — Reg. des Conseils, 5 novembre 1790.

Dans l'ancienne République, où le signal d'incendie était toujours celui d'un appel aux armes dans toutes les places de quartiers, le cri « à l'eau ! » était devenu le synonyme de cet appel même, et comme tel on l'entendit retentir à Genève au début de toutes les émeutes au cours du XVIIIme siècle.

prochaient maintenant de celui de Genève, fut consulté
par ce dernier au commencement de l'année suivante
(1791), et le comte de Hauteville fit entendre à cette occasion de très sages conseils : Il fallait plier devant la nécessité et faire tout ce qui était possible pour apaiser les
troubles intérieurs de la République, afin de ramener la
concorde parmi les citoyens. Le but principal de ceux qui
fomentaient une incessante agitation dans Genève était
évidemment d'amener cet État au sacrifice de son indépendance : c'était là pour lui le plus sérieux danger. La
Cour de Turin suivait avec un grand intérêt la marche des
affaires genevoises, et l'éventualité de la réunion de
Genève à la France était aussi pour elle le sujet de
graves préoccupations [1].

Un incident tumultueux qui s'était passé quelques mois
auparavant à Carouge, avait encore occupé les autorités
locales ainsi que celles de Genève, et les désordres qui
s'étaient produits à cette occasion ne témoignaient que
trop, quoique la politique parût y être étrangère, combien le

---

[1] Voir Reg. des Conseils, séance du 25 février 1791. Ces bruits
alarmants concernant l'insécurité de l'existence de la République
s'étaient répandus de tous les côtés. On avait rapporté le 23 février
au Conseil le contenu d'une lettre particulière disant « que le bruit se
répand à Londres que Genève sera française incessamment et que
nous aurions besoin [sur les rives du lac Léman] d'une frégate
anglaise..... pour défendre la République! »

maintien de l'ordre légal était devenu peu assuré, soit dans les états Sardes, soit dans la République, et cela quelles que fussent du reste la bonne intelligence des autorités voisines et la concorde qui existait entre les deux gouvernements. La populace de Carouge s'était ruée certain jour sur un convoi de blé récolté sur terre de Genève et traversant en transit la ville savoyarde, sous la sauvegarde des passeports de l'Intendance et conformément à la convention que nous avons fait connaître. — « Il résulte... des rapports faits à ce sujet, que l'attroupement formé à Carouge a été très considérable et a duré la plus grande partie de la journée, que quelques-uns des propriétaires du blé ont été contraints à le vendre à un prix très inférieur à celui qu'ils comptaient en retirer à Genève, que c'est avec beaucoup de peine que Mr de Loisinge, commandant à Carouge, Mr l'Intendant et Mr le Juge-Mage sont parvenus à le faire séquestrer, qu'il y avait eu des ordres donnés pour faire prendre les armes à la troupe, *mais qu'ils ont été retirés par des raisons de prudence* [1], qu'il y a eu quelques sacs ouverts par la populace qui en a pillé une partie, mais que la quantité ainsi volée est peu considérable. —

[1] La garnison de Carouge se composait alors de 155 hommes de troupe royale. Quant à la milice urbaine, en formation, il est permis de conjecturer que si elle ne fut pas appelée à rétablir l'ordre, c'est qu'on avait d'excellentes raisons pour ne pas compter sur elle.

Arrêté que Noble Puerari répondra à Mr de Loisinge pour le remercier dans les termes les plus expressifs... des mesures qu'ils ont prises pour conserver la propriété de nos gens. » Registre des Conseils, 30 août 1790.

Le lendemain, Mr de Loisinge écrivait au Conseil pour exprimer d'ordre du commandant général du duché « les regrets de leur gouvernement sur ce qui s'est passé au marché de Carouge samedi dernier et pour faire savoir qu'il est en même temps chargé d'inviter les magistrats de la République à suspendre pour quelque temps l'exportation des blés de la Champagne et du mandement de Peney, et de ne les exporter qu'en petites quantités à la fois et hors les jours de marché[1]. »

Telles étaient les difficultés des relations internationales, telles étaient aussi celles résultant de l'exercice de l'autorité, à la fin de l'année 1790.

---

[1] On avait séquestré tout le convoi du 30 août par ordre du commandant, et l'on avait dressé un inventaire du contenu; mais Mr de Loisinge écrivait « que le moment ne lui paraissait pas favorable pour le faire passer à Genève; cependant il espère que dans peu de jours il en pourra faire la restitution. »

CHAPITRE IX

Dispositions factieuses en Savoie. — Troubles à Chambéry, à Rumilly, à Thonon. — Conséquences politiques de l'affaire de Varennes. — Inquiétude publique. — Troisième anniversaire de la prise de la Bastille. — Effervescence dans le pays de Vaud. — Affaires extérieures, démarches diplomatiques de la Cour de Turin. — Manifestations séditieuses à Genève, découragement dans les Conseils. — Revendication des chanoines d'Annecy, embarras de la Seigneurie, malveillance de l'Assemblée nationale, intervention de la Cour de Turin en faveur de Genève. — Coup d'œil sur la situation générale, mesures défensives prises par le gouvernement sarde en prévision d'hostilités prochaines. — Affaire de Sémonville. — Événements de Paris, l'insurrection du 20 juin (1792). — Chute de Dumouriez, changement de politique. — La bataille de Valmy et ses conséquences. — Entrée des Français en Savoie.

Les événements qui se préparaient pour Genève et pour la Savoie nous obligent, avant d'aborder cette dernière période de notre étude, à jeter un rapide coup d'œil sur le tableau que présentait alors ce pays, antique apanage de la Maison Royale.

La marche si prompte, le progrès irrésistible de la Révolution fascinaient tous les yeux et préoccupaient tous les
esprits, dans les villes comme dans les campagnes de
Savoie, et cela dès l'année précédente (1790). On avait vu
les populations frontières fraterniser maintes fois dans les
agapes de la démagogie [1]. On chantait même dans les rues
de Chambéry le fameux refrain « *Ca ira!... celui qui s'élève
on l'abaissera* » des fédérés du Quatorze juillet, et lorsque
l'allemand Clootz dit Anacharsis, présenta à l'Assemblée
constituante (19 juin 1790) « les députés du genre humain, »
il se trouvait parmi les figurants de cette farce théâtrale,
sept naturels de la vallée de Tarentaise, trois de Samoens
en Faucigny, et deux de la province du Genevois [2].

Le 11 et le 12 août le château de St-Marcel près de
Rumilly avait été pillé par les *patriotes* de la localité. « On
avait planté des mais auxquels on suspendit les signes féodaux : girouettes des châteaux, fleurons des colombiers,
cribles des mesureurs des dîmes, cors de chasse des valets
de meute [3]. » Il est vrai que cette manifestation pittores-

---

[1] « A Pontcharra, Savoyens et Dauphinois fraternisèrent sur le
Pont de Bréda; à Seyssel, ce fut sur le pont du Rhône; à Pont-de-
Beauvoisin les deux populations se mêlèrent, tout fut en commun :
les tables et les danses. Il en fut ainsi sur toute la frontière depuis
les plus hauts chalets du Galibier jusqu'aux derniers villages du pays
de Gex..... » — Saint-Genis, *Histoire de Savoie*. III, p. 134.

[2 et 3] Même source.

que, interrompue par l'arrivée de deux compagnies de
Piémontais accourues de Chambéry, n'avait pas eu d'autres
suites; mais dans la même année l'avocat fiscal Curti
avait été assassiné, et comme on l'a vu dans le précédent
chapitre, le 30 août la populace de Carouge s'était livrée
à des désordres prolongés que l'autorité locale avait à
peine osé réprimer. Enfin la publication de pamphlets
révolutionnaires dirigés contre le gouvernement Sarde et
la lecture furtive des gazettes de Paris[1] encourageaient les
dispositions factieuses de beaucoup de gens qui semblaient
attendre aussi « un mot d'ordre. »

Dans toutes les provinces de Savoie, et particulièrement
sur les frontières, des hommes inconnus : vagabonds,
déserteurs, mendiants, erraient dans les campagnes ou se
glissaient dans les villes, sans que les autorités Sardes par-
vinssent à éloigner du pays ces dangereux aventuriers[2].

---

[1] Parmi les gazettes dont la lecture était interdite en Savoie, et
qui cependant y pénétraient si l'on en juge par d'innombrables procès-verbaux de saisie, je trouve dans les archives du Sénat (dit M. de
Saint-Genis) *le Patriote français, le Point du jour, les Révolutions
de Paris* de Loustalot, *l'Ami du peuple* de Marat, *le Courrier de
Brabant* de Camille Desmoulins, *l'Orateur du peuple* de Fréron, etc. »
— *Histoire de Savoie*, III, p. 132, n.

[2] Communication du Bailli de Nyon du 28 février 1791, portant
qu'à Coudrée il se trouve trente déserteurs français, et dans une
ferme écartée *douze gueux auxquels les habitants n'osent rien
refuser*. — Autre communication du baron d'Espine du 1er mars,

D'autre part la présence des nombreux émigrés qui dès l'année précédente étaient venus chercher, à la suite des princes français, une retraite dans le duché, était fort mal vue du populaire savoyard qui témoignait ressentir très peu de sympathie pour les projets de contre-révolution ourdis trop ouvertement par ces nobles réfugiés, remuants, présomptueux et frivoles.

« L'ordre public était troublé de tous côtés [1] — nous dit l'éminent historien de la *Monarchie piémontaise*.....
— les soldats des troupes royales étaient mal vus, parce qu'ils étaient très rustres, les officiers n'étaient pas plus considérés, tant à cause de leurs façons hautaines que parce qu'ils entretenaient des relations trop intimes avec les nobles émigrés de France. Ceux-ci d'autre part se montraient très fiers et comme s'ils

assurant le Conseil de Genève, conformément aux ordres du Ministre, « de l'empressement de sa Cour à seconder les mesures qui seront prises pour rétablir le calme et pour écarter les hommes suspects. On donne de nouveaux ordres au gouvernement de Savoie pour qu'il continue de correspondre avec nous et [pour] qu'il fasse attention aux gens inconnus qui se retirent à Carouge et aux environs. La Cour attend qu'il mettra son zèle à lui fournir les indices qui pourront servir à les découvrir. » — Reg. des Conseils.

[1] « On refusait les décimes et les servis féodaux dans les communes de Saxonnex, Marigny, Saint-Jeoire, Choisy, Lovagny, Albens, Entremont, Saint-André, La Millière, Chamounix, Molard, Moutiers, Aime, Vacheresse, Saint-Marcel et Bonneville. » — Nicomᵉ Bianchi, *Storia*, etc., vol. I, chap. IX.

étaient chez eux, parlant à chacun avec imperti-
nence... [1]. »

Le 19 mars (1791), l'antipathie du populaire contre
les émigrés en séjour à Chambéry, se manifesta à l'occasion
d'une fête célébrée par la noblesse (avec trop d'apparat
peut-être) pour le mariage d'une fille de qualité. On siffla
les invités sortant de leur brillante assemblée, on accueillit par des huées ceux d'entre eux qui avaient pris les
insignes des royalistes; puis au cri « à bas la cocarde
blanche ! » on leur donna la chasse de tous les côtés. Cependant le commandant de Chambéry envoyait l'ordre à
la troupe d'intervenir; un escadron de cavalerie et une
compagnie de grenadiers chargeaient la foule amassée sur
la place ou réfugiée dans le « Grand café. » Les factieux
se dispersaient alors, au cri de : *sauve qui peut!* devant la
force armée, et avant la fin de la nuit l'ordre public était
rétabli dans la ville. Mais depuis ce jour on entendait fréquemment murmurer dans les groupes des mécontents :
« *Les Bleus* (soit les soldats piémontais) *sont trop enclins
à appuyer ceux qui portent la cocarde blanche, nous fini-
rons par chasser les uns et les autres* [2] ! »

[1] *Ibid.*
[2] *Rapport du Commandant de la Tour*, 19 mars 1791. — *Mémoire au sujet de la procédure du comte de Lagnasco*, 7 mai 1791.
Citat. de N. Bianchi, *Storia*, v. I, ch. IX, p. 543.

La nuit du 7 au 8 juin, il y eut un autre tumulte à Thonon : le baron de la Salle, juge-mage de l'arrondissement, ayant fait mettre un individu aux prisons pour certain méfait, d'autres particuliers (dont quelques-uns, écrit le Résident de Sardaigne, sont connus pour des mauvais sujets et pour nourrir l'intention d'exciter une émeute à la première occasion) [1] formèrent l'entreprise d'aller délivrer le détenu, et vers minuit, demandant l'entrée des prisons sous prétexte qu'ils amenaient un contrebandier, ils se firent ouvrir les portes de la geôle, puis menaçant de mettre à mort le geôlier s'il leur résistait, ils le contraignirent à délivrer l'homme qu'il avait sous sa garde. L'arrivée de la troupe royale suffit encore ici pour rétablir l'ordre public et disperser les factieux, bien que quelques-uns des plus échauffés eussent sonné le tocsin pour ameuter les paysans des alentours ; mais ceux-ci demeurèrent sourds à cet appel nocturne. Cependant le détenu s'était échappé ; quant aux plus compromis des fauteurs de ce hardi coup de main, ils s'étaient hâtés de chercher une retraite soit en Suisse, soit à Genève, soit dans le pays de Gex. Plusieurs d'entre eux subirent la peine de mort... en effigie, et le Sénat de Savoie usa d'une grande sévérité envers

---

[1] *Réquisition du baron d'Espine au Conseil*, 13 juin 1791. — Portefeuilles historiques, n° 5313, Arch. de G.

tous les contumaces [1]. A ce sujet le Résident genevois à Paris, le sieur Tronchin, transmettait à ses supérieurs une réflexion qui paraît très judicieuse. « L'éclat que la Cour de Savoie met à la poursuite des séditieux me ferait croire qu'elle aime bien autant les savoir en fuite que d'avoir à les punir..., etc. [2]. »

Ces fugitifs retirés sur la frontière et soutenus, disait-on, par les « patriotes » de Paris, n'en étaient pas moins l'objet d'une surveillance très sérieuse pour les autorités Sardes. Quelques semaines après les faits précités (4 juillet), ils débarquaient de nuit sur la rive chablaisienne, à Hermance, et marchaient sur Douvaine où leurs adhérents étaient prévenus et les attendaient. Les factieux battaient de la caisse et criaient « aux armes ! » mais la population demeurait encore hésitante, « bien que les paysans fussent échauffés, » et les chefs de l'entreprise, voyant qu'elle était manquée, jugèrent prudent de se rembarquer [3].

---

[1] Placide Souvayran procureur — Jⁿ-Pierre Michaud, dit *le Bossu*, officier des volontaires de Thonon — Claude-Frˢ de Ruaz, dit *Catherinon* — le nommé Parial, grenadier au régiment de Genevois — Frⁱ Ticon fils d'un fondeur — le nommé Meyssonnier — Jean-Bapᵗᵉ Bonnefoy, soldat dans la légion des campements — François Bétemps, procureur — Frézier, ci-devant garde du corps de S. M. — Le Brun ou Brun, perruquier ; tous de Thonon, lesquels avec quelques-uns de leurs camarades se sont sauvés le lendemain, les uns ayant passé en Suisse, d'autres étant venus à Genève. — *Ibid.*

[2] Pièce historique, n° 5306 (*bis*) — Arch. de G.

[3] « Rapporté que l'alarme avait été grande à Thonon, d'où il parait

A la nouvelle de ces derniers incidents, le gouvernement Sarde se hâtait de faire renforcer les troupes formant les garnisons du duché : le régiment d'Aoste et quatre escadrons de cavalerie passaient les monts et les régiments provinciaux de Genevois et de Maurienne étaient appelés sous les armes. Ces renforts allaient porter à 6000 hommes les troupes réunies en Savoie. Le comte Cozani commandant celles du Chablais prenait ses quartiers à Thonon, de nombreux détachements échelonnés sur les frontières avaient l'ordre « de repousser les bandits qui s'échapperaient des provinces de France et qui tenteraient de remuer en Savoie [1]. »

Quant à cette dernière mesure de sécurité publique, il convient pour l'expliquer de se reporter au lendemain de l'événement sinistre qui venait de jeter la France entière dans une inquiétude et un désarroi indescriptibles. Le 21 juin l'infortuné Louis XVI et sa famille avaient tenté de recouvrer la liberté et de sortir du royaume ; le lendemain les illustres fugitifs étaient arrêtés à Varennes-en-Argonne et ramenés dans Paris où la royauté légitime était mainte-

que beaucoup d'habitants s'étaient retirés au premier bruit de leur arrivée, qu'on fit marcher un détachement d'Évian, et bientôt après une compagnie de Carouge, et que cette affaire n'a pas eu d'autres suites. » — Reg. des Conseils, 6 juillet 1791.

[1] Communications « officieuses » du baron d'Espine. — Voir rég. des Conseils, 2 et 8 juillet 1791.

nant, et plus que jamais, exercée par voie de contrainte.
Toutes les communications postales et routières étaient
interrompues, l'inquiétude d'un vague danger affolait partout le populaire, les villes étaient fermées, les gens des
campagnes s'armaient et s'attroupaient de tous côtés. On
eût dit que cette éventualité imprévue de la disparition
d'un Roi qui en réalité n'était plus rien dans son
royaume, menaçait la nation de tous les dangers. A Paris,
les chefs de partis étaient déconcertés, tandis que dans les
provinces une crainte chimérique dominait les masses.
Cependant la peur « des brigands » qu'on croyait déjà
voir apparaître, les patrouilles des miliciens, les arrestations arbitraires n'empêchèrent pas « les patriotes » de
célébrer de nouveau et avec enthousiasme le mémorable
anniversaire du *Quatorze juillet.*

Le retour annuel de cette fête était désormais pour les
gouvernements voisins de la France le sujet de graves
préoccupations, car tous avaient conscience qu'ils avaient
à se tenir en garde ce jour-là contre un mouvement révolutionnaire dont les suites ne pouvaient être prévues. Le
Résident de Sardaigne avait donné communication au
Conseil de Genève, quelques jours avant « la fête, » d'une
lettre du chevalier de Perron commandant de Savoie,
l'instruisant des desseins séditieux d'un certain nombre
de sujets du Roi et d'un grand rassemblement projeté à

Fernex en vue de fraterniser le verre en main avec
« les patriotes » du pays de Gex, et le Conseil avait fait
répondre qu'il prendrait toutes les mesures nécessaires
à la sécurité de la ville. En effet, l'ordre public n'y fut
pas troublé, bien que dans la journée 300 Carougeois
eussent traversé deux fois Genève en bruyant cortège, et
qu'environ 700 ressortissants de la République eussent aussi
été manifester leur patriotisme et leur sainte fraternité à la
fête de Fernex. Mais dans le pays de Vaud, il se produisit
à l'occasion de semblables agapes d'assez graves désordres
pour qu'une partie de la population fît une déclaration
spontanée de sa fidélité « à leurs souverains de Berne, »
comme pour protester contre l'attitude séditieuse d'un
certain nombre de leurs concitoyens [1].

---

[1] Du 25 juillet (1791) « Monsieur le Syndic de la garde a lu une
lettre qui lui a été écrite par Mr le bailli de Lausanne, à laquelle est
jointe une déclaration imprimée, faite à Leurs souverains de Berne
par les conseils des quatre paroisses de Lavaux, dans laquelle ils
protestent de leur attachement fidèle à leur gouvernement, du zèle
avec lequel ils rempliront leurs devoirs de sujets envers eux *et y
sacrifieront s'il en est besoin leur vie*, et témoignent leur désappro-
bation des fêtes licencieuses qui ont été célébrées par un grand nombre de particuliers du pays, les 14 et 15 juillet, comme pour prendre
part à celles d'un État étranger, fêtes qui ont mis en péril la tranquillité publique. — Mr le Syndic de la garde a dit..... qu'il ferait
connaître la part sincère que nous prenons à la satisfaction que doit
causer à tous les vrais patriotes une démarche aussi sage que celle
dont il s'agit. » — Reg. des Conseils.

Le gouvernement bernois, dont les baillis recevaient de temps à autre la menace « d'être assassinés, » n'en suivit pas moins l'exemple que lui donnait la Cour de Sardaigne quant aux affaires de Savoie, et le Conseil secret de M\rs de Berne avisait le 1er août (1791) le Magistrat de Genève que « vu les circonstances actuelles... ils ont jugé convenable d'envoyer au pays de Vaud une commission pour informer sur divers événements scandaleux et intolérables qui se sont passés les 14 et 15 juillet en diverses villes de ce pays-là, [événements] qui décèlent clairement les desseins les plus criminels contre le gouvernement ; avec ordre de faire répondre les plus coupables, que de plus, ils ont résolu de former quelques corps de troupes, soit dans le pays de Vaud, soit dans tous les districts allemands. » — A la même date le bailli de Nyon signalait dans son district une grande effervescence populaire et des réunions de « patriotes » à Rolle, à Promenthoux, etc., avec la participation « des frères et amis » du pays de Gex et de Genève. — On rapportait aussi au Conseil de Genève « qu'il y avait des mouvements d'insurrection à Bex, et que les troubles du Bas-Valais avaient recommencé. »

Ainsi le ferment révolutionnaire troublait maintenant tous les pays confinant à la France ; le mal s'aggravait de mois en mois et presque d'un jour à l'autre. L'autorité

légitime était partout profondément ébranlée, le règne
des lois méconnu et les gouvernements directement
menacés par cette marée montante, avaient à concerter
leurs mesures, s'il était encore temps pour eux de
se prémunir contre les plus sinistres éventualités. Ajoutons que les grandes puissances européennes : l'Autriche,
la Prusse, la Russie, l'Espagne, la Suède, ne pouvaient
demeurer plus longtemps indifférentes aux destinées de la
monarchie française, aux luttes sanglantes des partis, au
sort infortuné de la famille Royale et que, s'il plaisait
alors au ministère anglais de feindre d'ignorer ce qui se
faisait en France, tous les autres gouvernements paraissaient portés à ne pas suivre le triste exemple d'une politique sans grandeur et sans générosité.

Le Roi Victor-Amédée III et ses Ministres n'avaient pas
attendu les derniers événements pour rechercher en
Europe des alliances politiques qui pussent garantir le
royaume de Sardaigne contre l'inimitié de la France révolutionnaire, et le monarque, beau-père du comte de Provence et du comte d'Artois, avait été des premiers à donner
son adhésion sans réserve et à promettre le concours de
toutes les forces dont il disposait à la coalition projetée
par l'empereur Léopold II [1]. Nous ne pouvons rappeler ici

---

[1] *Conférences de Pilnitz*, 25 et 27 août 1791.

— pour être trop étrangères à notre étude — les négociations secrètes se poursuivant alors dans toutes les cours et qui ont fourni à Mr Nicomède Bianchi la matière d'un des plus intéressants chapitres de son œuvre historique [1]. Mais nous constaterons avec cet écrivain que Victor-Amédée III, dont les sympathies personnelles et les instincts généreux dirigèrent trop exclusivement la politique, fut joué par l'astuce de la plupart des puissances qui, se méfiant les unes des autres, différèrent de prendre aucun engagement précis, soit quant à la coalition en faveur de la monarchie française, soit au sujet de la protection éventuelle du royaume de Sardaigne. D'autre part, les intrigues des émigrés, l'influence des liens de famille et l'aversion de Victor-Amédée pour « les Jacobins, » portaient ce prince à s'associer aux chimériques espérances des royalistes français, et à promettre imprudemment sa participation active à tous les projets de contre-révolution fomentés dans son royaume par des intrigants à cocarde blanche, sur les frontières du Lyonnais, de la Provence et du Dauphiné.

Ainsi : répression devenue partout inefficace de l'esprit révolutionnaire dans l'intérieur du royaume, alliances douteuses au dehors, et malveillance à peine déguisée

---

[1] N. Bianchi, *Storia*, etc., v. I, ch. IX.

à l'égard de la France constitutionnelle et révolutionnaire, telle était à la fin de l'année 1791, la politique de la monarchie piémontaise; politique pleine de périls! et dont un prochain avenir devait démontrer les illusions décevantes, la faiblesse et les hésitations.

A Genève, les revendications tumultueuses pour l'égalité des droits civiques agitaient maintenant les campagnes tout autant que la population urbaine; la discorde était en permanence, et lorsque parut enfin le nouveau Code politique si péniblement élaboré dès l'année précédente, la sanction donnée par une très faible majorité du Conseil général à cette œuvre législative entachée de violence ne satisfit pas ceux mêmes qui étaient appelés à en profiter [1].

D'autre part la propagande française, dont nous avons déjà signalé les agissements, travaillait désormais presque ouvertement au renversement de l'ancienne République, et non seulement les libelles imprimés à Versoix, à l'instar de ceux venus de Paris, invitaient quotidiennement les

---

[1] « Les natifs, habitants, et sujets avaient tous les droits, sauf les droits civiques, un large accès à la Bourgeoisie leur était ouvert, les paysans obtenaient presque toutes leurs demandes......, mais ce n'était pas assez pour les Égaliseurs, etc. » Jullien, *Histoire de Genève*, vol. III, p. 301.

Genevois « à briser les fers de l'esclavage[1], » mais dans
tous les mouvements populaires la présence de factieux
étrangers était signalée[2]. Une publication faite au
nom du Conseil le 15 novembre, soit le lendemain de la
promulgation du Code, s'élève contre la licence de ceux
dont le patriotisme n'avait plus rien de genevois, et qui le
manifestaient dans les rues en vociférant en chœur de
vagues appels à l'égalité, à la fraternité... et à la vengeance. — « Messeigneurs (lisons-nous dans ce document
officiel) n'ont pu voir qu'avec indignation que quelques
personnes s'étant attroupées hier dès l'entrée de la nuit,

---

[1] « Les tyrans se coalisent, il faut que les amis de la liberté fas-
sent de même. Amis et frères, voici le moment le plus favorable pour
renverser le despotisme. Cette apparence de liberté dont vous jouis-
sez ne doit pas vous empêcher de vous joindre aux Savoisiens, qui
sont encore esclaves !..... Les citoyens de Genève n'ont que trop
souvent éprouvé que l'état primitif de leur gouvernement républi-
cain n'était du goût ni du sultan de Turin (!) ni de l'ancien cabinet
de Versailles, ni de l'archi-aristocratie de Berne. Genevois, Valaisans
et Vaudois ! comparez votre gouvernement actuel à celui que promet
la constitution française ; voyez si vous ne devez pas prendre part aux
grands événements qui se préparent. Nous serons les premiers peuples libres !.... Courage, mes frères,.... sonnons le tocsin de la
liberté ! Plaçons le drapeau aux trois couleurs nationales (?) sur la
cime du Mont-Blanc, et soyons enfin libres puisque nous n'avons
qu'un mot à dire pour le devenir. » — *Adresse à nos frères de
Genève.....*, etc. — Pièce historique, n° 5313, Arch. de G.

[2] Dans la journée du 15 février (1791) les patriotes du pays de Gex
étaient venus grossir les rangs des paysans genevois ameutés et
venant en armes faire quelque semblant de s'emparer de la ville.

parcoururent divers quartiers de la ville, armés de bâtons, proférant des cris, des chansons séditieuses, et se conduisant de la manière la plus propre à troubler la tranquillité publique. Mes dits Seigneurs, voulant prévenir le retour de pareils désordres, conformément à ce que leur prescrit le premier de leurs devoirs, ont arrêté de défendre à toutes personnes quelles qu'elles soient de former, soit de jour, soit de nuit, aucun attroupement de ce genre, *de proférer aucun de ces airs, aucune de ces chansons meurtrières, connues pour avoir été en d'autres lieux un signal de violences et d'atrocités...*, d'opposer aucune résistance aux patrouilles, de sortir après dix heures du soir sans lumière; enjoignant à tous les cafetiers, cabaretiers, traiteurs, vendeurs de vin de fermer leurs cafés, cabarets, ou caves à dix heures précises.

« Mes dits Tr. H. S., assurés du concours de tous leurs concitoyens (?), déclarent qu'ils veilleront avec le plus grand soin sur les démarches et la conduite de tous ceux qui ont cherché ou qui chercheraient encore à troubler le bon ordre, soit par des écrits séditieux, soit par d'autres pratiques, et qu'ils puniront avec une juste sévérité ceux qui s'en seront rendus coupables; mandant au seigneur Lieutenant de tenir la main à l'exécution des présentes..., etc. [1]. »

---

[1] Ce fut environ en ce temps-là qu'on vit pour la première fois à

Quel pouvait être sur le populaire l'effet de ces mesures répressives ? On ne peut contester qu'il était à peu près nul : la licence se donnait carrière au nom de la liberté, et, bien qu'un grand nombre de Genevois fussent encore disposés à se grouper autour de l'autorité légale pour la défendre, celle-ci n'en était pas moins si chancelante que la vieille République semblait vivre désormais au jour le jour. Il résultait de cet état de choses anormal, triste sujet de triomphe pour les factieux aveuglés, un découragement général dans les rangs de l'aristocratie, ou plus exactement dans toutes les familles où le bonheur de la patrie, le souci de la prospérité générale, avaient passé jusqu'ici bien avant tous les intérêts personnels. En cons-

Genève, trois ou quatre individus coiffés prétentieusement du bonnet rouge « orné » de la lettre G. (galérien) tracée en blanc, tel qu'en portaient alors les forçats dans les ports de France. Cela devait signifier pour les gens d'esprit que ces porteurs de bonnets gémissaient aussi sous le poids du boulet, du collier et de la chaîne, instruments de répression de la tyrannie. Cependant un autre manifestant « le sieur Henri M., commis de boutique » eut une idée encore plus ingénieuse, « se montrant en public le jour de l'acceptation du Code, avec un crêpe en pleureuse à son chapeau, comme portant le deuil de la liberté. » Rég. des Conseils. Ce moyen très simple d'exprimer avec énergie le mécontentement électoral devait être d'un effet saisissant s'il s'était généralisé, et les amateurs du pittoresque ne peuvent que regretter avec nous si les minorités politiques de toutes les époques et sous tous les régimes ne se sont pas inspirées de cette gracieuse innovation.

tatant ce dégoût trop motivé des affaires publiques chez
beaucoup de membres des Conseils, nous n'en sommes que
plus disposé à rendre hommage au patriotisme inébran-
lable de ceux qui demeuraient encore sur la brèche
ouverte et assaillie de tous les côtés. Ils étaient en petit
nombre ces magistrats de l'ancien régime! et déjà tout
était profondément changé autour d'eux. Cependant leur
influence gouvernementale n'en était pas moins des plus
utiles, et ils devaient avoir maintes fois l'occasion de rendre à leur malheureux pays les plus signalés services.
Nous aurons de nouveau à le rappeler incidemment, au
cours de nos dernières recherches historiques.

Pendant toute cette année (1791) les communications de la
Cour de Turin avec les autorités genevoises n'eurent d'autres sujets habituels que les mesures de sécurité internationales, telles que la répression des libelles clandestins [1]

---

[1] — Du 6 septembre 1791. « Lecture a été faite d'une lettre de M^r le
comte de Hauteville..... portant qu'on lui a donné avis qu'il paraissait un libelle incendiaire imprimé à Paris, et qui a pour titre :
État moral, physique et politique de la Maison de Savoie, que les
sieurs Barde et Manget, libraires de Genève en ont reçu cent exemplaires, dont ils n'avaient pas donné commission..... Le Roi, à qui il
en a été rendu compte, a ordonné de faire retirer et de leur payer ces
cent exemplaires. S'il en a été envoyé d'autres à Genève, il nous
prie de donner les ordres nécessaires pour en faire perquisition et
pour saisir ceux qui pourraient s'y trouver en défendant d'en recevoir
désormais. »

— Du 31 octobre. « Rapporté que..... le *Tocsin de Savoie*.....

et la correspondance officielle en aide de justice. Quànt
aux difficultés d'ordre administratif ou à celles relatives
à l'interprétation des traités et ressortissant de la diplomatie, elles étaient devenues beaucoup plus rares que par
le passé; comme si dans les états Sardes ainsi que dans la
République, le souci des affaires intérieures et les inquiétudes de l'avenir eussent fait tacitement négliger la solution
de ces contestations d'une importance très secondaire qui
toutefois étaient de nature à compromettre une entente
entre les deux gouvernements et une confiance mutuelle
qui n'avaient jamais été plus désirables.

Un seul incident survenu dès le commencement de l'année peut sembler, à première vue, faire exception à ce
désir très sincère d'écarter tout sujet de mésintelligence
internationale, mais les difficultés auxquelles nous faisons
allusion étaient soulevées alors par une simple communauté religieuse et nullement par la Cour de Sardaigne
qui — on le verra ci-après — finit par désavouer ces instances juridiques et par y mettre un terme. Voici sommairement l'exposé de cette singulière procédure.

s'imprime vraisemblablement à Versoix. Cette brochure est du nombre des libelles incendiaires destinés à bouleverser la Savoie, le canton de Berne et Genève..... On est demeuré à l'ordre provisoire
donné..... pour la saisir, si elle se vendait dans Genève. » — Reg.
des Conseils.

Les chanoines du chapitre d'Annecy avaient jugé opportun — dans un temps où tous les droits utiles ou honorifiques d'origine féodale étaient virtuellement abolis en
France, en Savoie, à Berne et à Genève — de revendiquer
par-devant les tribunaux de France la mise en possession
des dîmes prélevées dans certaines paroisses du pays de
Gex; ces dîmes dites « de chapitre » et dont la réformation de 1535 les avait dépossédés au bénéfice de la Seigneurie de Genève, étant, disaient les requérants, une
spoliation contre laquelle ils n'avaient cessé de protester
expressément. Il est très vrai que ces protestations juridiques étaient loin d'être nouvelles, car dans le cours du
siècle précédent elles avaient été formulées *sept fois* par
les requérants. Ceux-ci avaient même obtenu deux arrêts
par défaut prononcés en leur faveur par le parlement de
Dijon, dont Messieurs de Genève se refusaient non sans
raison à reconnaître la compétence en pareille affaire.
Après plus d'un siècle d'inertie, le chapitre d'Annecy re-
prenant courageusement ces antiques procédures, avait
obtenu un nouvel arrêt du tribunal de Gex, portant saisie
des dîmes en faveur des chanoines et restitution desdites
redevances *dès l'année 1535!*

Le gouvernement de Genève, alléguant une possession
de 250 années et quatre traités publics[1] qui consacraient

---

[1] Traité de 1536 (Berne et Genève) — Traité de 1564 (Berne et le

ses droits souverains, se refusait comme précédemment à soumettre une question ressortissant du droit des gens à aucune juridiction civile, et ce fut d'après cette maxime d'État qu'il donna l'ordre à son Résident à Paris, le sieur Tronchin, de porter ses réclamations pressantes, quant à la saisie des dîmes, au Ministre des affaires étrangères Mr de Montmorin, qui devait nantir le Conseil du Roi de ces difficultés imprévues. Mais tout était changé dans la distribution des pouvoirs publics depuis la Constitution du 14 septembre (1791). Mr de Montmorin s'était retiré du ministère, et c'était maintenant un pouvoir nouveau, le comité diplomatique (simple délégation de l'Assemblée nationale), qui avait à prendre connaissance de toutes les affaires attribuées jadis au Conseil du Roi. Rien ne pouvait être plus fâcheux que ces conjonctures pour le gouvernement de la République de Genève, qui rencontrait toujours dans l'Assemblée les dispositions les plus malveillantes; mais si peu de sympathie que les députés de la nation française eussent alors pour Genève et les Genevois, d'autre part les chanoines d'Annecy et leurs revendications surannées ne leur en inspiraient pas davantage. L'affaire des dîmes du pays de Gex fut ajournée par le comité où siégeait

duc de Savoie) — Traité de 1601 (le duc de Savoie et le roi Henri IV) — Traité d'Aarau 1658 (le roi Louis XIV et les Cantons).

Brissot de Warville; on avait, disait-on au Résident Tronchin, des préoccupations plus sérieuses à Paris ! Quant aux
chanoines d'Annecy, ils n'en étaient que plus instants
auprès du Garde des sceaux pour qu'on maintînt en leur
faveur la saisie des dîmes et qu'on ne mît plus aucun obstacle au cours de la justice civile.

Ce fut dans ces circonstances très difficiles qu'à Genève
le Résident de Sardaigne communiqua officieusement au
Premier Syndic (14 décembre 1791) le sommaire d'une lettre du Ministre de Hauteville, l'avisant qu'il donnait ordre
aux chanoines « de le mettre au fait de cette affaire et de
faire provisoirement suspendre toute poursuite, entreprise
par leur agent à Paris. »

On doit admettre que cette décision du gouvernement
Sarde avait été sollicitée par l'ambassadeur d'Angleterre
à la Cour de Turin, et que celui-ci était stimulé par
les cantons Évangéliques auxquels le Conseil avait député
dès le mois précédent Noble Rigaud, seigneur conseiller,
pour les presser de prendre en main les intérêts de
Genève. Quoi qu'il en soit de ces démarches secrètes de la
diplomatie, le Conseil fit remercier très expressément son
Excellence le comte de Hauteville à l'occasion de ses bons
offices [1].

---

[1] Une confidence assez curieuse pour qu'il convienne de la rappe-

Cependant l'Assemblée nationale n'en demeurait pas moins nantie de la réclamation diplomatique de Mrs de Genève, et le désistement imposé à la dernière heure par le Ministre sarde aux chanoines d'Annecy, ne pouvait lier en aucune façon les représentants de la Nation quand il plairait à ceux-ci de prononcer sans appel sur ce litige séculaire. La question demeurait ouverte et l'était encore six mois après ce dernier incident, le président du comité diplomatique avouant alors au Résident Tronchin : que

ler avait été faite peu de jours auparavant à Noble Pictet, seign^r conseiller, par le baron d'Espine. Celui-ci s'informant auprès de son interlocuteur du sujet de la convocation récente du Conseil du LX, reçut pour réponse : qu'il s'agissait de la moleste que les chanoines d'Annecy faisaient à la République. « Le Résident de Sardaigne dit alors : qu'à chaque élection d'un Évêque d'Annecy, le Chapitre était en usage de s'assembler..... et de délibérer entre autres, sur ce qu'ils avaient à faire pour recouvrir les biens dont ils ont été privés à l'époque de la Réformation, qu'on tint cette assemblée lorsque Monseigneur Biort fut promu au siège d'Annecy, et que le résultat fut de composer un grand mémoire sur leurs droits qu'ils firent passer à M^r le comte de Viry qui était pour lors dans le ministère, que le Ministre joignit un mémoire additionnel à celui des chanoines, que l'un et l'autre furent envoyés à l'ambassadeur de Sardaigne à Paris qui les remit à M^r le duc de Choiseul, Ministre des affaires étrangères, que Mr de Choiseul dit à cet ambassadeur : que c'était là un *Noli me tangere*, une affaire si dangereuse qu'elle n'allait pas à moins qu'à occasionner une brouillerie [de la Cour de France] avec tout le Corps helvétique et à le révolter, qu'il rendit même les deux mémoires à l'ambassadeur, que dès lors il n'en a plus été question..... que lorsque Monseigneur Piaget fut évêque. » — Reg. des Conseils.

les réponses qu'on faisait aux chanoines étaient tout aussi flatteuses que celles que recevaient les Genevois; d'où Tronchin inférait « qu'on a peu de désir de terminer cette affaire..., etc. » C'était là un sujet permanent d'inquiétudes pour le Conseil, non pas seulement quant à l'éventualité de perdre les dîmes contestées (bien qu'elles fussent d'un revenu encore assez important), mais parce que tout ce qui donnait maintenant quelque prise au gouvernement révolutionnaire de la Nation dans les affaires de la République devait être considéré — non sans les plus justes motifs — comme pouvant avoir pour celle-ci les plus graves conséquences.

Le Conseil pénétré de cette vérité continua de s'assurer du concours des cantons Évangéliques et du Ministère anglais, tout en communiquant de temps à autre ses démarches au Résident de Sardaigne en prévision de complications sérieuses. Mais les événements de l'année 1792, l'orage révolutionnaire et la guerre prochaine devaient bientôt faire oublier à tous les intéressés ces contestations mesquines devenues sans importance, même pour les Genevois, au regard de perturbations politiques qui mettaient en péril jusqu'à l'existence des nationalités.

Retraçons ici, avant de poursuivre et pour l'intelligence de la dernière partie de notre étude, le tableau des affaires générales dans les premiers mois de l'année nouvelle, cette année dont les fastes ensanglantés devaient livrer à l'histoire la date du *vingt juin,* celle du *dix août* et celle des *journées de septembre !*

Tandis qu'en France la fiction de la monarchie devenue constitutionnelle s'effaçait chaque jour davantage devant les violences et les empiétements de la démagogie, l'Autriche, sourde aux instigations de la Czarine protectrice avouée des princes émigrés, se montrait encore peu disposée à se mettre à la tête d'une coalition armée contre la France révolutionnaire, et jusqu'à la fin de l'année 1791 rien n'avait été changé — au moins en apparence — dans les rapports des grandes puissances, soit entre elles, soit avec la France [1]. Mais en réalité tout faisait déjà prévoir dans un avenir peu éloigné une guerre devenue inévitable. Les réponses des diverses puissances à la notification de la Constitution « acceptée librement » par le malheureux Louis XVI avaient toutes été évasives ou dilatoires, et cette réserve défiante était prise en France comme une injure.

[1] L'empereur Léopold, estimant, comme son Ministre le baron de Kaunitz, qu'une guerre avec la France serait la plus grande des calamités et que les dispositions de la Belgique et de la Pologne devaient détourner l'Autriche de la fomenter, avait accueilli avec une grande satisfaction l'occasion que lui offrait Louis XVI en acceptant la Constitution, de renoncer à toute velléité d'intervention dans les affaires de France, comme aussi d'ôter tout prétexte au gouvernement de Paris de se montrer mécontent de l'attitude de la Cour de Vienne. — Nicom. Bianchi, *Storia,* etc., vol. I, p. 636.

Puis l'émigration ne cessait pas, et sans parler des fonctionnaires de l'État, *plus de dix-neuf cents officiers français* avaient déjà déserté. Coblentz était le quartier général de la contre-révolution projetée « et si les émigrés — dit l'historien Thiers — ne tentaient rien de véritablement dangereux, ils faisaient de grands préparatifs qu'eux-mêmes croyaient redoutables et dont l'imagination populaire devait s'effrayer [1]. » Une notification comminatoire aux princes-électeurs, une réquisition à l'empereur Léopold II, puis un décret mobilisant cent cinquante mille hommes dirigés sur les frontières d'Alsace, de Lorraine et de Flandres furent les premières mesures prises par l'Assemblée législative. Cependant l'électeur de Trèves, effrayé de l'insistance du cabinet français, avait ordonné toutes les mesures de désarmement qu'on exigeait de lui, mais « dans les dispositions où l'on était cette nouvelle fut froidement accueillie : on ne voulait voir dans une telle résolution que de vaines démonstrations sans résultat et on persista à demander la réponse définitive de Léopold [2]. »

Cette réponse « définitive » aurait été sans doute assez conciliante pour éloigner encore le fléau de la guerre si l'irritation de l'opinion publique en France n'eût pas

---

[1] Thiers, *Histoire de la Révolution*, vol. II, chap. I, p. 20.
[2] *Ibid*, p. 53.

repoussé jusqu'à la pensée d'un congrès européen tendant à modifier la Constitution nouvellement acclamée par l'Assemblée législative. D'ailleurs la mort vint surprendre l'empereur Léopold (1er mars 1792), et son neveu qui lui succédait comme chef de l'empire, devait se montrer animé de sentiments tout autres. Puis la lutte des partis politiques et la marche des événements contraignaient Louis XVI à prendre un ministère composé en grande partie de « Girondins : » ceux-ci ayant la majorité dans l'Assemblée. Dumouriez, La Coste, Duranthon, Degraves, Clavière, Rolland arrivaient aux affaires. Dès ce moment les dernières chances de conserver la paix n'existaient plus et pour les faire disparaître il n'était pas besoin de la réponse cassante et hautaine de la Cour de Vienne, qui survint peu après ce grand changement. Le 20 avril (1792) le roi Louis XVI et l'Assemblée législative déclarèrent la guerre au roi de Hongrie.

Dumouriez, bien que ministre des affaires étrangères, avait aussi la direction supérieure du ministère de la guerre dont Servan, après Degraves, devenait le titulaire. Le premier de ces trois ministres, grand faiseur de projets d'opérations militaires qu'il offrait à tous les partis, avait déjà et depuis longtemps toutes ses dispositions stratégiques arrêtées quant à la guerre prochaine. « Partout où la France s'étendait jusqu'à ses limites *naturelles* (le

Rhin, les Alpes, les Pyrénées et la mer), il voulait qu'on
se bornât à la défensive; mais partout ailleurs il voulait
qu'on attaquât sur-le-champ et qu'on allât jusqu'à ces prétendues limites. C'est là une opinion qui, on le sait, ne
tient nul compte de l'histoire, des mœurs, des affinités
morales des populations et qui dispose de celles-ci en
vertu de la loi du plus fort et simplement parce que
telles sont ses convenances stratégiques [1].

Reportons maintenant nos regards sur ce qui se passait
alors à la Cour de Turin qui, nous l'avons vu, s'était mon-
trée disposée, dès l'entrevue de Pilnitz, à entrer des premières dans cette coalition contre-révolutionnaire que la politique atermoyante de l'empereur défunt n'avait jamais
permis de réaliser. « Dès le commencement de 1792 —
nous dit l'historien Bianchi — le Roi et ses ministres attendaient et désiraient la guerre d'un jour à l'autre. » Aux
premiers jours d'avril et plusieurs semaines avant la déclaration de guerre à l'Autriche, décrétée par l'Assemblée

---

[1] Voir Thiers, *Histoire de la révolution française*, vol. II,
chap. II, p. 58. Ces révélations curieuses de l'historien français
concernant le but auquel visait Dumouriez, sont en opposition directe
avec les assertions de N. Bianchi, portant que le gouvernement de la
France était loin de chercher à rompre avec la cour de Turin. Nous
croyons plutôt que si la conquête de la Savoie n'était pas déjà pré-
méditée, bien avant « l'affaire de Sémonville, » c'était un projet dont
l'exécution était différée par les Girondins.

législative, le Conseil du Roi de Sardaigne agitait déjà la
question des mesures à prendre en prévision d'une semblable éventualité. Convenait-il d'engager une campagne
offensive ou seulement défensive? Le Roi Victor-Amédée
se prononçait nettement pour le premier parti; cependant
on ne conclut rien dans une première conférence, et dans
la seconde le parti de la guerre offensive et d'une marche
simultanée sur Lyon et sur le Dauphiné resta en minorité.
Il est vraisemblable que ces délibérations « secrètes »
étaient devinées ou pressenties par l'agent français à
Turin, Lalande, et conséquemment connues de son gouvernement, mais celui-ci ne voulait pas paraître s'en douter. Toutefois, en dépit de cette politique inspirée par
Dumouriez, les relations officielles étaient très tendues
entre le cabinet de Versailles et la Cour de Turin. Déjà
au mois de mars (1792), Lalande ayant présenté quelques
observations sur le mouvement des troupes piémontaises
en Savoie, avait pu s'assurer des dispositions décidément
hostiles du Roi de Sardaigne et de ses Ministres [1].

---

[1] « On répondit à la note française par d'aigres récriminations
relatives aux intrigues des agents révolutionnaires français dans le
Piémont. Dumouriez s'abstint de lire ce passage de la note piémontaise à l'Assemblée législative, mais il communiqua une dépêche de
Lalande disant : qu'il croyait pouvoir conclure de son entretien avec
le comte de Hauteville, que le roi de Sardaigne était soupçonné à
tort de vouloir rompre la concorde entre les deux États. » — *Séance*

Ce fut dans ces circonstances défavorables que survint l'incident diplomatique dit « l'affaire de Sémonville, » incident qui eut une notoriété éclatante et que l'opinion accréditée par les historiens a considéré trop long-temps comme la cause déterminante et en quelque sorte unique de la rupture de la France avec la Cour de Turin. Nous n'avons pas ici à refaire la narration de ce curieux épisode diplomatique, que l'auteur de l'*Histoire de la monarchie piémontaise* a présenté très en détail, sous un jour nouveau, grâce à tous les documents d'archives qu'il a explorés et qu'il résume avec un remarquable talent d'exposition. Le marquis de Sémonville, agent de France auprès de la République de Gênes, et chargé par Dumouriez de traiter en secret d'une alliance avec le gouvernement de Sardaigne, s'était vu refuser à Alexandrie l'autorisation de poursuivre son voyage à Turin (19 avril 1792), puis il avait été finalement invité à repasser la frontière : le Roi se refusant à recevoir « un Jacobin de cette sorte!» — Dumouriez, dont cette incartade royale contrariait tous les savants projets, n'en était pas moins disposé à renouer les fils rompus de sa politique. On fit suggérer à la Cour de Turin l'idée de faire parvenir au roi Louis XVI un semblant de désaveu, adressé par Victor-Amédée sous

de *l'Assemblée législative*, 4 avril 1792. Moniteur n° 97, citation de Bianchi.

une forme privée : quelques mots d'explication au sujet d'une mesure de police générale, enfin une simple démarche de courtoisie qui permît au Ministre girondin de se présenter devant l'Assemblée législative, de dire *qu'une satisfaction avait été donnée spontanément à la France* et que si les relations avec la Cour de Turin n'étaient pas toujours des plus cordiales, cependant rien, de ce côté-là, n'était encore désespéré. « Deux mois se passèrent (mai et juin) dans ces tentatives d'un rapprochement trompeur, auquel le Roi Victor-Amédée et ses Ministres refusaient avec d'autant plus de raison de se prêter qu'ils le jugeaient être décevant et précaire. Puis les événements de Paris ne justifiaient que trop ces défiances : la journée du *vingt juin* faisait pressentir aux moins clairvoyants ce que devenait en France la monarchie dite « constitutionnelle ! » Le 4 juillet l'agent français Audibert-Caille, qui attendait à Grenoble depuis *dix-huit jours* la réponse aux propositions d'accommodement qu'il était chargé de présenter, reçut enfin une lettre de quelques lignes écrite par le secrétaire du Roi (comte Viretti) lequel disait dans ce message très laconique : « qu'il était impossible d'entrer en arrangement avec un gouvernement fondé sur le sable et tandis que la France penchait déjà sur le bord de l'abîme [1]. »

---

[1] Lettre du comte Viretti, Turin, 2 juillet 1792.

Une telle fin de non-recevoir coupait court à toutes les
négociations ultérieures et dès ce moment elles durent
être abandonnées. Cette situation anormale, qui constituait en fait une rupture latente motivée par des griefs
réciproques et par une complète mésintelligence, n'était
plus un secret pour la diplomatie étrangère, et déjà le 1er
mai — soit plus de deux mois avant le dernier incident
rappelé — le Conseil de Genève était avisé par Tronchin
« des différends qui paraissent prêts à occasionner une
rupture ouverte entre la France et la Cour de Turin, des
préparatifs de défense qui se font en Savoie…, etc. [1]. »
Le 6 du même mois, la communication officielle de ces événements était adressée par le Résident de Sardaigne au
premier magistrat de la République. — « Rapporté par
Mr le Premier — lisons-nous dans le protocole de la séance
du 7 mai — que hier… Mr le baron d'Espine vint chez lui
et lui dit que par ordre de sa Cour il communiquait au
Conseil en sa personne ce qui s'est passé à Turin à l'égard
de Mr de Sémonville, la déclaration de S. M. sarde qu'elle
ne pouvait l'admettre comme Ministre du Roi de France
auprès d'elle, la retraite de Mr de Lalande qui avait suivi
ce refus, et enfin la résolution prise par S. M. sarde,
sur les bruits qui se sont répandus d'une invasion de la

---

[1] Rapport du Syndic de la Garde. Reg. des Conseils, 1er mai 1792.

Savoie, projetée par la France, d'envoyer dans cette province douze à quinze mille hommes, avec un train d'artillerie de campagne, qu'il était aussi chargé de lui déclarer que ces préparatifs militaires ne doivent nous causer aucune inquiétude, puisqu'ils ne regardent nullement Genève, à la liberté et à l'indépendance de laquelle le Roi prend toujours un véritable intérêt, que ces forces devaient même être plutôt considérées comme utiles au repos de la Suisse et de Genève, qu'il y aura un demi-bataillon à Carouge et deux bataillons à Saint-Julien, qu'une partie des troupes commandées pour la Savoie est déjà arrivée..., etc. — Sur quoi il a été dit qu'on s'occuperait avec maturité et très diligemment des différents objets que présente ce rapport..., etc. [1]. »

Cependant la chute de Dumouriez, écarté du ministère et envoyé à l'armée du Nord peu après la journée du 20 juin, puis les revers des Français au début de la campagne de Flandres, et plus encore l'entrée en ligne de 80,000

[1] Rapport du premier Syndic. Reg. des Conseils, 7 mai 1792. — Les Genevois organisèrent en effet avec un grand zèle le service de place dans l'enceinte de leur ville. Ce service extraordinaire de la garde Bourgeoise, qui était en quelque sorte en permanence depuis plusieurs mois, fut porté à environ 300 hommes pour la nuit, chiffre élevé pour une population citadine d'environ 21,000 habitants. Il est vrai que le régiment de la Garnison fournissait une partie de cet effectif.

Prussiens, attirant toutes les forces dont disposait l'Assemblée législative à la défense du nord et de l'est de la France, c'étaient là autant d'incidents qui paraissaient éloigner, pour le gouvernement de Sardaigne, le danger d'une invasion immédiate de la Savoie. On demeura donc à Turin pendant plusieurs semaines dans la même expectative, mais les discours violents tenus dans l'Assemblée législative, les menaçantes invectives des tribuns populaires, des pamphlétaires et des gazetiers, à l'adresse « du sultan de Turin, » enfin la formation de l'armée du Midi, ces faits ne permettaient plus de différer les mesures défensives qu'on avait délibéré de prendre. Le 9 et le 10 août il fut décidé en congrès ministériel « que le corps d'occupation de Nice, de la Savoie et des Alpes serait mis sur pied de guerre; on mobiliserait trois corps d'armée qui, réunis, fussent en mesure de donner un appui solide aux troupes en quartier dans la Savoie et dans le comté de Nice s'ils étaient assaillis ou si l'on prenait l'offensive, ce qui ne devait se faire que si les auxiliaires autrichiens entraient en ligne [1]. »

Ce rassemblement de troupes sardes en Savoie, mesure de précaution qui n'était que trop justifiée, fut accueilli par les représentants de la « Nation » comme étant une provocation blessante. Il en fut de même relativement aux dis-

[1] Proposition du comte de Hauteville aux congrès des 9 et 10 août 1792, citation de Bianchi.

positions de la ville de Genève où, disait-on à Paris, « on osait faire mine de se défendre! » enfin on y témoignait le même ressentiment contre les Suisses qui semblaient fort décidés à demeurer neutres « dans la guerre des peuples contre les tyrans, » et cette malveillance se manifestait en particulier contre Berne qui prenait aussi des mesures défensives pour faire respecter son territoire. — « Le gouvernement actuel de Genève, disait déjà le président du comité diplomatique à l'Assemblée législative, toujours d'intelligence avec le canton de Berne et la Cour de Turin malgré ses protestations de neutralité, peut donner quelque inquiétude : *Sous le frivole prétexte de protéger la tranquillité publique qu'il suppose être menacée, il a fait des dispositions pour introduire des troupes sardes sur le territoire de la République.* On a réparé les murs de la ville, on prépare les casernes, et déjà trois mille Sardes sont postés à Carouge et à Saint-Julien, à une demi-lieue de Genève. Ce voisinage est d'autant plus inquiétant que depuis cette ville jusqu'à Lyon tout le pays est ouvert. Il est donc important de veiller à ce que les Genevois n'ouvrent pas les portes de leur ville à ces troupes, et l'on a fait d'énergiques représentations à ce sujet [1]. » Il y eut en effet « d'énergiques représentations » qui furent adressées

---

[1] Extrait du *Logographe*, 12 juillet 1792. Citation dans le Reg. des Conseils.

au sujet de cette imputation ; mais elles vinrent du Conseil de Genève et non du ministère français. Un des syndics de la République, à la première nouvelle de cette relation imaginaire, exprimait au nouveau Résident de France, le sieur de Châteauneuf, son extrême surprise *de ce qu'on avait osé* donner au bureau des affaires étrangères des informations aussi contraires à une vérité notoire... » Le Résident parut extrêmement affligé de ces imputations « qu'il reconnut pour destituées de tout fondement [1]. » Il promit d'écrire à Paris, « et de faire sentir combien il était compromis lui-même par un tel rapport ; » mais que valaient ces doléances officielles plus ou moins sincères et ces désaveux particuliers ? On sait assez quelle est sur l'opinion des masses la puissance de la calomnie, même la plus invraisemblable, quand c'est la malveillance qui l'accueille et la passion qui la propage de tous les côtés.

Les convulsions révolutionnaires de Paris : insurrections, pillages et massacres, se succédaient alors comme les coups de tonnerre quand l'orage est déchaîné ; après l'arrivée dans la capitale des hordes marseillaises, le 10 août ! après le 10 août, la déchéance !... Puis Danton, Servan, Lebrun, Rolland et Clavière saisissaient les rênes de l'attelage emporté. La Commune de Paris se dressait

[1] Reg. des Conseils.

menaçante, et les massacres de septembre répondaient aux succès des Prussiens à la frontière. C'était le temps où la défiance était parmi les généraux, l'hésitation dans les armées, la discorde dans l'Assemblée législative. On sait que celle-ci déclarait alors « la patrie en danger, » avec cette pompe théâtrale, cette affectation de permanence des pouvoirs publics, ces coups de canon tirés d'heure en heure et ces appels aux enrôlements volontaires qui charmaient le populaire à Paris et dans les provinces. Un homme sauva la France d'un imminent désastre dans ces jours néfastes où Lafayette était déjà tombé, et la belle campagne d'Argonne, la victoire de Valmy, rendirent passagèrement à Dumouriez la popularité qu'il avait perdue. Dès ce jour (20 septembre 1792) la marche des coalisés était arrêtée, le sort des armes avait changé, et le moment paraissait venu pour la démagogie triomphante de commencer les hostilités si longtemps différées contre la monarchie piémontaise. L'armée du Midi était prête à s'ébranler, et le général de Montesquiou qui la commandait n'attendait plus que les dernier ordres pour attaquer l'ennemi.

L'effectif disponible pour faire campagne se montait alors pour l'armée sarde à 40,000 hommes de troupes royales, et ces forces qui paraissaient être suffisantes pour une guerre défensive, devaient nécessairement être appuyées si quelque mouvement offensif était jugé utile.

En vue de cette dernière éventualité la Cour de Turin négociait depuis deux mois avec la Cour de Vienne dont le ministre Kobentzel se montrait fort peu enclin à soutenir à l'heure du danger le Roi Victor-Amédée III, bien que ce fût surtout la politique autrichienne qui eût compromis ce prince depuis plus d'une année. Le Ministère piémontais finit par obtenir la maigre promesse d'un corps auxiliaire de 10,000 hommes, à la condition que le Roi se chargerait de leur entretien. Cette convention était si peu favorable qu'on fut plusieurs semaines, à la Cour de Turin, avant de se déterminer à l'accepter. Le comte de Hauteville écrivait même, en date du 19 septembre, qu'il suffisait que ce secours promis fût prêt à entrer en Piémont au premier signal, mais qu'il convenait avant de le mobiliser d'attendre l'événement, afin de ne donner nul prétexte aux Français de prendre l'offensive. « Mais trois jours plus tard, un courrier galopait à bride abattue du côté de Milan et portait l'ordre [à l'agent piémontais] de solliciter *immédiatement* le départ des auxiliaires autrichiens : les Français avaient envahi la Savoie et commençaient à porter leurs bannières républicaines dans le comté de Nice [1] ! »

[1] N. Bianchi, *Storia*, etc. Vol. 1, chap. XI, p. 670 et suivante.

CHAPITRE X

Préparatifs de défense à Genève. — La République est comprise dans la neutralité helvétique. — Événements de Paris, chute de la monarchie. — Notification de Châteauneuf, Résident accrédité par la Convention nationale, embarras du Conseil qui se décide enfin à l'agréer. — Invasion de la Savoie par l'armée des Alpes, retraite des Piémontais. — Montesquiou à Carouge. — Appel des troupes bernoises et zuricoises à Genève. — Arrivée des Suisses, protestation et départ du Résident de France. — Dispositions patriotiques de la population genevoise, négociations du Conseil avec Montesquiou, modération de ce général. — Il est désavoué. Sa fuite. — La Convention nationale refuse de ratifier l'accord avec Genève. — Décret du 22 novembre 1792. — Rappel des Suisses. — Genève en butte aux manœuvres des Jacobins, effervescence populaire, revendications pour l'égalité politique. — Insurrection du 4 décembre. — La Commission des quarante, chute des pouvoirs publics et fin de l'ancienne République. — Rappel du Résident de Sardaigne. — Conclusion de cette étude historique.

La République de Genève était menacée tout autant que la Monarchie piémontaise par l'armée du Midi, et les citoyens soucieux de leur indépendance nationale — c'était

encore la grande majorité — se montraient animés des
sentiments les plus ardents pour la défense de leurs
foyers. Il est vrai qu'une minorité dangereuse : la faction
des « Égaliseurs, » se prêtait de mauvaise grâce au concours spontané des Genevois de tous les partis en vue de
soutenir une lutte inégale; mais, disons-nous, c'était le
très petit nombre qui en usait ainsi : les Frères et amis
de la démagogie étrangère, quelles que fussent leurs criminelles espérances et leurs sympathies, ne jugeaient pas
opportun de les manifester trop ouvertement et se bor-
naient à monter la garde, coiffés de leur bonnet rouge. Déjà
la ville semblait une place de guerre assiégée, le mouvement des camps y régnait nuit et jour, les postes étaient
renforcés, les canons en batterie sur les remparts, et pendant la nuit les feux de bivouacs brillaient sur toutes les
places de quartier. De jour, les lourdes portes de ville
étant fermées, le « guichet » s'ouvrait par intermittence,
« afin — dit le rapport du Syndic de la garde auquel
nous empruntons ces détails — de faire entrer les gens de
la ville ou ceux du territoire qui y ont affaire : les étrangers ne devant être admis qu'avec beaucoup de précautions, mais [plutôt] devant filer le long des Tranchées pour
s'embarquer s'ils le jugent à propos aux Eaux-vives ou
plus loin, et passer en Suisse. » Quant aux individus qui
venaient de Savoie et se présentaient au Pont-d'Arve, ils

étaient renvoyés et devaient aller passer au pont de Sierne[1]!

Telle était Genève le 23 septembre (1792), et cette situation extraordinaire allait se prolonger pendant plusieurs semaines, pendant des mois peut-être! soit aussi long-temps que les causes légitimes de l'inquiétude publique ne seraient pas écartées par quelque événement favorable. D'autre part le gouvernement de la République se trouvait dans la position la plus difficile, sa surveillance active devant s'exercer au dedans comme au dehors du territoire; de grands ménagements lui étaient imposés, diverses circonstances politiques, que l'histoire ne peut omettre de rappeler, aggravant encore les dangers auxquels les magistrats devaient pourvoir avec autant de discrétion que d'intelligence.

Ainsi qu'il était de tradition séculaire à Genève, lorsqu'on y était menacé d'un pressant danger, c'est vers la Suisse que depuis plusieurs mois les regards des chefs de l'État étaient dirigés. Les Conseils suivaient attentivement la politique des Treize cantons, et cela dans l'intention bien arrêtée de chercher à s'en rapprocher toujours davantage. Quand la guerre fut déclarée par la France

---

[1] Voir au Reg. des Conseils, 23 septembre 1792.

au roi de Hongrie, la gravité de la situation générale
avait décidé les Conseils à se mettre en rapport immédiat avec le Corps helvétique, dont les députés se rassem-
blaient en Diète à Frauenfeld pour aviser sur la conduite
que les Suisses devaient tenir dans les conjonctures présentes. Noble Rigaud, qui l'année précédente s'était acquitté à la satisfaction de ses supérieurs des démarches
nécessitées en Suisse par « l'affaire des chanoines d'Annecy, » fut envoyé au commencement de mai à Frauenfeld
pour solliciter, au nom de la République, l'inclusion de
celle-ci dans la déclaration de neutralité du Corps helvétique, au cas où cette importante décision serait prise par
les députés des cantons. Déjà le gouverneur de la princi-
pauté de Neuchâtel, l'évêque de Bâle, et la République
du Valais sollicitaient la même faveur, qui, après plusieurs
semaines de délibération sur la question principale, leur
fut accordée ainsi qu'à Genève. Quant à ce dernier état
souverain, il est à remarquer que les cantons catholiques
qu'on avait craint « d'effaroucher » par une telle demande
se montrèrent très disposés à accueillir sans réticence la
demande de la République [1].

Cette affaire était à peine réglée à la satisfaction des

---

[1] Dans plusieurs cantons, entre autres à Schwytz, cette demande
des Genevois fut accueillie dans les Conseils « par un vote unanime. » *Lettre de Noble Rigaud*, 6 juillet 1792. — Arch^{es} de Genève.

Conseils de Genève, assurés ainsi de l'appui des Confédérés quel que fût l'avenir, quand la concentration de l'armée du Midi et les dispositions du général de Montesquiou obligèrent les magistrats de la République à renforcer la défense de la ville. Le conseiller Rigaud fut envoyé pour la troisième fois en Suisse (11 septembre), dans le double but de requérir de Zurich et de Berne, au terme des alliances, un secours confédéral de 1600 hommes, et secondement pour se rendre à Aarau « afin d'être à portée de savoir ce qui s'y passera. » disaient les instructions de cet envoyé : la question d'une neutralité armée ou d'une réunion aux forces des Coalisés étant alors agitée dans cette ville par les députés du Corps helvétique.

L'inclusion de Genève dans la neutralité suisse avait été fort mal vue en France : « c'était là, disaient ses ennemis, une ridicule affectation de défiance contre la grande Nation. » Mais les mesures prises par les magistrats pour faire occuper la ville par ses alliés des cantons furent encore plus mal vues à Paris. Sur ces entrefaites, un incident inévitable vint ajouter à ces causes sérieuses de mésintelligence ou, mieux encore, aux griefs injustes de la Nation contre la petite République : le Résident Mr de Châteauneuf, accrédité jusqu'ici au nom de l'infortuné Louis XVI, dut, à la suite de la déchéance de ce prince, présenter au gouvernement genevois d'autres lettres de créance ; celles-ci étaient libellées *au nom du Conseil provisoire et de la Convention nationale*. Châteauneuf suivit les ordres du nouveau ministère et remit ses lettres le 14 septembre.

Que répondraient les Conseils de Genève à cette mise en demeure d'avoir à reconnaître les fauteurs du Dix août et des massacres de septembre comme étant les détenteurs du pouvoir légitime en France? La Suisse, placée dans une situation tout aussi embarrassante, venait, semblait-il, de donner l'exemple qu'il fallait suivre, et la Diète d'Aarau arrêtait « à l'unanimité » que Mr Barthélemy n'était pas reconnu comme ambassadeur de France....., et que si la France voulait lui substituer un autre agent, celui-ci serait également refusé. » Mais si cette rupture formelle des relations diplomatiques avec la France révolutionnaire n'était que trop motivée dans les Treize cantons, gémissant au souvenir de leurs braves lâchement massacrés, une telle rupture n'en était pas moins le prélude d'hostilités qu'on motivait en quelque sorte par cette détermination hardie. Les Conseils de Genève hésitaient encore avant d'assumer une si grave responsabilité, et l'on faisait savoir le 19 à Mr de Châteauneuf que « vu l'importance de sa notification, on différait encore d'y répondre. » Mais le 23, le Syndic de la garde rapportait : « que Mr de Châteauneuf, qui avait paru d'abord très satisfait [d'un atermoiement ne préjugeant pas la question], a soudainement changé, disant que les circonstances devenaient plus urgentes et que, s'il n'était pas reconnu, il ne pourrait nous rendre aucun service....., que Mr de Montesquiou lui a écrit : que *le sort de la République peut dépendre de la résolution qui sera prise à son égard* [1]. »

La nouvelle de cette prétendue déclaration du général français, déjà habilement répandue dans la ville par les soins du Résident intéressé, y donnait lieu aux manifestations les plus opposées, et d'autre part la marche rapide et les faciles succès de l'armée d'invasion donnaient au langage qu'on attribuait à Mr de Montesquiou une signification des plus menaçantes. Mais il convient pour en juger sainement de rappeler les événements militaires qui se passaient depuis quelques jours en Savoie.

Dans la nuit du 21 au 22 septembre, « par un temps affreux, » les premières colonnes de l'armée du Midi, venues du camp de Césieux et massées depuis plusieurs jours à Grenoble, franchissaient la frontière de Savoie à Chaparillan, et, après avoir enlevé quelques travaux défensifs qui

---

[1] Reg. des Conseils, 23 septembre 1792.

n'étaient encore ni achevés ni munis d'artillerie, ces colonnes d'infanterie appuyées de 7 escadrons de grosse cavalerie, continuaient à se porter en avant. Les défenseurs du château des Marches n'avaient pas même tiré un coup de canon sur les envahisseurs : ils avaient simplement évacué la place, et les positions de Bellegarde, d'Aspremont, et de N.-D. de Mians avaient été de même abandonnées. — « J'ai porté hier au soir, en avant du château des Marches, deux brigades d'infanterie, une brigade de dragons, et deux autres brigades d'infanterie, écrivait le surlendemain, le général de Montesquiou qui sans doute jugeait inutile d'ajouter qu'il n'était pas le moins surpris des officiers de l'état-major, de la retraite inexplicable des ennemis que les envahisseurs venaient combattre. En effet, la réputation de bravoure et de solidité de l'armée piémontaise n'était, dès longtemps, plus à faire. — « Aujourd'hui (23), continue le rapporteur, j'ai fait marcher deux autres brigades d'infanterie et une de cavalerie avec le reste de l'artillerie; la célérité de cette opération coupe en deux l'armée piémontaise dont une moitié s'est retirée sur Montmeillan, tandis que l'autre s'est repliée sur Annecy..... Au moment où j'ai l'honneur de vous écrire Montmeillan vient d'ouvrir ses portes [1]. »

---

[1] *Correspondance du Général de Montesquiou..... pendant la campagne de Savoie en 1792.*

Le lendemain, Montesquiou, qui faisait réellement une promenade militaire, transportait son quartier général à Chambéry dont la garnison piémontaise, commandée par le général major de Sostegno, venait de se retirer en bon ordre pour s'engager dans le pays montueux des Bauges, en emmenant son artillerie. « Ayant appris que la troupe du Roi tenait encore à Saint-Pierre-d'Albigny, ils s'acheminèrent de ce côté sur les 10 heures [du soir], mais sur la nouvelle qu'on évacuait Saint-Pierre, ils rebroussèrent chemin, prirent par la gorge de Bellevaux par un chemin horrible, une nuit noire et battue par la neige [1]. » Malgré tous ces obstacles, la colonne piémontaise de Sostegno faisait sa jonction avec la troupe qui était partie de Montmeillan, en emmenant aussi son artillerie et en détruisant le pont sur l'Isère.

Tandis que les Français sous les ordres des commandants Rossi et Casabianca suivaient à distance l'armée en retraite et « balayaient le pays, » ce qui assurément n'était pas difficile, les Piémontais s'engageaient dans la Maurienne et la Tarentaise où ils devaient tenir encore pendant plusieurs semaines sans être inquiétés de trop près. Mr de Montesquiou comptant, non sans raison, sur la faim, le froid, l'amoncellement des neiges dans les

[1] *Ibid.*

passages alpestres pour anéantir ses adversaires avait déjà pris un autre objectif, et, dès le 29, il faisait partir pour occuper la province de Carouge quatre bataillons, deux escadrons, une division d'artillerie de ligne, quatre pièces de position et deux obusiers. « Je dis — écrivait-il dès la veille — que je les envoie prendre possession du Chablais, mais dans le fait *je les envoie là pour en imposer* (sic) *à Genève et aux Suisses,* et pour être prêts si vous me demandez [d'opérer] quelque chose dans cette partie. Je porte en même temps dans le pays de Gex les troupes [d'occupation] du département de l'Ain où elles sont désormais inutiles. Je ferai un pont sur le Rhône et de la sorte j'aurai une liaison intime dans toutes ces parties [du pays] [1]. » — Ainsi cinq provinces du duché : Savoie, Genevois, Carouge, Faucigny et Chablais étaient occupées par les envahisseurs, sans nulle déclaration de guerre [2], avant le dernier jour de septembre. Le quartier général de Montesquiou était à Carouge le 5 octobre et quelques journées d'étapes avaient suffi pour assurer cette

[1] *Ibid.*

[2] « Je ne sais pas si l'intention du Conseil sera de faire précéder l'attaque en question de quelque négociation et d'une déclaration de guerre, je ne serais point de cet avis..... Je penserais qu'un manifeste publié le lendemain (!) de l'attaque serait très suffisant. » — *Montesquiou au ministre de la guerre,* 28 août, au camp de Césieux.

conquête où, pour ainsi dire, le vainqueur n'avait pas aperçu l'ennemi.

Bien des réflexions se présentent à nous au sujet de cette invasion de la Savoie en 1792, quand on considère l'impéritie des généraux piémontais (entre tous, de l'octogénaire Lazzary, entassant faute sur faute), puis l'imprévoyance du commissariat des guerres, la nullité absolue des travaux défensifs ; si ces faits blâmables suffisent à expliquer l'étonnante retraite de 11,000 hommes de troupes réglées n'attendant pas même un combat d'avant-postes, ils n'en laissent pas moins conjecturer que l'invasion de la Savoie était en réalité un aventureux coup de main : Montesquiou, harcelé depuis plusieurs mois par les perfides attaques de ses rivaux et les exigences de ses supérieurs, n'avait tenté cette tardive entrée en campagne que pour se soustraire à une mise en accusation qu'il savait imminente. Son corps d'armée de 15,000 hommes, mal armés et plus mal équipés, était de création récente [1], et la très grande majorité de ses

---

[1] « Le 12 avril 1792, je fus nommé au commandement de l'armée du Midi..... je me rendis promptement à mon poste, j'y étais le 25 avril..... Arrivé à l'armée, je n'y trouvai pas même les premiers préparatifs d'un rassemblement, point d'armes dans les arsenaux, pas un caisson ni pour les vivres ni pour les hôpitaux, pas un cheval

soldats *fédérés* n'avaient jamais quitté leur département ou même leur village. Mais à la guerre le succès justifie tout, et — il faut bien le reconnaître — jamais général ne rencontra des circonstances plus favorables que Montesquiou qui, nous l'avons dit, établissait le 5 octobre son quartier général à demi-lieue de Genève.

Dans cette ville, la demande du secours des Suisses avait été sanctionnée par le Conseil général le 24, mais à une très faible majorité [1], car l'opinion publique travaillée par les agents de l'étranger était devenue hésitante : les cercles révolutionnaires affectant de blâmer, comme inopportun, cet appel de la République à ses anciens et fidèles alliés. Le 25 le Conseil des Soixante était nanti de la dernière réquisition du Résident français, et malgré le caractère comminatoire de cette impérieuse demande, malgré les manifestations séditieuses dans la ville et l'approche des bataillons de l'armée des Alpes, ce ne fut que le 26 « à sept heures du soir et après six heures de délibération agitée » que la reconnaissance, en qualité de Résident de l'agent accrédité de la Convention, fut enfin

d'artillerie, pas une tente, à peine quelques pièces de régiments sans le moindre approvisionnement, ni officiers généraux ni état-major ! enfin il n'était pas plus question d'armée que si nous avions été au milieu de la paix..... » Montesquiou, *Correspondance*, etc. Introduction.

[1] Approbation, 964 votants; minorité, 734 votants.

votée ; tant il en coûtait à la majorité des citoyens genevois de capituler avec leur conscience au nom de la nécessité, et de reconnaître comme étant investis d'une autorité
légitime en France ceux qui venaient de renverser dans le
sang la monarchie constitutionnelle qu'ils s'étaient donnée !

Le dimanche 30 septembre, les troupes du Secours
débarquaient à midi au port de Genève, sous les ordres
du colonel de Vatteville. Ce corps d'occupation de 1570
hommes était composé en totalité des miliciens du pays
de Vaud : le détachement des Zuricois étant déjà en
marche pour venir remplacer une partie de ce contingent
bernois. La foule, amassée sur le passage des confédérés
se rendant dans leurs quartiers, les accueillit avec sympathie, bien que des bruits malveillants eussent été déjà
répandus en Suisse, au sujet du prétendu mécontentement
et de l'attitude équivoque de la population genevoise [1].

---

[1] « [M. de Muralt] commandant général des troupes, avant que de
s'embarquer à Coppet et de leur faire prêter serment de fidélité, leur
fit sentir qu'ils allaient défendre les murs de Genève, en vertu des
traités les plus anciens et toujours religieusement observés, mais en
même temps qu'ils défendaient leurs familles et leurs propriétés,
qu'ils ne devaient pas oublier le massacre de leurs parents [soldats
aux Gardes] suisses à Paris, et que si Genève était pris, le pays de
Vaud pouvait l'être aussi et serait dans l'anarchie, cependant ceux
qui par crainte ou à cause de leurs vendanges voudraient ne pas partir étaient libres, *et qu'il leur donnerait de l'argent pour s'en aller*.
Tous répondirent : *qu'ils partiraient !*..... » *Journal de Dunant-
Martin*, MS. Biblioth. pub^r de Genève.

Il y avait alors sous les armes dans la ville, 1200 légion-
naires effectifs, 1800 auxiliaires, 500 soldats de la garnison, 500 domiciliés armés, en tout 4,000 hommes ; plus « le
Secours. » Dès ce jour le Résident de Châteauneuf faisait
savoir au Conseil : qu'il ne pouvait plus discuter avec lui,
vu l'entrée des Suisses contre laquelle il protestait, et le 3
octobre cet agent diplomatique de la Convention quittait la
ville et se rendait à Carouge en réitérant la même protestation officielle : « l'admission des Suisses paraissant au pouvoir exécutif une violation des traités et de la neutralité,
une coalition avec les puissances, ce pouvoir repoussera
une mesure aussi hostile par tous les moyens dont il dispose, il déclare les magistrats responsables des événements
qui vont suivre [1]. » Ces menaces ouvertes allaient à fin
contraire du but d'intimidation auquel on visait (ainsi que
pouvaient le prévoir tous ceux qui avaient quelque connaissance du caractère genevois). On ne tint pas compte
davantage des lettres alarmantes venues de Paris, lettres
où de ci-devant Genevois, devenus des pires Jacobins en
France, engageaient froidement les habitants de leur cité
natale « à se rendre à la France pour prévenir de plus
grands malheurs [2]. » Une réaction accentuée se produisait

---

[1] *Journal de Dunand-Martin*, MS.

[2] *Lettre du ministre Clavière, lettre du conventionnel Johannot*,
etc.

maintenant en faveur d'une politique nationale. La note du Résident français, publiée avec une *adresse du Conseil aux citoyens* servant de réponse à ce factum, faisait naître dans la grande majorité du populaire genevois une indignation patriotique, et tandis que les troupes françaises envahissaient Carouge et que déjà la populace y gambadait autour de l'arbre de la liberté [1], les Genevois animés par l'amour de la patrie travaillaient avec ardeur aux fortifications de la place; un millier d'hommes étaient chaque jour du service de garde, les dons patriotiques affluaient, malgré la misère générale, dans les caisses et les magasins de l'État. Ces dons volontaires étaient destinés à venir en aide à tous ceux qui sacrifiaient résolument le travail quotidien qui les faisait vivre, afin de concourir personnellement au service public [2].

Le général de Montesquiou, arrivé à Carouge, dut se convaincre promptement, par tout ce qui se passait autour de lui, que sa position était beaucoup moins favorable qu'on n'affectait de le dire à la Convention nationale; puis

---

[1] « On érige à Carouge une perche très haute, où est le bonnet de la liberté..... » *Journal* MS., 29 septembre 1792.

[2] « La contribution patriotique va à 60,000 livres et les dons pour l'État à la même somme. Des ouvriers, des domestiques ont donné. Ceux [d'entre les citoyens] qui n'avaient pas de l'argent donnaient des vêtements, des étoffes, de la farine. » *Journal* MS., 18 octobre.

les instructions générales dont il était porteur étaient si
vagues qu'il ignorait encore s'il allait recevoir inopiné-
ment l'ordre d'attaquer Genève, ou si l'occupation de
l'extrême frontière n'avait d'autre but que d'amener par
voie d'intimidation la reddition de cette ville. Quant aux
circonstances locales, elles étaient très fâcheuses : il pleu-
vait à verse et sans relâche, la troupe campait dans les
champs [1], privée de la plus grande partie du matériel nécessaire, la fièvre nerveuse venait de faire son apparition
dans l'armée, les chemins devenus fangeux étaient défon-
cés, l'artillerie, les fourgons, le charroi n'arrivaient
qu'avec peine, puis un pont sur le Rhône était indispensable et l'on n'avait ni pontons ni bateaux ; enfin une telle
situation générale si elle venait à se prolonger ne pouvait
que s'aggraver encore. Il est vrai que Mr de Muralt, commandant des troupes bernoises rassemblées dans le pays
de Vaud, faisait notifier au général : que les Suisses ne
méditaient nulle agression contre l'armée des Alpes, mais

[1] « Le camp sous Veyrier renferme 200 tentes, et celui de Saint-
Georges 100, à 10 hommes par tente. On en a découvert un nouveau
de 35 [avec le télescope placé au clocher de Saint-Pierre], entre Bar-
donnex et Compesières. — On raconte que 30 Français ont été ense-
velis hier à Carouge..... — Le camp de Pinchat et celui de Saint-
Georges ont été diminués ; on est obligé, pour la santé des soldats,
d'en cantonner beaucoup dans les maisons voisines..... — On estime
à 15,000 hommes les troupes, dès Chambéry à Carouge, Évian,
Annecy et Rumilly. » — *Journal de Dunant-Martin* M S.

il ajoutait que si, contre toute attente, on venait les attaquer chez eux, ils étaient prêts à se défendre et à défendre aussi Genève leur alliée.

La correspondance officielle de Montesquiou avec le ministère de la guerre où, en moins de quinze jours, Servan était remplacé par Lebrun, et celui-ci par le citoyen Pache, jette une vive lumière sur les mésintelligences des gouvernants, les embarras croissants, et les incertitudes de la situation faite au général négociateur. Par tempérament, comme aussi par conviction des nécessités d'une saine politique, Montesquiou était disposé à traiter avec les Genevois au sujet du renvoi des Suisses qu'on le chargeait d'exiger d'eux. Quant à chercher dans cette contestation, très secondaire selon lui, le prétexte d'une attaque soudaine, d'un bombardement ou d'un siège régulier, le chef de l'armée des Alpes n'y songeait nullement et protestait au contraire, dès ses premières conférences à Carouge avec les délégués du Conseil de Genève, de son intention formelle de respecter l'indépendance de cette ville si la satisfaction qu'il demandait lui était donnée. Aussi, lorsque d'autres visées du pouvoir exécutif et de la Convention lui furent révélées, Montesquiou s'empressa-t-il de protester auprès de ses supérieurs contre des rigueurs inutiles, tout en faisant savoir qu'il était prêt, comme chef d'armée, à exécuter tout ce qui lui serait commandé.

« Si l'importance de l'entreprise sur Genève, écrivait-
il au ministre de la guerre le 11 octobre, est assez
grande pour risquer d'entrer en guerre ouverte avec les
Suisses et pour vous exposer à les voir traverser le lac au
printemps prochain et attaquer la Savoie au nord tandis
que le Roi de Sardaigne l'attaquera au midi, alors au lieu
de 15,000 hommes qui devraient suffire pour garder la
Savoie, il en faudra *cinquante mille*, et je crois que cette
considération doit entrer dans vos calculs... » Puis, deux
jours après, Montesquiou écrivait au même ministre qui
venait de résigner ses fonctions : « Le premier coup de
canon tiré sur Genève sera le signal d'armement de toute
la Suisse ; en supposant que l'on voulût absolument
prendre cette ville, il ne fallait pas faire sortir notre Résident avant que j'eusse eu le temps de me préparer. Si
j'attaque, ce ne peut être qu'avec des bombes, et si les
Genevois veulent se défendre sur les ruines de leurs maisons, il est bien sûr qu'avec 15 ou 18 mille hommes je ne
prendrai pas une place très bonne, son enceinte étant
traversée par deux grandes rivières, dont un débordement
subit (fort ordinaire dans cette saison) coupe les communications. Clavière a eu là une mauvaise idée... Si,
comme je n'en doute pas, vous avez encore voix au chapitre, je vous exhorte à les ramener à mon avis. Une mauvaise neutralité avec la Suisse vaut mieux qu'une guerre
ouverte, je ne vous en dis pas davantage... »

Ce Clavière dont le nom odieux se trouve ici rappelé, était « un Genevois » d'origine française, transfuge de sa ville natale et qui, ardent promoteur des mesures les plus violentes, venait pour la seconde fois d'être porté par les Jacobins au ministère où la lutte entre Girondins et Montagnards se renouvelait chaque jour et amenait les décisions les plus contradictoires. Certains jours on donnait des assurances de dispositions conciliantes aux citoyens genevois accourus à Paris sur l'ordre du Conseil pour renseigner les Ministres et combattre s'il était possible leurs préventions contre la République, d'autres jours on usait avec ces mêmes délégués de menaces violentes, et l'on ordonnait au général de Montesquiou d'exiger non seulement le renvoi des Suisses, mais encore *l'occupation immédiate de Genève par les Français;* notification qui équivalait à une rupture.

Cependant des pourparlers officieux, puis une négociation régulière avaient lieu entre trois députés du Conseil de Genève et le général de l'armée des Alpes, ce dernier agissant toujours sous réserve de l'approbation du pouvoir exécutif et de la Convention. On parvint ainsi à s'entendre le 22 octobre après dix jours de transactions laborieuses, pendant lesquels les préparatifs pour l'attaque et ceux pour la défense étaient poussés vigoureusement de part et d'autre : sur l'assurance formelle donnée par Montesquiou que la République de Genève n'était point menacée, les Suisses quitteraient la ville et son territoire dans un délai qui serait convenu, et simultanément l'armée des Alpes évacuerait tous ses cantonnements rapprochés de la frontière et se retirerait à dix lieues de Genève.

Rien n'était plus simple que cette convention militaire qui fut ratifiée le 26 octobre à la presque unanimité (chose rare à Genève!) par le Conseil général [1]. Mais aussi rien n'était plus contraire à la politique agressive que les Jacobins faisaient prévaloir contre Genève et contre les « archi-aristocraties » des Treize cantons. Le 1er novembre, on apprenait que la Convention nationale refusait d'approuver la négociation projetée, et cela sous les prétextes les plus frivoles. A cette date, la Maurienne et la Tarentaise venaient d'être entièrement évacuées, et les Piémontais avaient opéré leur difficile retraite par les divers passages alpestres conduisant dans la vallée d'Aoste; d'autre part le corps d'armée du général Anselme s'était emparé du comté de Nice, la fortune des armes était partout favorable à la France, et « rien n'empêchait plus l'armée des Alpes (disaient les politiciens des salons, des clubs et des cafés de Paris) de poursuivre le cours de ses conquêtes au nom de la liberté ! Montes-

---

[1] 1578 voix pour la ratification — 17 voix pour le refus.

quiou, dès longtemps suspecté de *modérantisme,* aurait à rendre compte de ses temporisations à la barre de la Convention nationale. Il fallait encore faire un exemple ! »

Le général dont la perte était ainsi résolue eut cependant la bonne fortune d'échapper au péril qui le menaçait : prévenu, dit un historien [1], par les Genevois reconnaissants, Montesquiou montait à cheval une demi-heure avant l'arrivée à Carouge du courrier porteur de l'ordre de son arrestation; le fugitif traversait Genève le 13 novembre au matin, s'embarquait furtivement et gagnait le territoire suisse avant que le résident Chateauneuf eût eu le temps de requérir son arrestation du Conseil de Genève [2].

Ainsi les citoyens de cette ville demeuraient dans la même expectative, Kellermann venait remplacer à l'armée des Alpes le général Montesquiou, et tout mouvement rétrograde des troupes françaises était contremandé par le mi-

---

[1] Thourel, *Histoire de Genève,* vol. III, p. 377.

[2] « On a su que M. Montesquiou s'était embarqué au Molard et qu'il avait été dîner à Coppet. Il a laissé en partant une lettre ouverte sur son bureau..... portant qu'il avait pu, une fois, se justifier contre des imputations calomnieuses, mais qu'à présent un décret d'accusation conduisait *à être assassiné,* qu'il ne retournerait donc pas en France où il serait victime de la vengeance de Clavière. » *Journal de Dumant-Martin.* — Montesquiou ne revint d'émigration qu'en 1795, et fit imprimer l'année suivante sa *Correspondance avec les ministres.*

nistère. Cependant les cantonnements devenaient intena-
bles, la pénurie des subsistances s'y faisait sentir chaque
jour davantage. La Convention rendit enfin le 22 novembre un décret destiné à remplacer sous une forme plus
impérieuse, et plus évasive aussi, cet engagement bilaté-
ral qu'on avait si dédaigneusement repoussé au nom de la
dignité nationale : le Conseil exécutif était chargé de
requérir « que l'évacuation de Genève par les troupes
suisses fût consommée le 1er décembre ; à cette condition
les troupes françaises respecteraient la neutralité et l'indépendance du territoire genevois, si elles l'avaient
occupé. »

Les conseils de Berne et Zurich eurent la sagesse et,
disons plus, le patriotisme d'acquiescer dans ces conditions
durement imposées, au rappel du Secours que Genève avait
naguère sollicité d'eux avec instance, et bien que la situation politique demeurât précaire, qu'on eût la conviction
qu'un ennemi puissant ne manque jamais de prétexte
lorsqu'il veut rompre la paix, on n'en persista pas moins,
soit dans les cantons, soit à Genève, à ne fournir à la
Convention nationale aucun motif apparent de rupture.
Les troupes suisses s'embarquaient le 30 novembre au
matin et regagnaient la rive vaudoise; ce départ de fidèles
alliés — sans nulle importance pour l'ordre public en
tout autre temps — paraissait être le signal qu'atten-

daient impatiemment tous ceux qui, dans Genève et hors de Genève, brûlaient d'introduire, de gré ou de force, dans l'ancienne République, les principes des Jacobins, de renverser l'organisation civile et politique de l'État, et de le doter enfin d'une constitution « à la française. » La présence aux portes de Genève des soldats de la Nation auxquels la ville était ouverte dès le 1ᵉʳ décembre, en attendant, disait-on, leur prochain départ, était encore une circonstance favorable aux soi-disant « patriotes, » genevois et autres, qui déjà se faisaient forts du décret fameux, en date du 20 novembre, par lequel la Convention, jetant un arrogant défi à toutes les puissances souveraines, promettait qu'elle accorderait fraternellement le secours de ses armes « à tous les peuples qui voudraient recouvrer leur liberté. »

Déjà les revendications pour l'égalité publique étaient portées au Conseil, instruit par les correspondances venues de Paris que la Convention exigerait à bref délai cette complète égalité, en sorte qu'il était urgent, pour les douze ou treize cents privilégiés possesseurs des droits civiques, d'acquiescer à ce grand changement s'ils tenaient encore à l'indépendance de leur patrie. On était généralement disposé au sacrifice complet de la Bourgeoisie, et même ceux qui naguère avaient déboursé six ou sept mille florins pour obtenir ces droits civiques étaient prêts à en abandonner le privilège; mais le danger d'un si brusque changement dans les lois fondamentales de la République frappait tous les esprits que la passion n'aveuglait pas, et pour détourner ce péril on espérait encore pouvoir au moins suivre les formes légales. Il n'en fut rien : tandis que le 3 décembre le Deux-Cents délibérait sur l'Édit qui proclamait l'égalité politique de tous les Genevois de la ville et du territoire, tandis qu'on proposait de porter cette importante loi organique au Conseil général et de lui donner ainsi la sanction d'une votation souveraine, les cercles à bonnets rouges : *la Grille, l'Égalité, le Tiers-état,* prenaient les armes et faisaient appel à l'insurrection. Le 4 décembre, d'autres revendications étaient proclamées, celles-ci visant au renversement complet de la constitution genevoise. Dans de telles circonstances, les magistrats découragés — bien qu'ils fussent encore en mesure d'opposer la force à la force — refusèrent de faire battre la générale et de prolonger par une lutte sanglante les derniers jours de l'ancien régime. L'insurrection s'emparait de tous les postes, maîtrisait les pouvoirs publics et triomphait sans combat. On vit dès lors une commission de 40 membres, nommés le jour même par les délégués des 60 cercles de la ville, administrer provisoirement l'État, régir les finances, le militaire, la police, en attendant que « la Nation genevoise » eût donné quelque apparence de sanction légale à ce gouvernement révolutionnaire. Dès ce jour néfaste l'ancienne République de Genève avait cessé d'exister.....

Nous transcrivons ici la dernière lettre officielle adressée, par le secrétaire d'État du gouvernement déchu, au ci-devant Résident genevois à Paris Armand Tronchin, séjournant à Londres, où depuis plusieurs mois il était venu chercher un asile contre la tourmente révolutionnaire.

« Monsieur — mes dernières dépêches vous auront suffisamment mis au fait de l'état présent où nous sommes depuis l'insurrection du 4 [décembre]. Les Conseils sont comme suspendus de leur pouvoir, et l'autorité (du moins celle qui tient au gouvernement législatif et militaire) est réellement exercée par un comité de quarante personnes, choisies dès les premiers moments par les auteurs de la révolution. C'est ce comité qui rédigea et fit agréer l'Édit du 12, c'est le même aussi qui a fait et proposé le projet ci-joint que l'on porte aujourd'hui [26] au Conseil général, lequel s'est déjà accru de 2220 membres.

« En résumé, le nouveau régime tend à détruire les anciennes formes. Dieu veuille qu'au milieu de ces renversements nous puissions conserver notre indépendance, ce bien précieux au moyen duquel, avec le temps, tous les malheurs peuvent se réparer !

Signé : P<small>UERARI</small>. »

Le récit des faits qu'on vient de lire s'imposait à notre étude, le lecteur le reconnaîtra, bien que nous n'écrivions ici ni l'histoire particulière du royaume de Sardaigne ni celle de la République de Genève. En effet, ces importants événements politiques, issus de la Révolution française, devaient avoir pour conséquence la terminaison soudaine des relations internationales que nous avons suivies ; relations dont les populations voisines — savoisiennes et genevoises — avaient eu maintes fois à se féliciter depuis quarante ans.

Elles laissaient aux hommes d'État qui les avaient dirigées les souvenirs d'une mutuelle estime et d'une grande bienveillance réciproque. Le 12 décembre, le rappel du Résident de Sardaigne était notifié au ci-devant Conseil qui siégeait encore pour l'expédition des affaires civiles, et cette notification donnait lieu, une dernière fois, à la manifestation des sentiments honorables dont nous parlons. On lit au registre de l'ancien Conseil, sous la date susdite : « M^r le Premier a dit qu'il a eu la visite de M^r le baron d'Espine qui lui a remis une lettre de S. M. sarde, datée de Turin le 5 de ce mois et adressée au Conseil, dans

laquelle S. M. nous notifie dans des termes très affectueux
qu'elle a jugé à propos de rappeler M^r d'Espine qui lui a
représenté que sa santé ne lui permettait plus de remplir
les fonctions de son Résident auprès de notre République.
— Arrêté de répondre à sa dite Majesté pour lui témoigner de notre vive reconnaissance des marques de bienveillance qu'elle a accordées à notre République, la prier
de vouloir bien nous la continuer et lui exprimer combien
nous conserverons précieusement le souvenir des bons
offices envers le public et les particuliers de notre ville,
par lesquels M^r le baron d'Espine a rempli les vues de Sa
Majesté à notre égard.

« Cette lettre sera remise à M^r d'Espine pour lui servir
de recréance; Nobles Prevost, seigneur Lieutenant, Claparède et Sarrazin ont été chargés de se rendre auprès de
M^r d'Espine pour lui faire compliment sur son rappel et
pour lui manifester les sentiments que nous lui avons
voués [1]. »

---

[1] « Étant opiné sur le présent qu'on a proposé de faire à M^r d'Espine à l'exemple de ce qui s'est pratiqué à l'égard de tous les Rési-
dents de France parmi nous, l'avis a été : considération faite qu'il a
résidé ici pendant dix ans et que nous avons eu lieu, constamment,
de nous louer de la manière dont il a rempli les devoirs de sa place
et des dispositions qu'il a montrées à l'égard de notre République, de
porter ce présent à cent louis. M^r le trésorier général a été chargé de
le lui offrir en espèces ou en une médaille d'or, à son choix. » Reg.
des Conseils.

Notre œuvre est terminée, les divers épisodes de l'histoire locale, depuis l'invasion française en Savoie et la chute de l'ancien régime à Genève, sortant, on le sait, du cadre restreint que nous nous sommes tracé. Avons-nous trop présumé de nos forces et l'intérêt des faits présentés chronologiquement dans cette étude historique a-t-il été trop secondaire au gré du lecteur ?... Nous ne savons ; mais si d'autres destinées nationales font oublier aujourd'hui à beaucoup de gens de nos contrées quels furent les liens qui unissaient leurs pères, ce n'est pas, croyons-nous, prendre un inutile soin de rappeler à deux populations voisines qu'elles ont eu naguère une communauté d'intérêts politiques et économiques, une réciprocité d'égards, de secours, de généreux efforts en vue du bien public, réciprocité qui les honore l'une et l'autre. Genève et la Savoie ne peuvent renier ces relations internationales du siècle passé, et la Maison Royale de Savoie ne voudra jamais — nous osons l'affirmer — se départir envers Genève moderne et la Suisse entière de cette bienveillance qui est de tradition pour elle.

Fussions-nous seul à garder cette conviction qui nous est chère, il n'importe ! et nous ne saurions l'abandonner.

OUVRAGES DU MÊME AUTEUR

Nouvelles montagnardes, 2me édit. 454 p. in-12, 1876. Avec le
portrait de l'auteur. (Épuisé) . . . . 4 —
— — 3me édit., ornées de 58 dessins par G. Roux. In-8°. . . 12 —
Relié en toile : 15 —. Relié dos veau, doré. . . . . 18 —
*** Les Cloches de Salvan. — Le Trient. — La nuit au Chapiu. — Le Sageroux. —
   La veillée des servantes. — Les Chaufoutniers.
Nouvelles d'atelier, 2me édit. augmentée. Un vol. in-12, titre rouge
et noir. Genève, 1884 . . . . 5 —
*** L'Intendante. — Poste restante. — Les deux pièges. — Le val d'Hérens. — L'heure
   de Bérne.
Majorie, ou l'invasion des Français en Valais, 1798—1799 (Roman
national). Un vol. in-12. 1864 . . . . 2 —
Voyages d'artiste en Italie, 1850—1857. Un vol. in-12, titre rouge,
frontispice (la Tarentelle à Capri, d'après une aquarelle de l'auteur).
Genève, 1877 . . . . 4 —
*** Souvenirs de jeunesse, relation de voyage et critique d'art. — Rome, Naples et la
   Sicile. — Lombardie et Vénétie. — Florence et Ravenne.
Mémoires d'un fugitif, 1686. Suivi de Journal de Genève pour la
présente année 1690. Un vol. in-12 carré, titre rouge et noir. Genève,
1877. (Épuisé) . . . . 5 —
Pierre Fatio et les troubles populaires en l'année 1707. — Précédé
de Genève en 1706. — Nos annales au commencement du siècle
XVIIIme. Un vol. in-12. Genève, 1870 . . . . 3 —
Genève et la société genevoise de 1815 à 1830. — Les souvenirs
de Jacques Guérin. Un vol. in-12. Genève, 1869 . . . . 2 50
*** Ces trois derniers ouvrages sont rédigés sur les documents officiels conservés aux
   Archives, avec de nombreux extraits textuels. C'est en quelque sorte l'histoire au
   jour le jour de la République : Anecdotes locales, traits de mœurs, fêtes, acci-
   dents, nouvelles politiques et mouvements populaires.
Le récit de Nicolas Muss, serviteur de M. l'amiral. Épisode de
la Saint-Barthélemy avec notes historiques et gloses. Un vol. in-12.
Genève, 1878. (Presque épuisé) . . . . 4 —
La Seigneurie de Genève et ses relations extérieures, 1720—1749.
Un vol. in-12. Genève, 1880. . . . . 4 —
*** Genève pendant la peste de Marseille. — L'enlèvement de Dedomo. — Un mariage
   royal à Thonon. — Genève pendant la guerre pour la succession d'Autriche.
Histoire anecdotique et diplomatique du traité de Turin entre
la cour de Sardaigne et la ville de Genève, 1754, avec le précis des
négociations secrètes qui en ont été les préliminaires. Un vol. in-12.
Genève, 1880. (Tiré à 250 exemplaires.) . . . . 3 —
Pierre Fatio, drame historique en six tableaux. In-8, 125 p. 1880. 2 50
Les mœurs genevoises de 1700 a 1760 d'après tous les documents
officiels, pour servir d'introduction à l'histoire de la république et
seigneurie à cette époque, 2me édition augmentée. 382 p. in-12.
Genève, 1883. . . . . 4 —
Ève de la Pasle. Épisode de la guerre de Genève. 1589—1590. 435 p.
in-12, 1886. . . . . 4 —
*** Tableau saisissant et parfois tragique, tracé de main de maître. Il y a dans ce
   récit historique des pages terribles, il y en a d'autres qu'il est difficile de lire les
   yeux secs et la note gaie ne manque pas; sans cela ce ne serait pas une fidèle
   peinture de la vie genevoise.....   (Journal de Genève.)